Excalibur

Herausgegeben von
Melissa Andersson
und
Gerd Rottenecker

Jane Welchs *Runenzauber-Saga* im Droemer Knaur Verlag:

1. Die Drachenfestung (Band 70133)
2. Das Auge des Druiden (Band 70134)
3. Die Nebel von Farona (Band 70135)
4. Der Drachenstein (Band 70136)
5. Das Schwert der Morrigwen (Band 70137)
6. Der See der Tränen (Band 70138)

Weitere Bände in Vorbereitung.

Jane Welch

RUNENZAUBER
VI

Der See der Tränen

Ins Deutsche übertragen von
Jörn Ingwersen

Knaur

Die englische Originalausgabe erschien 1997 unter dem Titel
»The Runes of Sorcery, Chapters 14–27« bei HarperCollins, London

Besuchen Sie uns im Internet:
www.droemer-knaur.de

Deutsche Erstveröffentlichung 10/99

Umschlagkonzept: Melissa Andersson
Umschlaggestaltung: Agentur Zero, München
Umschlagillustration: Matt Stawicki, »The Silver Stone«
Karten: Dieter Jüdt, Trier
Lektorat: Ralf Reiter
Satz: Ventura Publisher im Verlag
Druck und Bindung: Clausen & Bosse, Leck
Printed in Germany
ISBN 3-426-70138-3

2 4 5 3 1

Für meine Eltern
Tom und Peggy Davies, in Liebe,
Dankbarkeit und Bewunderung.
Und natürlich für meinen Mann Richard,
dem ich nie genug dafür danken kann,
daß er mit Rat und Tat und all seiner Kunst
zum Schreiben dieser Trilogie beigetragen hat.

KARTEN

vaalaka
NAHENDE EISDECKE
DIE NOMADENSTEPPE
DAS HORN VON VAAL-PEOR
SOMMER FLÜSSE
DRACHEN WÜSTE
DIE DREI SCHWARZEN TEUFEL
LANDES-GRENZEN
GRENZEN DER BARONIEN
STRASSEN, WEGE UND PÄSSE
BARONIE VON TORRA ALTA
KEILER WALD
TORRA ALTA
BARONIE VON JOTUNN
GUT JOTUNN
SILBERFLUSS
BARONIE VON NATTARDA
BARONIE VON OVISSIA
HIRSCH WALD
WIGLAFS LANDSITZ
BLENHAM
FARONA
GRANHAM
DER DORS
BELBIDIA
BARONIE VON FARONSHIRE
BARONIE VON PISCERA
BARONIE VON QUERTOS
ISTHMUS
BARONIE VON CALDEA
GORTA
ILDROS
TARTRA
NEBELKÜSTE
HESPERA
DER HAKEN
DIE FERNE INSEL
DER KAMM VON OPHIDIA
caballisches
DER SPIESS
DAS
ophidia
TOTE GÖTTER

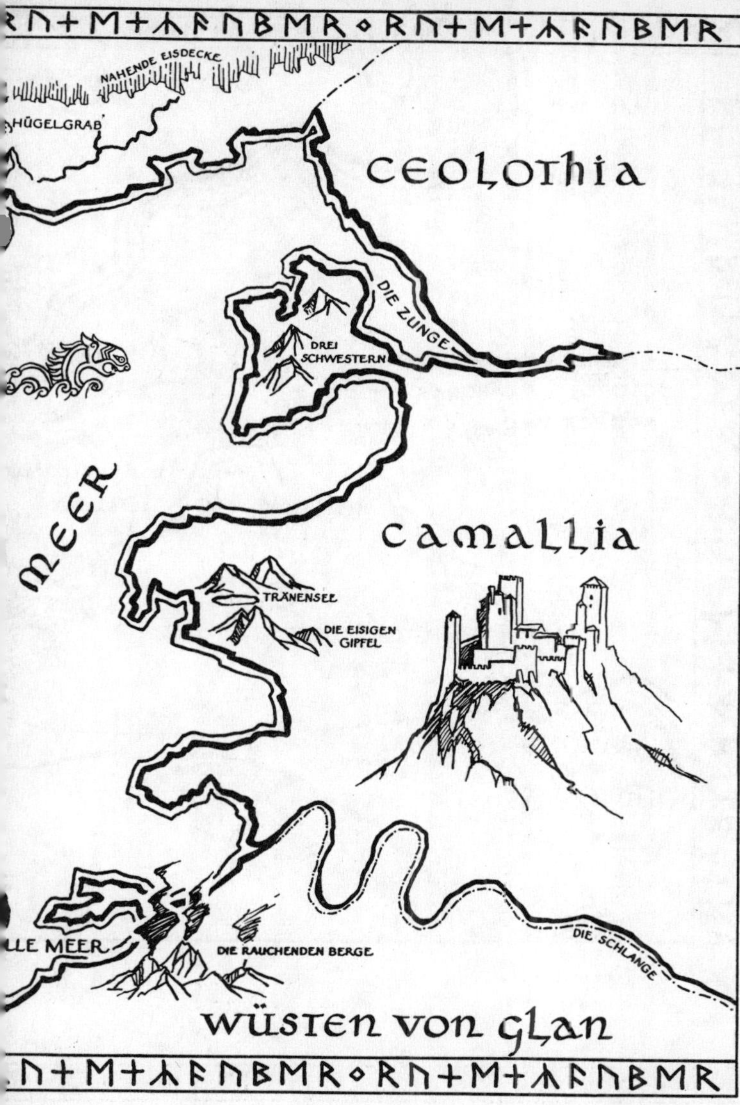

ᚱᚢᚾᛖᚾᛋᚲᚺᚱᛁᚠᛏ
NAHENDE EISDECKE
HÜGELGRAB
CEOLOTHIA
DIE ZUNGE
DREI SCHWESTERN
MEER
CAMALLIA
TRÄNENSEE
DIE EISIGEN GIPFEL
LLE MEER
DIE RAUCHENDEN BERGE
DIE SCHLANGE
WÜSTEN VON GLAN

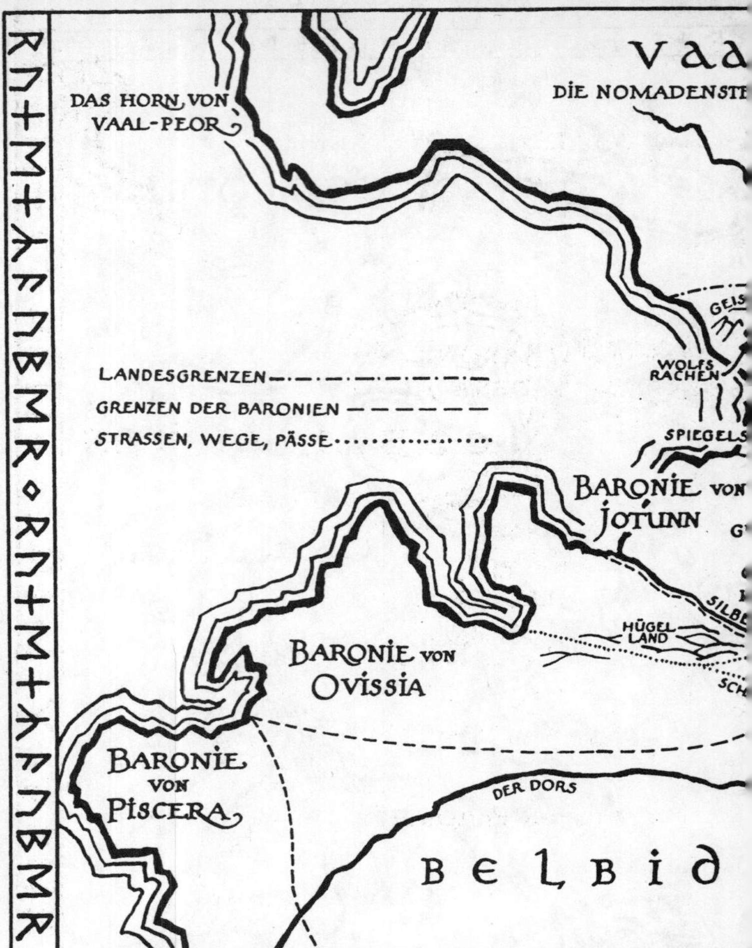
DAS HORN VON
VAAL-PEOR
LANDESGRENZEN
GRENZEN DER BARONIEN
STRASSEN, WEGE, PÄSSE
WOLFS
RACHEN
BARONIE VON
JOTUNN
HÜGEL
LAND
BARONIE VON
OVISSIA
BARONIE
VON
PISCERA
DER DORS
BELBID

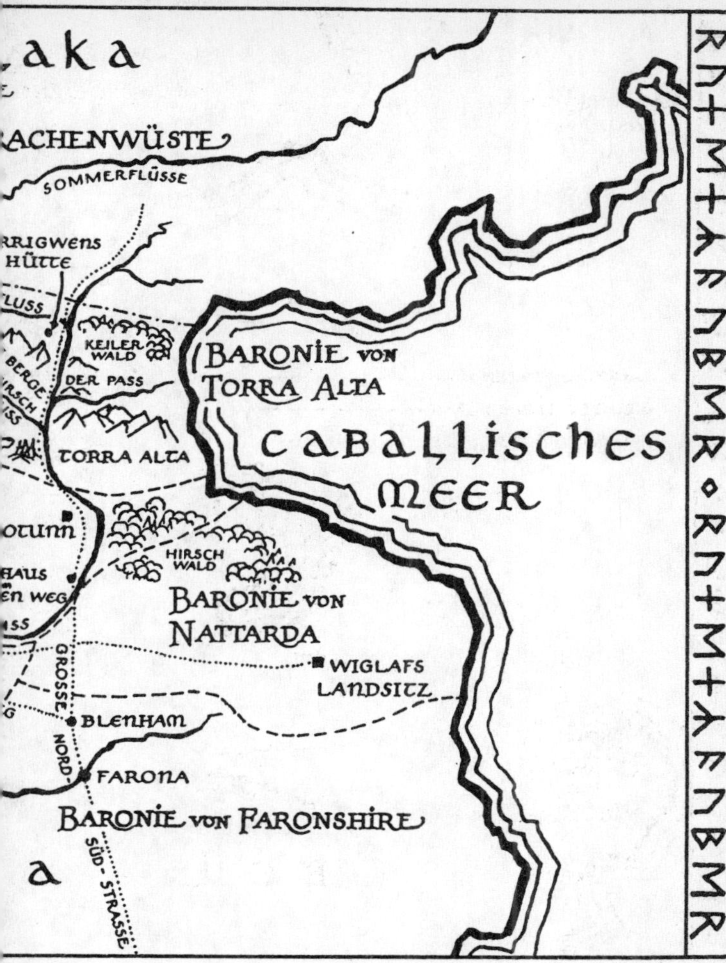
SOMMERFLÜSSE
KEILER WALD
DER PASS
TORRA ALTA
BARONIE VON TORRA ALTA
CABALLISCHES MEER
HIRSCH WALD
BARONIE VON NATTARDA
WIGLAFS LANDSITZ
GROSSE NORD-
BLENHAM
FARONA
BARONIE VON FARONSHIRE
SÜD-STRASSE

KAPITEL 1

Von Avrianas Enthüllung angespornt, machten sie sich in der kühlen Luft des nächsten Morgens auf den Weg. Nach nur zwei Stunden jedoch mußte Caspar seinen Kopf mit einem weißen Tuch vor der sengenden Sonne schützen. Ärgerlich wischte er die Fliegen fort, die ihn umschwirrten. Wenn es zum Frühlingsanfang schon so heiß war, wie wäre es dann erst im Hochsommer?

»Jetzt ist es nicht mehr weit bis nach Laverna«, versicherte ihnen Avriana. »Nur zwei Täler liegen zwischen den Rauchenden Bergen und dem Schlangenfluß, der Glain von Camaalia trennt. Es heißt, früher sei hier fruchtbares Land gewesen, aber selbst so weit im Norden könnt ihr sehen, wie alles trocknet.«

Traurig schüttelte Brid den Kopf.

Sie durchquerten das erste Tal und kamen über eine Reihe rundlicher Hügel in das zweite. Der Boden war aufgebrochen und in sechseckige Brocken geteilt, wo die trockene Erde geschrumpft war. Der Talgrund war sandig, und zu beiden Seiten ragten Kalksteinfelsen in Stufen auf, von Schleifspuren übersät, wo der Wind den Schotter aus der Wüste an die nackten Felsen peitschte. Dünen umgaben steinerne Blöcke, umgekippte Säulen, Bögen und eingestürzte Kuppeln, wo einst ein grandioser Bau gestanden hatte. Avriana bedeckte Kopf und Gesicht mit einem behelfsmäßigen Schal aus einem von Cybillias Unterröcken. Sie erklärte, keine camaalische Frau dächte auch nur im Traum daran, ohne einen Schleier vor die Tür zu gehen. Die Sonne sei für ihre helle Haut zu heiß.

»Sind sie das?« fragte Brid ungläubig, als sie in ein flaches Tal kamen.

Ceowulf nickte. »Die sagenhaften Gärten von Mesmera, wo

einst Veilchen, Lorbeer und Jasmin die Luft mit ihrem schweren Duft erfüllten und Frauen im Schatten der Sandelholzbäume badeten. Hier hütete die schönste Prinzessin, die je gelebt hat, den Hof ihres Vaters und empfing eintausend Freier jedes Jahr. Sie lebte auf einer Burg aus Perlmutt und Ebenholz mit versilberten Böden und diamantenbesetzten Decken. Die Burg lag inmitten eines Gartens voller Brunnen, welche die exotischen Pflanzen mit derart feinem Dunst berieselten, daß die Regenbogen im Sonnenlicht tanzten.«

»Was ist mit ihr geschehen?« fragte Caspar, sah sich den aufgebrochenen Boden und das geborstene Mauerwerk an, von dem der Talgrund übersät war, halb unter feinem Staub begraben.

»Sie mußte sich ihrer Wahl des Freiers absolut sicher sein, da die Zukunft ihres Volkes davon abhing. Ihr müßt wissen, daß sie Erbin des alten Königreiches von Astaria war, das inzwischen in Glain und Camaalia aufgeteilt ist. Sie wußte, daß sie so schön war, daß sie jeden Mann der Welt bekommen konnte. Doch war keiner gut genug. Jahrein, jahraus kamen sie und verehrten ihre Schönheit, doch konnte sie sich nie entscheiden. Dann kam eines Tages keiner mehr.«

»Pest oder Pocken?« fragte Caspar.

»O nein, weder noch. Sie war einfach nur alt geworden, und ihre Schönheit war verwelkt. Die jungen Männer hatten schließlich gemerkt, daß sie eine Perfektion suchte, die kein Mann ihr jemals bieten konnte.«

Mit großen Augen sah sich Cybillia um und wischte gedankenverloren über ihre Wange. Ein großer Teil der Haut war verheilt, und die verbliebenen, silbrigen Narben waren nur als feine Linien auszumachen.

»Und was geschah dann?« brach es aus Caspar hervor, der stets auf neue Geschichten begierig war.

»Nun, der Legende nach hatte sie zwei jüngere Schwestern,

die beide verheiratet waren und gute Söhne hatten, die den Familiennamen weitertragen konnten. Am Ende beschloß der alte König Japeth, sein großes Reich in zwei Hälften aufzuteilen. Er gab die eine Hälfte an seine mittlere Tochter und die andere an seine jüngste, da beide Ehemänner hatten, die das Volk lenken konnten, und Söhne, welche die Königreiche erben sollten. Und so entstanden Camaalia und Glain.«

»Und was wurde aus Prinzessin Mesmera?« fragte Cybillia.

»Der Garten, der sie umgab, verwelkte, wie auch sie verwelkte, und was einst schön gewesen war, wurde nun zu Staub. Doch man sagt, man könne ihr Grab noch sehen. Wenn die Wüstenstürme nicht allzu stark von Süden her wehen und es unter sich begraben, sollten wir in der Lage sein, das Grab dort drüben bei den großen Marmorsäulen zu finden.«

Cybillia bestand darauf, danach zu suchen.

Ceowulf hatte recht. Das Grabmal, das unter den Sandhaufen halb zu erkennen war, lag im Schatten der umgestürzten Säulen. Der Sand war so trocken, daß er flüsterte, wenn er in Cybillias Fußabdrücke rann und diese ausfüllte, lange bevor sie oben zum Eingang des Grabmals kam. Das einstmals stolze Portal war nun fast gänzlich eingedeckt, doch die Tafel am Architrav war noch halbwegs zu sehen. Kniend wischte sie den im Laufe der Zeit angehäuften Sand beiseite, um die Inschrift zu entziffern:

»Ich heiße Prinzessin Mesmera,
mein Gebein liegt hier im Sand.
Ihr alle, seht Euch um,
denn dies war einst mein Land.
Einst war es die reine Pracht,
ein Wunder wie kein anderes
Doch nun liegt es wie ich im Staub,
da uns der Wind geschliffen hat.

Hört auf das Stöhnen des Windes,
lauscht seinem Treiben.
Denn ich habe nur kurz gelebt,
doch der Wind, er wird noch lange, lange bleiben.«

Cybillia wischte sich die Augen, während sie den Sand von der Inschrift schob. Brid legte dem Mädchen eine Hand auf die Schulter.

»Es war keine Sünde, daß Mesmera so schön war. Es liegt keine Trauer darin, schön zu sein, und zweifellos war es nicht ihre Schuld, daß man sie dafür verwöhnte. Doch sie allein ist schuld an ihrer Not. Ihr Untergang war es, daß sie jahraus, jahrein denselben Fehler machte, doch niemals daraus lernte. Sie dachte, ihre Schönheit würde sie unsterblich machen, doch jene, die damit gesegnet sind, sollten wissen, daß sie wie gepflückte Rosen aus dem Garten schnell verblühen.«

»Ich war einst schön«, seufzte Cybillia. »Doch ich habe es verloren.«

»Nun, nein, eigentlich nicht«, sagte Brid mitfühlend, »obwohl keiner von uns im Augenblick sonderlich vorteilhaft aussieht. Dein Haar wächst nach, und im rechten Licht ist deine Wange kaum noch zu erkennen.«

Sie marschierten den ganzen Tag, machten nur halt, um die Pferde an den gelegentlichen Bächen zu tränken, die aus unterirdischen Quellen rannen. Caspar erschrak über das verdörrte, öde Land so nah am Schlangenfluß. Die Terrassenanlagen und Bewässerungskanäle waren noch zu erkennen, und ohne weiteres ließ sich vorstellen, wie das einst fruchtbare Land von Olivenbäumen und Rebstöcken übersät war. Nun war alles vernichtet.

Avriana ritt inzwischen mit Ceowulf, da Hexer das zusätzliche Gewicht besser tragen konnte als der schlanke Feuerschweif. Sie lugte über ihren Schleier hinaus und blickte starr zum Horizont.

»Als ich hier zuletzt geritten bin«, erklärte Ceowulf, »war Sommer, und wir trugen unsere Rüstungen. Es war, als säße man in einem Wasserkessel, und zwei Männer sind vor Erschöpfung gestorben, in ihrem eigenen Schweiß gekocht.«

»Als ich hier zuletzt geritten bin, war Kynan bei mir«, sagte Avriana leise. »Ich bin mir nicht ganz sicher, wie lange es her ist. Zwei Jahre, vielleicht drei. Ich frage mich, ob er noch da ist, wenn wir nach Laverna kommen.«

Niemandem wollte etwas einfallen, wie der Schmerz der Frau zu lindern wäre. Hal hustete nervös und lenkte die Aufmerksamkeit auf die Bussarde, die träge über einem Felsspalt kreisten. Cybillia wandte sich ab, biß auf ihre Unterlippe. Brid dagegen brachte Komet neben Ceowulfs schweres Streitroß und strich sanft über Avrianas Arm.

»Es tut mir so leid, Avriana. Ich weiß, daß wir nichts sagen können, was dir deine Sorgen nehmen könnte. Du kannst nur warten, bis wir dort sind, und dann sehen, was geschehen ist, und du mußt tapfer sein. Etwas anderes können wir nicht tun.«

Avriana wandte ihr verschleiertes Gesicht der Jungfrau zu. Ein leises Beben lag in ihrer heiseren Stimme. »Danke für deine Freundlichkeit. Und danke, daß du nicht sagst, alles würde wieder gut und sicher wartet er darauf, daß ich nach Hause komme, denn ich weiß, daß so was einfach nicht geschieht. Es hilft einem, realistisch zu bleiben, und zumindest bin ich noch mit anderem beschäftigt.« Sie lächelte tapfer. »Dieses Rätsel ist irgendwie undurchsichtig.«

»Allzu undurchsichtig?« stöhnte Brid.

Avriana schien an ihrer Herausforderung zu wachsen. »Aber wir haben den ersten Teil gelöst, so daß Hoffnung besteht. Und so schwierig war es am Ende doch nicht«, rief sie freudig aus.

Caspar lächelte in sich hinein, dachte, daß allein Avrianas ungewöhnlicher Verstand die verborgene Bedeutung entschlüsselt hatte.

Stirnrunzelnd sah Hal seinen Neffen an. »Nicht schwierig, sagt sie.«

»Nun, ich gebe ihr recht, du hättest es nicht lösen können, da du nicht Camaalisch sprichst. Das Rätsel mag in belbidianischer Sprache geschrieben sein, doch da es in Camaalia zurückgelassen wurde, findet sich darin eher die camaalische Denkweise. Da die camaalischen Worte für Tür und Tor identisch sind, hätte es mir unübersehbar deutlich sein müssen. Offenbar bin ich etwas eingerostet. Somit suchen wir also nicht nach einer Tür aus Stein, die man sich als etwas eher Kleineres vorstellt, wie etwa den Eingang zu einem Haus oder zu einer Höhle. Nein, es müßte ein Torweg sein, und am wahrscheinlichsten findet sich ein Torweg als Eingang zu einer ummauerten Stadt, und jedermann weiß, wo dieser steinerne Torweg ist.«

»Natürlich. Die Burg von Sequicornum«, meinte Ceowulf. »Der Zugang zur Zitadelle wird von zwei stehenden Steinen markiert … zwei Monolithen, so würde man sie wohl nennen, die dreimal so hoch sind wie ein Mensch. Und dann wird natürlich auch der Mittelteil des Reimes klar: ›Lernt Klingenschnitt und Bergenrund‹, denn wenn man durch die steinernen Tore kommt, liegt Camaalias berühmter Übungsplatz für Ritter vor einem.«

»Und was dann?« fragte Caspar und sah, wie Hal das Runenschwert zog und die Klinge untersuchte. Der größere Junge richtete sich auf und blickte bei der Erwähnung der berühmten Schule wehmütig voraus.

Ceowulf schnaubte herablassend. »Mach dir keine Hoffnung, Hal. Die Kämpfer trainieren jahrelang. Du würdest selbst beim Training keine zwei Sekunden überleben.«

Hal schob eine Augenbraue in die Höhe. »Das sehen wir dann.«

»Aber wenn wir dort sind, wonach suchen wir von da aus?« wollte Caspar wissen. Wie Hal spürte auch er die Aufregung bei dem Gedanken an den großartigen Ruf der camaalischen Schule.

»Wir wissen es nicht«, antwortete Brid. »Wir können nur hoffen, daß sich das eine aus dem anderen ergibt. Wenn Hal in den Sümpfen um Nesselmarsch nur nicht so sorglos gewesen wäre, hätten wir nach wie vor die komplette Inschrift des Kessels.«

»Natürlich«, erwiderte Hal nur. »Gib ruhig mir die ganze Schuld.«

Die Hauptstadt von Camaalia ragte am Horizont auf, und die verwitterten Kupferdome und kannelierten Minarette brachten prächtige Farben in die staubigen Täler. Eine mächtige Kathedrale, deren Pfeiler mit glitzernden Smaragden besetzt waren, saß wie eine Krone auf dem Kopf der prächtigen Hauptstadt Camaalias. Die Stadt war geometrisch angelegt und strahlte von der Spitze des mittleren Turms aus. Für Caspar war es, als hätte sich die Sonne im Herzen eines geschliffenen Edelsteins gefangen, der nun das umliegende Land überstrahlte.

»Laverna wurde vor tausend Jahren von König Verdinand gebaut«, erklärte Ceowulf, während sie auf die Fähre warteten, die sie über den Schlangenfluß bringen sollte. »Es war Gattos Heimatstadt, und darauf war er sehr stolz. König Verdinand wollte offensichtlich etwas bauen, was das habgierige Grün des Wyvernauges übertraf, und er war der Ansicht, daß die Reflexion von der Kathedrale die Viecher vertreiben würde.«

»Er muß die Stadt in einem Stück errichtet haben«, vermutete Brid mit einem Blick auf die Straßen der Stadt, als der Fährmann sie über den breiten, schwerfälligen Fluß beförderte.

»Wie sonst sollte er eine solche Gleichförmigkeit erreicht haben?«

Avriana, die sich beim ersten Anblick der Stadt in sich zurückgezogen hatte, stieß ein leises Lachen aus. »O nein, Camaalier lieben die Uniformität. Und die Eleganz natürlich. Strukturen sind ein großer Teil unseres Lebens. Deshalb lieben wir Rätsel so sehr, weil sie logisch denkende Menschen verblüffen. Obwohl Vater sie eigentlich aus dem genau entgegengesetzten Grunde liebt, weil er behauptet, es sei ein logischer Verstand, der sie löst, doch darin stimme ich ihm nicht zu.« Ihre sonst heisere Stimme klang hoch und schrill, und ein roter Fleck, der ihre Wangenknochen färbte, war eben noch über dem Rand des Schleiers zu erkennen.

Nun kamen die Pferde über gepflasterte Straßen, als sie zur Stadt hin trabten und die vertrocknete Landschaft hinter sich ließen. In regelmäßigen Abständen führten Bewässerungskanäle von Quellen her und bildeten ein geometrisches Muster, als sie aus der zufälligen Ordnung der Natur auf die sterilisierte Welt der Zivilisation trafen. Als sie Lavernas mächtige Kupfertore erreichten, deren metallene Blätter das Land um sie herum Lügen straften, blickte Avriana auf. Sie hatten ein ungutes Gefühl. Bei einem Blick auf die Stadt, die dort nun vor ihm lag, staunte Caspar über die grenzenlose Fähigkeit der Camaalier, endlose Symmetrie bis ins kleinste Detail zu schaffen.

»Es ist wie ein Spinnennetz«, erklärte er plötzlich, »mit all diesen Straßen, die zur Mitte führen und durch konzentrische Kreise kleinerer Straßen verbunden sind. Das ist wirklich ungewöhnlich.«

»Nein, eigentlich ist es ziemlich langweilig«, widersprach ihm Avriana. »In meiner ganzen Jugend habe ich mich nach einer unerwarteten Wendung in der Straße oder einer unvorhergesehenen Rundung eines Gebäudes gesehnt.«

Das einzige, was nicht gleichmäßig verteilt zu sein schien, waren die runden, verzierten Türme, die anscheinend wahllos über die Stadt verteilt standen. Sie sahen wie Bohrtürme aus, und jeder davon war derart verziert, als wäre man dabei geradezu ehrfürchtig vorgegangen.

»Es sind Belüftungsschächte für die alten Kupfer- und Smaragdminen«, teilte ihnen Avriana verläßlicherweise mit.

Eifrig spähten Hal und Caspar in den nächsten Schacht, und Caspar, der sich gefährlich weit von seinem Pferd lehnte, johlte in den hohlen Schacht hinein, lauschte seinem Echo. Als sein Echo dann erstarb, meinte der jüngere Torra Altaner, ein seltsames Klopfen zu hören. »Was war das?« fragte er besorgt. »Ich bin mir sicher, daß ich etwas gehört habe.«

»Dort unten ist niemand«, versicherte ihm Avriana. »Sie haben den westlichen Teil der Mine schon vor Hunderten von Jahren abgetragen. Wahrscheinlich war es nur tropfendes Wasser oder irgendwas.«

Das war es ganz sicher nicht, dachte Caspar, aber er wollte mit der Frau nicht streiten. Das angespannte Stirnrunzeln auf ihrem geröteten Gesicht machte deutlich, daß ihr schon jetzt allzuviel durch den Kopf ging. Als das Trommeln der Pferdehufe durch die menschenleeren Straßen von Laverna hallte, zupfte und bürstete Avriana an ihrem schmutzigen Kleid und dem sandigen Schleier herum. Brid sah sie an und ließ halten.

»Wir können Avriana unmöglich so nach Hause bringen. Ceowulf, such uns doch bitte einen Gasthof, wo wir alle ein Bad nehmen können. Avriana kann mit Cybillia und mir kommen, damit wir ihr ein paar Kleider suchen.«

»O nein, das kann ich nicht«, erwiderte die Camaalierin. »Ich habe kein Geld.«

Brid winkte ab. »Aber Hal hat welches.« Sie hielt dem finster dreinblickenden Jungen ihre Hand hin.

Der knirschte mit den Zähnen und sah sie mit schwarzem

Blick an. »Du übertreibst es«, zischte er, wich Brids ausgestreckter Hand aus und drückte Avriana mehrere Silberstücke in die Hand. »Hier, nimm nur.« Er schenkte ihr ein breites, großzügiges Lächeln.

»Ich kann nicht«, beharrte sie, doch sah sie immer wieder erst das Geld an, dann ihre schäbigen Kleider. Hin- und hergerissen biß sie sich auf die Lippe.

»Also gut«, sagte Hal sanft. »Nimm es als Entlohnung dafür, daß du uns hilfst, das Rätsel zu lösen. Würdest du das für uns tun?«

Avriana lenkte ein und nahm das Geld dankbar entgegen. »Es gibt dort einen stillen Gasthof, ein Stück die Straße hinauf und dann rechts«, erklärte sie Ceowulf. »Auf dem Weg dorthin kommen wir an einem Schneider vorbei.«

Ceowulf sah sich die camaalischen Frauen an, die eilig ihren Geschäften nachgingen. Die älteren Frauen trugen tristes Schwarz mit gestrickten Tüchern. Die jüngeren Frauen waren etwas abenteuerlustiger mit gedecktem Blau und Grün, doch trugen sie alle, selbst die kleinsten Mädchen, Schleier. Nachdenklich sah er Brid und Cybillia an.

Als sie zu dem Schneider kamen, nahm Ceowulf Brid beiseite. »Es würde sicher nicht schaden, wenn ihr euch wie Einheimische kleidet«, meinte er. »Diese Schleier wären eine praktische Verkleidung, nur müßtest du dazu auch ein Kleid tragen. Du sähest ziemlich albern aus, mit ledernen Jagdhosen und einem Schleier.«

Brid gab ihm recht. Die camaalischen Schleier waren von feinster Seide und hingen an Spangen, welche im Haar der Trägerin befestigt waren. Sie würden die Aufmerksamkeit von ihren ungewöhnlichen Augen ablenken und die letzten Reste von Cybillias Narben verbergen.

»Ich weiß, daß wir fern der Heimat und der Bedrohung durch König Rewiks Inquisitoren sind, aber Laverna ist voll belbidianischer Kaufleute«, rief ihr der Ritter in Erinnerung. »Und außerdem starren dir die camaalischen Männer ins Gesicht. Offenbar sind sie nicht daran gewöhnt, unverschleierte Frauen zu sehen.«

Ärgerlich baute sich Hal vor vier Jungen auf, die stehengeblieben waren und die belbidianischen Jungfern begafften. Seine Finger trommelten auf dem Heft seines Schwertes. Allein Ceowulfs schnelle Reaktion, indem er dem Gefährten fest eine Hand auf die Schulter legte, verhinderte, daß der Junge vorschnell seine Waffe zückte.

Es dauerte mehrere Stunden, bis Avriana und die beiden belbidianischen Mädchen schließlich gewaschen, gebürstet und fertig waren. Cybillia und Brid waren in den geflickten Kleidern, die sie vor langer Zeit in Farona erworben hatten, kaum mehr zu erkennen. Das Edelfräulein von Jotunn trug ein dekoratives, rosafarbenes Kleid mit cremefarbenen Schärpen und Schleifen, die um ihre Hüften lagen. Ein enges Mieder schnürte ihre Taille ein, und ihre Brüste waren züchtig mit Spitze verhüllt. Sie sah wie eine echte Dame aus. Brid war schlichter mit zartem, hellblauem Stoff gekleidet, der um ihre schlanken Hüften lag und um ihre Knöchel fiel. Nichtsdestotrotz war die kupferhaarige Priesterin einnehmender. Die schlichte, bescheidene Hülle hob ihre erblühenden Kurven hervor, schmiegte sich um ihre Figur und flüsterte an ihrem anmutigen Leib.

Avriana hatte ein nüchternes grünes Kleid mit nur sehr wenig Stickereien und Verzierungen gekauft, doch sie schien damit sehr zufrieden. Sie sah sich unter ihren Rettern um. »Danke. Mehr kann ich nicht sagen, auch wenn es so gering erscheint bei allem, was ihr für mich getan habt. Ihr wart alle so gut zu mir.« Sie wandte sich Ceowulf zu. Halb lachend, was ihre Anspannung kaum verbergen konnte, neckte sie: »Diese vier dort sind für ihre jungen Jahre sehr verständnisvoll.« Dann holte sie tief Luft, als stählte sie ihre Nerven. »Fast da. Fast daheim.«

Bekräftigend drückte Brid ihre Hand.

Geordnete Stille lag über der geschäftigen Stadt. Niemand pries seine Waren lautstark an oder feilschte heftig, wie es auf Faronas Kornmärkten üblich war. Statt dessen gingen die Händler ihren Geschäften auf ordentliche Art und Weise nach, arbeiteten ernst und hart selbst in der Mittagszeit.

»Als Caldeaner läßt mich der bloße Gedanke daran, während der Mittagszeit zu arbeiten, erschauern.« Mißbilligend sah sich Ceowulf um. »Es ist nur recht und billig, eine Mahlzeit und eine lange Ruhepause zu nehmen, wenn die Sonne ihren Zenit erreicht. Genau wie Gatto ruhen diese Leute erst, wenn der Tag vorüber ist. Er sagte stets, das Mittagessen würde Fluß und Konzentration stören.« Einen Moment lang schien die Last der Trauer den Söldner zu bedrücken, und Caspar vermutete, daß er es bedauerte, seinen früheren Kollegen erschlagen zu haben. Trotz der Ruchlosigkeit des Mannes hatte Ceowulf ihn offenbar geschätzt.

»Nun, das tut es auch«, meinte Hal. »Wenn man zum Mittag Pause macht, muß man bis in die kühlen Abendstunden arbeiten, damit die Arbeit fertig wird.«

»Es hat keinen Sinn, darum zu streiten«, unterbrach Brid. »Torra Alta leidet nicht unter der heißen Mittagssonne Caldeas, was den Unterschied erklärt. Außerdem sind wir hier noch südlicher als Caldea, und mich überrascht, daß sie derart nordische Gebräuche pflegen.«

»Oh, ganz und gar nicht«, unterbrach Avriana. »Offenbar kennt ihr nicht die ganze Geschichte der Stadt. Prinzessin Mesmeras jüngste Schwester erbte sie. Sie heiratete einen belbidianischen Baron, aus Nattarda, glaube ich, und er brachte manche seiner Sitten und Gebräuche mit.«

Cybillia verzog bei der Erwähnung jener Nachbarbaronie

Jotunns ihr Gesicht. Oft schon hatte sie darauf hingewiesen, daß ihr Vater eine sehr schlechte Meinung von Baron Wiglaf aus Nattarda hatte.

Die Häuser der einzelnen Straßen waren allesamt in der gleichen Farbe gestrichen, doch unterschied sich jede Straße ein wenig von der anderen, und so war die Stadt in verschiedenfarbige Bänder aufgeteilt. Am Eingang einer jeden vierten Reihe stand ein größeres Haus von hellroter Farbe. Avriana erklärte, diese gehörten den Präfekten der einzelnen Viertel.

Ceowulf ritt voraus, und Avriana erklärte ihm den Weg. Da die anderen die Anspannung der Frau spürten, ritten sie hinterher und hielten respektvoll Abstand.

»Gleich sind wir da«, verkündete Avriana, als sie zu einer breiten Straße kamen, die von Brunnen gesäumt war und zu einem marmornen Palast führte. »Dort wohnt König Valerius«, erklärte sie lakonisch, dann führte sie die anderen um die Stallungen herum zur Rückseite des Palastes. Mehrere Burschen blickten neugierig auf, als sie sich näherten, doch sie bürsteten weiterhin eifrig das leuchtend getupfte Fell sechs Grauer, die dort auf dem Burghof standen.

Wortlos führte Avriana sie durch die Stallungen zu einer kleinen Seitengasse, die fast im rechten Winkel von der Hauptstraße wegführte, wo eine Reihe niedriger, terrassenförmig angelegter Häuschen im Schatten des Palastes kauerten.

»Es ist das dritte von links«, murmelte sie und hob kurz ihren Schleier, um die feuchten Augen abzutupfen. Caspar konnte sehen, daß ihre Hände zitterten, als Ceowulf ihr vom Pferd half. Beklommen sah sie die anderen an. »Ich trau mich nicht, hineinzugehen.« Dann sah sie sich flehentlich um. »Ihr sagt doch nichts von der Wyvern … ihr sagt nur, daß man mich gefangengehalten hat. Mehr nicht«, flehte sie.

»Natürlich nicht«, versicherte ihr Brid, trat vor und nahm

beruhigend ihre Hand, während Cybillia ihren anderen zitternden Arm ergriff. Ceowulf und die beiden Jungen hielten sich zurück, wollten sich nicht einmischen.

»Ich kann nicht hineingehen«, stammelte Avriana.

»Du mußt.« Brid klang bestimmend, aber freundlich. »Je länger du wartest, desto schlimmer wird es.«

Entschlossen klopfte sie an die Tür und wartete einige atemlose Minuten, bis sie hörte, daß sich stolpernd Schritte näherten, dann erklang ein seltsames Scharren von drinnen. Ganz langsam schob sich der Riegel beiseite, und die Tür ging auf, gab einen Mann preis, der dort im Schatten der Tür stand. Er war groß und ganz sicher viel zu jung, um Avrianas Vater sein zu können. Mutlos fürchtete Caspar, daß der alte Mann entweder gestorben oder ausgezogen war.

Er betrachtete den Mann, dessen Haut seltsam fleckig war, als hätte er schreckliche Verbrennungen erlitten. Wenn er auch erschöpft und ausgezehrt wirken mochte, sah er mit seiner breitschultrigen Gestalt doch aus, als wäre er einst kräftig gewesen. Es lag eine gewisse Unsicherheit in seinen Bewegungen, und etwas unbeholfen streckte er die Hände von sich. Seine Augen waren totenweiß. Er sagte etwas auf camaalisch und wartete auf Antwort.

Caspar sah das ungläubige Entsetzen auf Avrianas Miene und wußte instinktiv, daß der Blinde Kynan war. Sie taumelte vorwärts und sank in Brids dünne Arme.

Der Mann wiederholte seine Worte und hielt dann inne, fuhr auf belbidianisch fort: »Wer klopft ans Haus des Talmus? Wer seid Ihr? Antwortet mir!« sagte er. Offenbar verunsicherten und verärgerten ihn die Vorkommnisse. Er riß seinen Kopf herum und wandte sich Caspar und seinen Gefährten direkt zu, da er mit der verstärkten Sensibilität eines Blinden ihre Anwesenheit spürte. Feuerschweif schnaubte und stampfte mit einem Huf auf, und der Mann erschrak.

»Pferde. Was wollen Männer zu Pferde hier am Haus des Talmus? Ihr wißt, daß der alte Mann noch krank ist.«

Brid überließ Avriana Cybillias Fürsorge und trat leichtfüßig vor, um die Hand des Camaaliers zu ergreifen. »Bist du Kynan?«

Der Mann nickte, spannte sich, als ahnte er, daß sie Neuigkeiten von großer Bedeutung brachte.

»Wir kommen von weit her und sind beim letzten Mond durch die Wüsten von Glain gereist.« Ihre Stimme war sanft und ruhig. Bekräftigend drückte sie dem Mann die Hand, bereitete ihn auf den Schock vor. »Wir haben sie in Gefangenschaft der Dünentänzer und einer Wyvern vorgefunden. Avriana geht es gut, und wir haben sie nach Hause gebracht.«

Langsam liebkoste sein Mund den Namen der Frau, als er ihm über die Lippen kam. »Avriana«, hauchte er ungläubig. »Wo?«

»Hier.« Brid führte ihn dorthin, wo die Frau blinzelnd im Sonnenlicht lag. Ihre Hände streckten sich sehnsüchtig Kynans Berührung entgegen, und er kniete neben ihr nieder, umschlang sie mit seinen schlanken Armen.

»Avriana, antworte mir.«

Kein Wort wollte der Frau über die Lippen kommen, und nur ein Schluchzen drang aus ihrer Kehle, während sie sich noch stärker an den Mann klammerte. Die Jahre in Schmerz und Pein hatten ihre Seele allzu sehr vernarbt, als daß sie in einem einzigen Augenblick fortzuwaschen wären. Keuchend schluckte sie ihr Schluchzen herunter, und sie sprachen einige Minuten lang leise in ihrer eigenen Sprache miteinander, dann blickte Avrianas tränenüberströmtes Gesicht zu Brid auf.

»Er lebt«, stieß sie hervor. »Nach allem, was geschehen ist, lebt er.«

Caspar spürte, daß seine Zunge im Hals dick wurde, und er rieb an seinem Augenwinkel herum, wo heiße Tränen brannten. Hal hustete eilig.

»Ich habe sie gesucht«, schluchzte Kynan, als wollte er sich entschuldigen. »Jahrelang habe ich sie gesucht. Schließlich bin ich nach Camaalia zurückgelaufen, wo ihr Vater mich schwach und vor Trauer gebrochen fand. Talmus war von Alter und Sorge gebrechlich, doch war ihm aus Treue zu Avrianas Erinnerung an mir gelegen. Ich konnte nur bleiben und warten, daß sie heimkehren würde. Und nun ist sie da.«

Die beiden Camaalier hielten einander in den Armen, wobei Kynan die Frau wie einen Säugling wiegte. Ein alter Mann, der sich gekrümmt auf einen Gehstock stützte, schlurfte aus dem dunklen Haus heran, knurrte und murrte.

»Kynan?« fragte er, war offenbar verwirrt, woher der Aufruhr rühren mochte, doch als er die Frau in der Umarmung des Blinden sah, ließ er seinen Gehstock fallen und sank neben ihr auf die Knie.

»Avriana«, stöhnte er.

Die Wiedervereinigungen nahmen einige Zeit in Anspruch, und Cybillia und Brid zogen sich zurück und winkten, daß sie sich leise von dannen machen und ihre Suche wiederaufnehmen wollten, aber Avriana wandte sich ihnen mit tränenfeuchten Wangen zu. »Nein, ihr dürft nicht gehen, ohne unsere Gastfreundschaft genossen zu haben. Wir müssen euch irgendwie für das danken, was ihr für uns getan habt. Laßt eure Pferde in den Stallungen und kommt dann wieder, damit wir euch speisen und mindestens für eine Nacht Unterkunft gewähren können, bevor ihr zu den steinernen Toren von Sequicornum weiterreist. Bitte, bald schon wird es dunkel sein.«

Sie nahmen das Angebot mit Freuden an, da es schon einige Tage her war, daß sie in einem echten Bett geschlafen hatten.

Als sie von den Ställen wiederkamen, führte man sie in den Salon des kleinen Hauses. Trund sprang auf einen Stuhl am Feuer, sah gebieterisch in die Runde, dann kratzte er sich reichlich würdelos am Hals.

Auch Avriana sah sich neugierig um. Sie hob ihren Schleier und strich ihn über ihr Haar. Mehrere Werkbänke reihten sich aneinander, und allesamt lagen sie voll geschnitzter Pfeifen und Flöten. Verschiedene Beitel und Bohrer lagen ordentlich auf einer Seite. Mit geübten Händen schwang Kynan den Kessel übers Feuer, wollte sich dabei von Avriana nicht helfen lassen.

»Die Flöten?« fragte sie um ihrer Gäste willen auf belbidianisch.

Der alte Mann nickte zu Kynan hin. »Er kam heim, wann war es, vor anderthalb Jahren etwa. Zwei Jahre hatte er in der Wüste gesucht, sich von Echsen ernährt, bis die sengende Sonne schließlich seine Augen ausgebrannt hatte. Als er heimkehrte, fand er in mir einen Mann, den die Trauer um seine verlorene Tochter derart gebrochen hatte, daß er nicht einmal mehr arbeiten konnte. Und in Erinnerung an dich blieb er hier, um für mich zu sorgen, wie es seine Pflicht gewesen wäre, wenn ihr damals geheiratet hättet. Obwohl er nicht sehen konnte, brachte er sich selbst bei, diese Flöten zu schnitzen. Er hat großes Feingefühl in seinen Händen.« Der alte Mann schien sich etwas aufzurichten. »Und da du nun zu Hause bist, werde ich sie vielleicht wieder vor dem König spielen können, da mein Herz von Freude erfüllt ist.«

Avriana strahlte.

»Ihr werdet heiraten«, verkündete der alte Mann. »Sobald du dich gesund fühlst.«

Trund japste aufgeregt, als hätte er die Worte verstanden. Er sprang zu Boden und jagte wild umher, warf die Stühle um, als jagte er eine unsichtbare Ratte.

»Er spürt, was wir empfinden, und wird dann immer übermäßig aufgeregt«, erklärte Brid, während alle über die Possen des Hundes lachten.

»Ich könnte schwören, daß er lacht«, rief Avriana aus.

Nachdem Avriana und ihr Zukünftiger eine Mahlzeit aus Gemüsesuppe und Fleischeintopf mit Kartoffeln zubereitet hatten, aßen sie zufrieden und saßen entspannt ums Feuer. Sehnsuchtsvoll hielten Kynan und Avriana einander bei den Händen, bis es für alle Zeit wurde, sich für die Nacht auf ihre Zimmer zurückzuziehen. Das Haus war klein und hatte nur zwei Schlafzimmer. Brid und Cybillia gingen mit Avriana, um bei ihr zu schlafen, während die beiden Camaalier sich ins andere zurückzogen. Die drei Belbidianer beharrten darauf, daß sie problemlos am Feuer schlafen konnten.

Avriana lachte. »Du mußt wissen, daß mir diese jungen Männer erzählen wollten, ihre Väter seien große belbidianische Edelleute. Jetzt aber weiß ich, daß sie es nicht sind, da sie freiwillig auf Liegen am Feuer schlafen. Edelleute würden fordern, ordentliche Betten und Zimmer für sich allein zu bekommen.«

Fast augenblicklich sank Caspar in Schlaf, war zufrieden, daß sie zumindest Avriana und ihren geliebten Kynan wiedervereint hatten. Später am Abend wachte er plötzlich auf, als hätte ihn sein sechster Sinn aufschrecken lassen. Er saß im Dunkel aufrecht da. Besorgt und orientierungslos war er, doch sicher, daß jemand ihn geweckt hatte, und so rief er: »Wer ist da?«

Schwere Schritte eilten die Treppe hinab, und eine schwarze Gestalt erschien an der Tür. Ceowulf war bereits wach und steckte eilig eine Kerze an. Kynan stand mitten im Raum und tastete unsicher um sich.

»Was ist los?« wollte Caspar wissen und stand schon auf den Beinen.

Leeren Blickes starrte Kynan hinter ihn und zog den Jungen langsam schützend an sich. Da die Furcht im Antlitz des Mannes ihn beunruhigte, wandte sich Caspar um und blickte in die Runde. Kynans tote Augen schienen etwas zu verfolgen, doch was es auch sein mochte, es war für Caspar nicht sichtbar.

Der Camaalier murmelte etwas, das wie ein Befehl klang. Als steinernes Schweigen folgte, wiederholte er es auf belbidianisch. »Ich weiß, daß du da bist. Komm heraus und zeige dich.«

»Aber da ist doch nichts«, hielt Hal dagegen. Dennoch flüsterte sein Schwert über das Schaffellfutter der Scheide, als er die Klinge zog.

»Vielleicht kann ich nicht sehen, aber ich weiß, daß hier ein Dieb ist«, knurrte Kynan. »Man lernt, manche Dinge zu spüren. Hier ist jemand.«

Die Haut in Caspars Nacken begann zu prickeln. Er starrte ins Dunkel, während Ceowulf noch eine Kerze anzündete und das Feuer schürte. Mit gezücktem Schwert zog er die Stühle grob aus der Zimmerecke.

Leichte Schritte tappten die Treppe herab, und atemlos trat Brid ins Zimmer. Ein fahler, weißer Glanz umleuchtete sie, als sie den Mondstein über ihren Kopf hielt.

Das Licht tastete sich in die Spalten und Nischen, drang hinter den Kessel über der Feuerstelle und in den Schornstein. Etwas Licht fiel auf das Runenschwert und prallte davon ab, konzentrierte sich zu einem Lichtpunkt. Für den Bruchteil einer Sekunde sah Caspar das Abbild eines Gesichts … eines sehr menschlichen Gesichts, wenn auch die Augen groß und Mund und Nase zu klein waren.

Die Haut des Wesens hatte einen grünlichbraunen Farbton, und während es Caspar gierig in die Augen blickte, glitt ihm die Zunge zwischen kleinen, spitzen Zähnen entgegen. Brid trat vor und hielt dem Wesen das Licht des Mondsteins aggressiv mitten ins Gesicht. Mit einem kurzen Aufschrei war es verschwunden, glitt zwischen den Fensterläden hinaus und verschwand in der Nacht.

»Was war das?« Fast klang Hal nervös.

»Ich weiß es nicht«, murmelte Brid. »Ich habe es noch nie gesehen. Vielleicht ein Kobold.«

Der alte Herr des Hauses schlurfte mit Avriana an seiner Seite herein und sah verdutzt den Mondstein an. »Was bringt ihr Hexendinge in mein Haus?«

Eilig sagte Kynan etwas auf camaalisch, was Talmus beruhigte. »Ein Dieb? Hier in meinem Haus?«

»Es war kein gewöhnlicher Dieb«, fuhr Kynan fort. »Er roch nach Bosheit und Übel. Ich konnte spüren, daß es diesem Jungen hier galt.« Während er sprach, wandte er seinen Blick kein einziges Mal vom Mondstein ab, und seine Miene nahm einen staunenden Ausdruck an. »Ich kann es sehen. Ich kann das Leuchten sehen, und ich kann auch Brids schattenhafte Umrisse erkennen. Ich kann dein Licht sehen«, stöhnte er. »Es ist so … so wunderschön.«

Der alte Mann zog einen Hocker heran und setzte sich ans Feuer. Schweigend wandte er sich Avriana zu, und wie die Höflichkeit es von ihm forderte, sprach er mit ihr Belbidianisch, um seine Gäste nicht auszuschließen. »Geh uns etwas warmen Wein holen, der unsere Lebensgeister weckt, Kind. Und nun sagt mir, was ihr in meinem Haus gesehen habt.«

Brid erklärte es in allen Einzelheiten.

»Nach allem, was du mir beschreibst, würde ich sagen, es klingt nach einem Klopfer«, erklärte er mit abschätzigem Lachen, »wenn ich es auch nicht glauben kann. Die Stadt ist auf einer tiefen Mine errichtet, die weit in die Erde reicht. In alten Zeiten stiegen die Menschen mit Hacke und Schaufel hinab, um die Mineralien abzutragen, und gelegentlich kamen sie wieder an die Oberfläche und berichteten von seltsamem, unerklärlichem Klopfen im Felsen. So entstand eine Geschichte um die Minen, daß dort kleine, grüne Männer lebten, die diese merkwürdigen Geräusche machten, welche niemand nachvollziehen konnte. Man nannte sie die Klopfer.«

»Das war mir nicht klar«, antwortete Brid. Sie sah Caspar an und flüsterte: »Du hättest nicht in die Mine hinunterrufen sollen.«

»Inzwischen ist man sich natürlich darüber im klaren, daß es sich keineswegs um Lebewesen handelt, sondern um winzige Bewegungen der Erde«, fuhr Talmus fort, da er die leisen Worte der Jungfrau nicht hörte, »und deshalb glaube ich nicht, daß ihr einen gesehen habt. Zweifellos war es nur eine Täuschung des Lichts.« Betreten sah der Mann den Mondstein an. »Es ist ganz außergewöhnlich, eine faszinierende Kugel. Ein leuchtendes Gas, eine phosphorische Mischung, wie ich vermute, die sich in Verbindung mit Luft sogleich entzündet.«

Brid schnaubte angewidert.

Hal fuhr herum und brannte seinen zornigen Blick in ihre Augen. Nachdenklich sah Avriana die Jungfrau an, und ein Funke der Erkenntnis leuchtete in ihren Augen, während sie wissend lächelte, als ahnte sie, daß mehr dahinterstand, als ihr Vater dachte.

Caspar staunte über die Reaktion der Camaalier. Ganz im Gegensatz zu allen Belbidianern fürchteten sich Kynan und der alte Mann keineswegs vor der alten Zauberei. Offenbar verwarfen die Camaalier die Zauberei nur, weil sie diese als vollkommen unlogisch erachteten. Vor vielen hundert Jahren schon war sie aus ihrem Land vertrieben worden, und da sie sich kaum noch daran erinnerten, glaubten sie auch nicht mehr an ihre Existenz.

Bald darauf zogen sich die pragmatischen Camaalier in ihre Betten zurück, ließen die abergläubischen Belbidianer mit ihren Ängsten vor der Dunkelheit allein.

»Ich habe ihn so deutlich gesehen wie du.« Hal war ganz

eindeutig. »So gern ich dem alten Mann recht geben würde, weiß ich doch, daß meine Augen mich nicht trügen.«

Feierlich legte Brid den Mondstein beiseite. »Die Runen der Magie haben die finsteren und grausigen Kreaturen wachgerufen, die durch die feuchten Schatten dieser Welt schleichen. Ich fürchte, daß die Runen, nachdem sie diese Kreaturen gerufen haben, noch andere Wesen von Macht aus der Anderwelt gelockt haben könnten. Ich fürchte, daß ihre Geister uns zum Druiden-Ei folgen.«

Schweigend betrachtete sie die glühenden Kohlen im Feuer, dann fuhr sie fort. »Wer das Druiden-Ei besitzt, befehligt diese Kreaturen. Doch im Augenblick ist es das Ei, das sie in der Anderwelt eingesperrt hält, wo sie für alle Zeiten zwischen dieser Welt und der Glückseligkeit des Annwyn gefangen sind. Falls sie dort sind, bevor Spar es in Händen hält, werden sie über ihr eigenes Schicksal bestimmen. Die schwächeren Wesen, die noch auf der Erde lauern, sind nicht so bedeutend. Nur wenn die Drachen, Greife, Einhörner, Flügelpferde und Säbelzahnwölfe aus ihrem Exil befreit sind und erneut über die Erde schleichen, wird kein Raum mehr für die Menschen sein.« Brid ließ den Kopf einen Moment lang sinken und zupfte an ihrem Zopf.

»Es ist alles meine Schuld. Ich habe mit dem Schwert den Trank im Mutterkessel umgerührt. Das Schwert hat den Zauber verzerrt und die Runen der Magie geweckt. Diese haben jene Kreaturen auf uns aufmerksam gemacht. Wir hätten sie nicht aufscheuchen sollen, bevor wir nicht das Druiden-Ei und die Macht, sie zu bändigen, hatten.«

Ihre Worte verwirrten Caspar, und er konnte den Rest der Nacht nicht schlafen. Er fürchtete die Klopfer, doch größer war seine Furcht vor den gräßlichen Schattenwesen, die seine Gedanken stehlen wollten, auf der Suche nach dem geheimen Versteck des Druiden-Eis.

Brid blieb für den Rest der Nacht unten im Wohnraum, hielt den Mondstein auf ihrem Schoß, um weitere Geister abzuwehren. Die pulsierende Macht des Kristalls rief nach Caspar, und die rastlose Energie zehrte an seinen Nerven. Er wußte, daß er sich dem Ruf widersetzen mußte, doch er wollte ihm so dringend nachgeben und die Kugel berühren, um seiner Mutter zur Seite zu stehen, deren Seele im Kristall gefangen war.

»Irgendein phosphorisches Gas«, höhnte er. Kein Gas konnte derart lebendige und zwingende Bilder erzeugen, mit allen Empfindungen und Kräften realer Menschen. Der Salamander war aus Brids Kleidern gekrochen und wärmte sich am Feuer. Eine Kralle lag fest auf der Kugel. Caspar war sicher, daß das Tier blasser war und viel von seinem tiefen Rot verloren hatte. Er fragte sich, ob es wie der mutierte Drache am Ende weiß werden würde.

Erleichtert hörte Caspar schließlich die ersten Anzeichen von morgendlichem Leben auf den Straßen. Er öffnete die Fensterläden und ließ das Licht des frühen Morgens in die muffige Kammer. Er hatte eine Hand auf dem Riegel, als ihm ein schmieriger Handabdruck auf der breiten Fensterbank auffiel. Unwillkürlich riß er seine Hand zurück. Schleim des Abdrucks hatte sich ins Holz gefressen, und die Umrisse der Finger waren lang und dünn, zu dünn für eine normale Menschenhand. Caspar wußte, daß es der Abdruck eines Klopfers war.

Seine Ängste jedoch waren bald vom duftenden Frühstück zerstreut, das über dem Feuer brutzelte: würzige camaalische Wurst mit schmackhaftem Brot, das Kynan am frühen Morgen beim Bäcker erworben hatte. Caspar aß gierig, behielt die Würste, die sein Onkel aß, sorgsam im Blick, für den Fall, daß Hal sie alle herunterschlang, bevor er seinen gerechten Anteil gehabt hatte.

»Avriana sagt, ihr hättet ein Rätsel«, sagte der alte Mann,

lehnte sich auf seinem Schaukelstuhl zurück und sog am Schlauch einer Wasserpfeife. »Ich glaube, es wäre keine Übertreibung, wenn ich sagte, daß ich für meine Kunst des Rätselratens in ganz Camaalia hoch angesehen bin. Es gibt nichts, was mich mehr erfreuen könnte. Würdet ihr einem alten Mann die Freude machen, mir euer Rätsel zu verraten?«

Brid suchte in ihrem Beutel herum und brachte das zerknitterte Stück Pergament hervor.

KAPITEL 2

An diesem Morgen roch es nach gebratenem Fleisch. Es ließ May im Schlaf aufschrecken, und erst meinte sie zu träumen, doch als sie die Gesichter um sich sah, erwartungsvoll, mit großen Augen, wußte sie, daß es so nicht war. Eilig zog sie sich an und eilte mit ihrer Mutter in die Küche.

Obwohl sie einen grandiosen, brutzelnden Braten langsam vor sich am Spieß drehte, sah die Köchin grimmig aus. »Solchen Unsinn habe ich noch nie gehört, Rosalind.«

Die Küchenmagd war von ihrer Mutterkornvergiftung nun genesen und nahm wie gewöhnlich ihre Pflichten wahr, wenn sie auch in diesem Augenblick eine ungewohnt säuerliche Miene auf ihrem schmalen Gesicht zur Schau trug.

»Bleibt uns denn wirklich gar nichts anderes übrig, Köchin?« murrte sie, während sie mit einem Holzlöffel nach zwei kleinen Jungen schlug, um sie vom Feuer fernzuhalten. »Ich hätte nicht gedacht, daß es in meinem Leben einmal so weit kommen würde!«

»Ach, hör auf, dich zu beklagen«, herrschte Morrigwen sie an. Sie zerstampfte etwas, das Heu zu sein schien, mit Stößel und Mörser, und streute es in einen Wasserkessel.

Argwöhnisch betrachtete May den brutzelnden Braten, während die Köchin ihn mit Fett bestrich.

Noch immer sah die Köchin ihre dürre Magd mit finsterem Blick an. »Kein Wort will ich mehr hören, Rosalind«, schalt sie. »Kein Wort. Wir sollten alle dankbar für das Fleisch sein.«

»Aber Pferdefleisch! Nie haben Torra Altaner Pferdefleisch gegessen.«

»Wäre es dir lieber, wenn wir verhungern müßten?« Verzweifelt warf die Köchin ihre rauhen, rotgeriebenen Hände in die Höhe. »Niemand sonst beklagt sich.«

»Ich bin mir sicher, daß Torra Altaner früher Pferdefleisch gegessen haben«, merkte Morrigwen ungerührt an. »Und außerdem haben wir nicht mehr genügend Heu, mit dem wir die armen Tiere füttern könnten, und sie werden uns nur verhungern. Wenigstens halten wir so etwas länger durch. Wir brauchen nur etwas mehr Zeit, das ist alles. Wir haben jetzt den Fastenmond. Sicher findet Brid das Druiden-Ei schon bald. Es muß so sein.«

May schob sich an der Köchin vorbei und drückte sich an die Greisin. »Was machst du?« flüsterte sie und behielt die Köchin argwöhnisch im Blick, die ihren Zorn an einer Puddingmischung ausließ und irgend etwas über undankbare Frauen knurrte.

Morrigwen sah einen Moment auf May herab, als ließe sie den ungewohnten Anblick des Mädchens auf sich wirken. May wußte, daß die einst weiche Haut in ihrem Gesicht nun trocken und ihr Mund von Geschwüren wund war. Ihr Haar war brüchig, und die Augen waren eingesunken. Sie fühlte sich müde, schrecklich müde, nicht nur hungrig. Zitternd hob Morrigwen einen Arm, und ihre Knochen waren so dünn wie der Stock, auf den sie sich stützte. Sie strich dem Mädchen über die Schulter. »Du bist so jung dafür. Zu jung.«

»Und du bist so alt. Zu alt«, erwiderte May mit einem Lachen.

Morrigwen lächelte. »Du erinnerst mich an Brid. Sie fehlt mir.«

May nickte verständnisvoll, dann warf sie einen Blick auf die gemahlenen Samen aus dem Heu und die zerstampften Stengel. »Das können wir nicht essen.«

»Nein, ich weiß, daß wir es nicht essen können.« Die Greisin warf ihr einen ärgerlichen Blick zu. »Wieso müßt ihr jungen

Leute ständig Fragen stellen? Wieso könnt ihr nicht einfach zusehen, lauschen und lernen?«

»Ich glaube kaum, daß du jemals nur dagesessen und gelauscht hast.« May war wild entschlossen, sich von Morrigwens harschem Ton nicht einschüchtern zu lassen. Lange schon hatte sie sich an die schroffe Art der Frau gewöhnt und wußte, daß ihr schneidender Tonfall eine gewisse Schwäche verhüllen sollte, die sie für May empfand.

Morrigwen neigte ihren Kopf und lachte resignierend, was speicheligen Husten auslöste. »Nein, nein, das habe ich wohl nie. Aber es muß wohl nicht bedeuten, daß ich recht hatte, oder? Mach dich nützlich und hilf mir.« Sie nahm den Stößel an sich und zerbrach mehr Heu mit ihren knorpeligen Fingern. »Heu allein kann Menschen nicht nähren, doch wenn wir es kochen, gelangt einiges davon ins Wasser. Zwar gibt es uns nicht Kraft und Energie zurück, doch es hilft, die wunden Stellen und Furunkel zu vertreiben. Es kann nicht verhindern, daß du Hunger verspürst, aber du wirst dich gesünder fühlen.«

May nickte und nahm die Informationen bereitwillig auf.

»Wann kommt Brid zurück?« fragte das Mädchen und versuchte, sich gegen den Lärm der Steine durchzusetzen, die plötzlich auf die Burg herniederprasselten. Die Vaalaker hatten es geschafft, immer mehr dieser Belagerungsmaschinen um den Felsenturm zu sammeln. Inzwischen waren sie so nah, daß sie selbst den zehn Fuß dicken Basaltmauern Schaden zufügen konnten.

»Brid kommt, so bald sie kann. Sie wird uns nicht im Stich lassen.«

»Und Master Hal und Master Spar?«

Morrigwens Miene wandelte sich, und sie zuckte mit den Schultern. »Sie werden ihr Bestes geben.«

»Weißt du, anfangs mochte ich die beiden nicht«, meinte May in dem verzweifelten Versuch, ein Gespräch zu führen, das sie vom nagenden Hunger und dem stetig hämmernden Beben der Felsen ablenkte, die an die Außenmauer schlugen. »Ich fand sie so arrogant und mürrisch.«

»Ach, na ja, das ist Hal wohl auch«, gab Morrigwen ihr recht. »Aber seltsamerweise nicht auf unangenehme Art. Es sind nur Unsicherheit und jugendlicher Überschwang. Ohne Zweifel wird er sanfter werden, wie sein Bruder. Er ist nur wegen Spar frustriert.«

»Aber warum?«

»Warum?! Sie leben wie Brüder, und Hal ist soviel eher ein geborener Lenker. Nur sind sie keine Brüder, und es wird Spar sein, der Torra Alta erbt und eines Tages seinem Onkel vorangestellt wird. Das fällt ihm sehr schwer.«

»Es machte nicht den Eindruck, als hegtest du auf der Reise durch den Keilerwald Sympathie für ihn«, rief May ihr in Erinnerung.

»Nein, ich weiß. Es liegt daran, daß er dermaßen von sich überzeugt ist und man ihn auf seinen Platz verweisen muß. Ansonsten hätte ich, bevor ich mich versehen hätte, nach seiner Pfeife tanzen müssen, genau wie Spar.« Morrigwen lachte bei der Vorstellung. »Woher aber rührt dein plötzliches Interesse an Hal?«

»Oh, ich hege kein Interesse für Master Hal«, platzte es aus May hervor, die plötzlich errötete.

»Ah, nun, es freut mich, das zu hören. Ich fürchte, du hättest etwas sehr viel Konkurrenz. Brid wendet sich kaum jemals von ihm ab.«

»Aber sie streitet ständig nur mit ihm«, protestierte May.

»Brid ist äußerst starrsinnig. Sie könnte niemals jemanden lieben, wie eine Frau einen Mann lieben sollte, wenn der sie anbeten würde. Brid ist etwas Besonderes, und sie braucht jemanden, der ebenso stur und entschlossen ist. Jemanden, der sie liebt und respektiert, aber nicht verehrt wie ein Schoßhündchen seine Herrin. Hal ist unberechenbar, soviel ist klar, und in etwa genauso stur und eigensinnig wie sie. Sie werden miteinander niemals eine ruhige, stille Zeit genießen, aber zumindest wird Brid kaum in der Lage sein, ihn zu dominieren. Das würde ihr auch nicht gefallen, und sie weiß es.«

Erneut schwieg May und spürte, wie sich Morrigwens Blick in ihren Kopf bohrte.

»Und wieso kannst du mich nicht fragen, was du eigentlich fragen wolltest?« neckte die Greisin.

May errötete und wollte nicht aufblicken. Noch immer spürte sie, daß Morrigwens Blick auf ihr ruhte, und schließlich konnte sie die Musterung nicht mehr ertragen.

»Sieh mich nicht so an. Du weißt, daß ich nicht fragen kann. Es steht mir nicht zu, von jemandem …«

»… wie ihm zu sprechen, wenn du nur eine Holzfällertochter aus dem Keilerwald bist?«

May nickte.

»Ich glaube kaum, daß Spar je einen Gedanken daran verschwenden würde … Er ist rücksichtsvoll, weichherzig und …« Die Greisin hielt inne und warf dem Mädchen einen fast mitleidigen Seitenblick zu. »Allzu loyal.«

»Aus deinem Munde klingt es wie eine Sünde.«

»Nur weil er in seiner Zuneigung Brid gegenüber loyaler ist, als gut für ihn wäre. Er betet den Boden unter ihren Füßen an, wie man so sagt. Und ich denke, mit Hal im Wettbewerb zu stehen macht das alles noch viel schlimmer.«

»Oh.« May ließ ihren Kopf sinken, mutlos und verlegen. Vor wenigen Monaten noch hätte sie niemals so empfunden. Als Master Spar hier gewesen war, so dachte sie, hatte sie ihn nur finster angesehen. Damals mußte sie ihm wie ein kleines Kind erschienen sein. Sie hatte ihm die Schuld am Tod ihres Vaters gegeben, doch die Monate auf der Burg hatten diese Sichtweise verändert. Der Baron kämpfte für seine Männer, und sie respektierten und liebten ihn für seine mitreißende Entschlossenheit. Sie hatte gesehen, daß die Männer bereit waren, trotz aussichtsloser Lage für die Baronie einzustehen und zu sterben. Und sie starben.

Natürlich ließ er sich nichts anmerken und wirkte stets ruhig und resolut, doch May spürte seine Trauer. Baron Branwolf liebte seine Männer, liebte seine Baronie, und offensichtlich würden sie alles für ihn tun. Ihr Vater hatte getan, was jeder dieser Garnisonssoldaten unter gleichen Umständen getan hätte. Er hatte sein Leben der Liebe zur Baronie geopfert. Es war nicht Master Spars Schuld gewesen, wie es auch nicht Baron Branwolfs Schuld war, daß die Männer von Händen der Vaalaker starben.

Außerdem hatte sie gehört, wie die Männer über die beiden edlen Jungen sprachen … ihre Sorgen, Befürchtungen und Hoffnungen hinsichtlich der beiden. Allmählich hatte sie erfahren, daß die gemeinen Soldaten mit den Jungen auf sehr vertrautem Fuße standen. Nie hatten sie sich abgesondert und waren allgemein beliebt … nur nicht, wie sie dachte, bei jenen mit unverheirateten Töchtern. Die waren von Master Hal nicht sonderlich angetan. Die jungen Maiden dagegen schienen die Meinung ihrer Eltern nicht zu teilen, und so manche Träne war geflossen, als der Junge mit dem rabenschwarzen Haar die Burg verlassen hatte.

Das konnte sie absolut nicht verstehen. Als Morrigwen am vaalakischen Nesselkraut schwer erkrankt war, hatte sie gespürt, wie sich ihr Caspars Gedanken durch den Mondstein genähert hatten … eine sanfte, tröstende, beruhigende Berührung. Doch Master Hal … nein. Er war arrogant und rücksichtslos und stur. Was konnte Brid nur an ihm finden?

Die Außentür flog auf, und Pip schlenderte herein, nahm

keine Rücksicht auf den kalten Wind, den er in die dampfverhüllte Küche ließ. Seine Aufgabe war es an diesem Morgen, Krüge mit gereinigtem Wasser aus dem Brunnenraum heraufzubringen, um die Vorräte der Küche aufzufüllen. Die Krüge baumelten von den Enden des Jochs, das er auf seinen Schultern balancierte, und auf dem ganzen Burghof ließ er unübersehbar seine Spuren hinter sich zurück.

»Wie ich sehe, hast du wieder die schwierigsten Aufgaben bekommen«, raunte er May sarkastischerweise zu, als er sich an der Köchin vorbeischob und seine dreckigen Finger in einen unbeaufsichtigten Pudding grub. May vermutete, daß die Köchin ihn gesehen hatte, es jedoch vorzog, diese Diebestat zu ignorieren.

»Fleisch«, seufzte er mit sehnsüchtigem Blick auf den Braten, als er mit seinen leeren Krügen hinaustrottete.

Pip war kaum eine Minute fort gewesen, als die Türen plötzlich mit splitterndem Bersten nach innen flogen. Geborstenes Holz und zwei Soldaten wurden hereingeschleudert. Lautlos lagen sie zwischen gesplittertem Holz, und ihre sich rötende Haut war von Mauerstaub überzogen. Das Chaos auf dem Burghof, wo schreiende Soldaten dem Hagel der Felsen entflohen, die vom Himmel regneten, drang in die Küche hinein.

Eine Sekunde lang, bevor der Schock von May Besitz ergriff, merkte sie, wie sie den Anblick ruhig und leidenschaftslos ertrug. Sie hörte das Durcheinander, sah die Bogenschützen, die in Deckung liefen, während jene, die auf dem Hof gefangen waren, nach der Großen Mutter riefen. Nur einen Moment war sie bei sich und mußte erkennen, daß dieser Angriff nicht von Norden oder Westen kam, sondern von Süden her.

Dann brach die Wirklichkeit über sie herein.

»Pip! O nein, Pip!« schrie sie.

Pip war dort draußen auf dem Burghof. Morrigwens Arme

umschlangen sie, hielten sie plötzlich zurück, als sie loslaufen wollte. »Aber Pip ist doch da draußen!« schrie sie und streckte die Arme nach den Leuten aus, die unter der eingestürzten Südmauer gefangen waren.

»Du kannst erst helfen, wenn die Männer den Angriff abgewehrt haben. Du wirst dich nur verletzen«, rief Morrigwen durch den Hagel von Mörtel, der von der geborstenen Südmauer kam. »Sie sind durch den Wolfsrachen geschlichen, unter den weißen, schneebedeckten Zähnen hindurch, dann um den Südrand der Gelben Berge, und haben dort weitere ihrer monströsen Belagerungsmaschinen gebaut.«

Es schien eine Ewigkeit zu dauern, bis die Torra Altaner die Wurfmaschinen von ihren Posten an der Westseite gelöst und zur Südmauer gezerrt hatten, um dort das gähnende Loch zu verteidigen. Die plumpen Maschinen waren schwer zwischen den Trümmern und Leichen hindurch zu ziehen, welche über den Hof verstreut lagen, doch man konnte für die Verwundeten oder Gefallenen vorerst nichts tun, bis sie dem Hagel von Geschossen nicht etwas entgegengesetzt und den Angriff zurückgetrieben hatten.

Mit Hilfe der Köchin hielt Morrigwen das zappelnde Kind in ihren Armen. Ihre Stimme war ruhig und gelassen, während sie das Zucken der Verschütteten betrachtete. »Bei dem Versuch, durch den Schnee hoch oben im Wolfsrachen zu gelangen, müssen sie Tausende verloren haben. Der Schnee liegt dort bis weit in den Brachmond hinein.« Ihr Blick war auf den Burghof und die Haufen von staubigem Schutt gerichtet, und doch schien sie zu sprechen, ohne dem, was sie sah, einen Gedanken zu widmen. »Vaal-Pear hat sie geführt.«

Schließlich legte sich das panische Geschrei auf den Mauern, und alle auf der Burg wandten sich um und betrachteten bestürzt die Trümmer und zermalmten Leiber. Manche schluchzten, andere stöhnten leise, doch allzu viele lagen in kaltem Schweigen da. Morrigwen schluckte fest und humpelte ins Freie, stützte sich gebückt auf ihren Stock.

»Schafft die Verwundeten zum Arzt im Bergfried«, befahl sie.

Schon eilte Elaine auf den Hof hinaus und suchte ihn ab. Sie hielt ihre Tochter fest, als das Mädchen mit dem kastanienbraunen Haar der Küche entfloh, wobei es Unverständliches schluchzte.

May zog an den Armen ihrer Mutter. »Pip! Pip! Er war auf dem Hof, als die Südwand eingestürzt ist.«

Elaines rosige Wangen wurden weiß, und schwach sank ihre Hand von der Tochter, als sie den Schutthaufen sah, aus dem zerbrochene Gliedmaßen aufragten. Die zerstörte Mauer türmte sich zu wahllosen Haufen, wie Felsen, die einen Hang herabgerollt waren. Arme und Beine ragten zwischen den Brocken hervor, von denen manche zuckten oder traten und andere wiederum reglos im Staub lagen.

»Pip!« schrie Elaine und stürzte sich auf die Trümmer.

May konnte nicht mehr denken. Ihr Körper schien von ihrem Geist nun völlig unabhängig zu arbeiten. Sie bemerkte weder das Blut an ihren Händen noch die Steinsplitter, die sich in die wunde, aufgerissene Haut ihrer Hände gruben. Sie spürte nicht, daß ihre Arme schmerzten, und auch nicht, daß die Augen vom Staub brannten. Sie nahm nicht wahr, daß die Bogenschützen nach wie vor Pfeile über die Mauern schossen, während sie sich bückte, um die Karren mit Schutt zu füllen.

Sie arbeiteten noch immer, als der Abend kam und die vaalakischen Angriffe ein Ende nahmen. Die Männer sprangen von den Mauern und reihten sich schweigend neben den Frauen ein. Der Baron trat dazwischen und legte May seine Hand auf die Schulter.

»Ruh dich einen Moment lang aus, Kind, und trink etwas Wasser.« Er sah über sie hinweg zu Elaine, und seine Augen waren von Trauer erfüllt. Er trat neben sie und hob die Brocken an, schleppte sie mit Leichtigkeit beiseite, während sie vergeblich einen großen Stein bewegen wollte. »Ich hole eine Spitzhacke«, sagte er leise.

Er sagte ihr nicht, daß sie damit aufhören sollte. Es hatte keinen Sinn.

Mächtige Brocken von Mauerwerk, manche davon zwei bis drei Fuß breit, waren mitten auf den Burghof gefallen. Es waren die letzten noch übrigen Trümmer, und zwischen allem Schutt und den zermalmten Leibern hatten sie keine Spur von Pip gefunden.

»Ein Stiefel!« rief ein staubiger Helfer von der anderen Seite her. Elaine kletterte auf den Schutthaufen, doch Branwolf hob sie schließlich an und nahm sie aus dem Weg.

»Hör zu, ich verstehe dich, aber laß mich das tun. Du bist einfach nicht kräftig genug.«

Elaine sank zurück und schluchzte, streckte ihre Arme May entgegen, die sich an sie klammerte. »Ich könnte es nicht ertragen«, weinte sie. »Nicht Pip.« Sie küßte ihre Tochter und umarmte sie so fest, als fürchtete sie, daß sie auch diese noch verlieren könnte.

Die Soldaten schafften die obere Schuttschicht beiseite und legten drei Männer frei, die dort übereinandergestapelt lagen, Arme und Beine in unmöglichem Winkel verdreht, Rückgrat gebrochen, Schädel eingeschlagen. Und dann sah May ihn: den zertrümmerten Wasserkrug und die Spitze des Jochs, das Pip auf seinen Schultern getragen hatte. Eine Leiche nach der anderen wurde ehrfürchtig angehoben. May stand da und starrte, konnte nur warten und beten. Fast zerdrückte ihre Mutter ihr die Hand.

»Pips Stiefel. Das ist sein Stiefel«, stieß sie hervor, als eine kleine, schwarze und zerfranste Ledersohle aus dem Schutt gezogen wurde. Sie gruben tiefer und fanden einen großen, breitschultrigen Mann, der reglos dalag, das Gesicht ins geborstene Mauerwerk gedrückt.

»Es ist Godric«, murmelte jemand traurig.

Als Godrics Leiche aus den Trümmern geborgen wurde, stöhnte die Versammlung auf. Pips große Augen zwinkerten unter seinem gestutzten Stirnhaar hervor.

»Pip! Oh, Pip!« schrie Elaine und kämpfte sich durch den Schutt, um zu ihrem Jungen zu gelangen. Sie warf sich ihm entgegen, hielt aber inne, weil sie befürchtete, seine Verletzungen noch zu verschlimmern.

»Kannst du dich bewegen?« Ihre Stimme war ganz leise.

Pip nickte, doch er rührte sich nicht. Er streckte eine Hand aus, und Branwolf hob ihn an und trug ihn zum Bergfried hinüber. Eilig lief Elaine an seine Seite.

Mehrere Stunden lang wollte Pip nicht sprechen, sondern klammerte sich nur an seine Mutter, die ihn nie aus den Augen ließ. Endlich liefen dem Jungen Tränen über seine frisch gewaschenen Wangen, und er sank seiner Mutter in die Arme. May schluckte trocken. Sie wußte, daß Pip versucht hatte, tapfer zu sein, nur war er so schrecklich jung, noch nicht mal elf, und er konnte seinen Mut nun nicht mehr beieinanderhalten.

»Ma«, schluchzte er. »Er hat mich gerettet. Godric hat mich gepackt und zu Boden geworfen und beschützt. Ma!« Der schlanke Leib des Jungen bebte vor Tränen. »Und er ist nicht gleich gestorben. Stundenlang hat er gestöhnt und mir gesagt, daß ich tapfer sein soll. Er hat gesagt, daß der Baron mich retten würde. Daß Baron Branwolf niemals einen seiner Männer im Stich lassen würde. Und dann hat er mir seinen Namen gesagt, und dann ist er gestorben, Ma. Er ist da auf mir gestorben, und ich konnte das Schreien und Stöhnen der anderen Männer hören, und dann war plötzlich alles still. Stundenlang war alles still.«

Elaine wiegte ihren Sohn in ihren Armen hin und her, übersäte seinen ganzen Kopf mit Küssen.

Zweiundvierzig Männer waren an diesem Tag gefallen. Es war ein schrecklicher Blutzoll, und nicht einmal der Geschmack von Fleisch konnte irgend jemanden aufheitern. Es schmeckte süß und vielleicht etwas trocken, wenn man es mit dem fettigeren Rindfleisch verglich, doch aß May es gern. Sie konnte Rosalinds Ansicht, es sei nicht recht, Pferdefleisch zu essen, nicht teilen, da sie doch alle dem Hungertod nah waren. Doch selbst Rosalind schien inzwischen eingelenkt zu haben, denn gierig kaute sie auf ihrem Stück herum.

Der Baron aß im Refektorium bei seinen Männern. Er ging zwischen ihnen herum, nickte und sprach mit ernster Stimme. Als es schien, als hätten die meisten fertig gegessen, stellte er sich auf einen Stuhl, hob die Hände und bat um Freiwillige, die über die Mauern schleichen und südwärts fliehen sollten, um König Rewik um Verstärkung zu ersuchen. Die Chancen, es durch die feindlichen Linien zu schaffen, waren gering.

KAPITEL 3

Brid holte tief Luft und wiederholte das Rätsel vom goldenen Schild ein weiteres Mal.

»Sehr interessant«, meinte Talmus und sog zahnlos an seiner Pfeife. »Ich hoffe, meine Tochter hat euch die erste Hälfte erklärt, denn im Grunde ist das alles ganz einfach.«

»Ich habe eine Weile gebraucht«, räumte Avriana ein, ohne Kynans Hand auch nur ein einziges Mal loszulassen.

Der alte Mann nickte, schien sich über sein überlegenes Talent zu freuen. »Nun, mit dem Tor aus Stein sind ganz deutlich die Monolithen des östlichen Tores von Sequicornum gemeint. Dann, wenn man erst weiß, von welcher Stadt die Rede ist, kann sich ›Nehmt auf den Kampf um jenen Kriegerthron‹ nur um den berühmten Übungsgrund der Ritter im Herzen der Burg von Sequicornum handeln. Für das restliche Rätsel ist einiges an Spezialwissen über die Gegend vonnöten, so daß ihr es sicher nicht entziffern könnt, und daher denke ich, daß ihr an dieser Stelle hängengeblieben seid.«

Hal kniff die Augen zusammen und sah Caspar an, warnte ihn im stillen, nicht zu erwähnen, daß sie von Anfang an kein einziges Wort des Rätsels hatten lösen können.

»Nun zum nächsten Teil. Sag ihn mir noch einmal, Kind«, forderte der Alte Brid auf.

»›Und dann, am Tag der frisch gekrönten Königin/Sobald das Feld zur Schlacht bereit‹«, rezitierte sie.

Talmus schloß die Augen und kaute nachdenklich einige Minuten lang auf seiner Pfeife herum, bevor er fortfuhr. »›Die frisch gekrönte Königin‹ ist schwierig, aber ich glaube, ich habe es. Anfangs sah ich, da ich an Burgen und Ritter dachte, eine echte Königin vor mir, aber das ist sie natürlich nicht. Es geht um eine Festspielkönigin.«

Brid stöhnte auf, als es ihr klar wurde. »Nun, darauf hätte ich wirklich selbst kommen können«, schalt sie sich. »Aber welches Fest?«

»Na ja, in Camaalia gibt es keine Festspielköniginnen, zumindest nicht mehr. Wir sind nicht eben das, was man als begeisterungsfähiges Volk bezeichnen würde. Wir pflegen gern unsere Gewohnheiten. Feste stören nur die Arbeit. Aber wir sprechen hier von Sequicornum, und dort gibt es jedes Jahr ein Fest. Zweifellos hatten sie früher eine Festkönigin, doch heute wird der Tag von einem großen Turnier bestimmt. Es wird zu Ehren von Sankt Beonor veranstaltet. Sankt Beonor lebte vor etwa siebenhundert Jahren in Camaalia. Manche Wyvern und selbst einen Drachen hat er erschlagen, so zumindest geht die Mär. Sein Feiertag löste einen früheren Ritus ab, der am zweiten Vollmond nach der Tagundnachtgleiche im Frühling begangen wurde. Ich bin nicht sicher, wann das in diesem Jahr sein wird.«

Brid brauchte nicht lange, es auszurechnen.

»Das ist nicht vor dem einundzwanzigsten Tag des Silbermondes«, stöhnte sie. »Wenn wir bis dahin warten müssen, um das Rätsel zu lösen, bleiben uns keine sechs Wochen mehr, um vor Ablauf des Brachmondes wieder zu Hause zu sein«, brach es aus ihr hervor.

»Praktisch überhaupt keine Zeit.« Caspars Herz hämmerte bei dem Gedanken in seiner Brust. Als sie von Torra Alta aufgebrochen waren, hatten ganze acht Monate vor ihnen gelegen. Dies war ihnen endlos erschienen, doch wie schnell verging die Zeit nun, da sie auf der Suche waren! Schon war Fastenmond.

»Was ist mit dem Rest?« Ängstlich drängte Brid den alten Mann. »Habt Ihr irgendeine Idee?«

»›Denn nur der Sieger weist den Weg‹, deutet an, daß derjenige, der das Rätsel lösen möchte, Sieger des Turniers am Sankt-Beonors-Tag sein muß. Ich vermute, daß während der Siegeszeremonie etwas Besonderes geschieht, das einem die Antworten gibt, aber ich persönlich habe davon keine Ahnung, und so bleibt es eine Vermutung. Natürlich bedeutet ›Seht, was die Runen am Kessel besagen‹, genau das, und ich nehme an, daß es sich auf ein früheres Rätsel bezieht. Sicher hat es euch erklärt, wonach der Sieger suchen soll. Ich denke, ihr werdet es nur lösen können, wenn ihr Augen, Ohren und Verstand aufsperrt, sobald ihr Sieger des Sankt-Beonors-Tages seid.« Der alte Camaalier lachte bei dieser absurden Vorstellung. »Nur ist das natürlich unmöglich. Unzählige der tapfersten und besten Ritter aus der ganzen Welt nehmen an diesem angesehenen Wettbewerb teil, und jeder davon ist ein Meister seines Fachs.«

Später, als sich die Belbidianer für ihren Ritt nach Sequicornum bereitmachten, ließ Avriana endlich Kynans Hand los und nahm Brid verschwörerisch beim Arm. »Ich bin Camaalierin und weiß nur wenig vom Aberglauben und den alten Sitten in Belbidia, aber ich habe euch flüstern hören und weiß um das obskure Wesen des Schatzes, den ihr sucht. Ich glaube, daß ihr die alten Sitten und Gebräuche pflegt, die in Camaalia seit langem schon vergessen sind. Ich habe den Zauber deiner Heilkunst gesehen und die Freude in deinem Herzen gespürt. Du hast mir das Leben geschenkt. Wie kann ich dir danken?«

Brid lächelte. »Jeden Morgen, wenn du aufwachst, solltest du der Großen Mutter danken und deine Kinder lehren, es dir nachzutun. Wenn du das tust, wirst du es mir tausendfach vergelten.«

Avrianas Miene war unter dem Schleier nicht zu deuten, als sie zum Abschied winkte, doch Caspar spürte ihr Glück.

Sie ritten nordwärts gen Sequicornum. Es kühlte ab, eine

angenehme, frische Brise wehte von Westen her, und der Boden unter den Pferdehufen war weicher und nachgiebiger. Feuerschweif warf seinen Kopf herum und schnaubte freudig, als er die grasige Steppe spürte. Schnell wurde Hal ärgerlich, weil der Hengst beständig seitlich gegen Elster stieß.

»Um Himmels willen, Spar, bändige dieses Tier«, knurrte er. »Wenn du ihn nicht lenken kannst, wirst du uns allesamt zu Narren machen, sobald wir nach Sequicornum kommen. Warum konntest du kein Schlachtroß wählen?«

»Feuerschweif ist ein Schlachtroß.«

Selbst Ceowulf schienen bei dieser Erklärung Zweifel zu kommen. »Ich muß sagen, ich würde mit ihm nicht gern in eine Schlacht reiten, und außerdem sieht er nicht danach aus, als hätte er die Kraft, eine Rüstung zu tragen.«

»Wir tragen auf Torra Alta keine Rüstungen.«

»Nein, das ist wohl anders«, räumte der Caldeaner ein.

Der Ritt nach Norden führte sie weit ins wogende Gras der offenen Steppen im Zentrum Camaalias. Zwar war das Land grün, doch es gab kaum Bäume, nur gelegentlich Weiden, die sich um einen Bach versammelten. Sie brauchten mehrere Tage, die Steppen zu durchqueren, und der Fastenmond war schon dem Monat von Ostara gewichen, als sie in der Ferne die Burg von Sequicornum erblickten.

Im Gegensatz zu Torra Alta, das über einer Schlucht aufragte, umgeben von den spitzen Gipfeln der Gelben Berge, erstreckte sich die Burg von Sequicornum breit und weit über einen flachen Hügel, der einzigen Erhebung im Umkreis vieler Meilen. Der gesamte Hügel war von Burgmauern eingefaßt, über welchen immer wieder runde Türmchen aufragten. Die Burg besaß nicht weniger als drei konzentrische Ringe aus Mauern, ganz zu schweigen von den Wehranlagen, die den finsteren, schwarzen Bau umfaßten. In der Mitte der ausschweifenden Festung stand ein mächtiger runder Turm, umgeben von kleineren Türmen. Eng ineinander verzahnte Häuser drängten sich zwischen den Festungstürmen, und ihre schrägen Dächer ragten in zahllosen Winkeln auf, da sie sich in die engen Straßen zwängten. Je näher die Reiter kamen, desto besser konnten sie den klaren Burggraben und eine hölzerne Drehbrücke ausmachen, die den Zugang zur Burg ermöglichte.

»Das ist keine Burg«, stöhnte Caspar staunend. »Es ist eine ganze befestigte Stadt. Sie ist enorm.«

»Wirklich grandios«, meinte Hal, und sein Blick zuckte ungläubig hin und her, während er die schiere Größe Sequicornums bewunderte. Gedankenverloren zog er sein Schwert und prüfte die Schärfe der Klinge. Ein Schatten zog über sein Gesicht, als er über das Metall strich und begehrlich zur Burg hinübersah. Caspar wußte, was seinem Onkel durch den Kopf ging, da die gleiche Begeisterung auch ihn bewegte. Auch er wollte sich auf dem berühmten Übungsgrund der Ritter beweisen und zeigen, daß er ein Mann der Schlachtenkunst war.

Ceowulfs dunkle Augen lachten sie an, und Hal bemerkte den Blick. »Du glaubst, wir wären zu jung, um gegen die großen Ritter vom Caballischen Meer bestehen zu können. Nur weil ihr mehr Erfahrung habt, heißt das noch lange nicht, daß ihr uns unendlich überlegen wärt. Wir sind von Torra Alta, und unsere Sitten und Gebräuche mögen anders sein, weil wir in den Bergen leben, doch das Kriegerblut schäumt dick und heiß in unseren Adern.«

»Daran zweifle ich nicht«, lachte Ceowulf, »keinen Moment lang. Ich denke nur, daß ihr die Künste unterschätzt, die ein Ritter zu erlernen hat … und derer gibt es sehr viele. Die Jugend ist in ihrer Unschuld oft so arrogant.«

»Ach, lach nur, Ritter, aber morgen wirst du sehen, wie dir dein Lächeln in der Arena vom Gesicht gewischt wird«, spottete Hal mit gespielter Aggression.

Brid blickte himmelwärts. »Wir sind aus einem wichtigeren Grund hier, und ihr könnt nur an eure Ehre denken.«

»Ehre, meine Liebe, ist alles«, erwiderte Hal mit hoher, höfischer Stimme, widmete ihr eine ausschweifende Verbeugung und grinste die finstere Miene des Mädchens an. Der Schleier störte sie, und sie hatte ihn aus ihrem Gesicht geschoben, während sie übers weite Land ritten.

»Es ist nicht der rechte Augenblick«, erwiderte sie steif.

Hal ließ sich von dieser Abfuhr nicht beirren. »Werde ich Eure Farben tragen, Mylady, beim Turnier? Würdet Ihr mir diese Ehre erweisen, da ich Euch Anlaß zum Stolz sein will?«

Unwillkürlich errötete Brid, so daß ein leiser Hauch von Rosa ihre Wangen umspielte, und Freude tänzelte in ihrem Blick.

Caspar war von diesem spielerischen Geplänkel keineswegs begeistert. Sie mußte doch wissen, daß Hal seine höfischen Gesten nur spielte, dachte er und murrte im stillen. Hal schien niemals irgend etwas ernst zu nehmen, und sein frivoles Betragen schien ihm unangemessen, da sie das Druiden-Ei sicher bald finden würden.

Plötzlich blieb Caspar stehen, und Komet rammte den Rotschimmel von hinten. »Aber wo ist die Tür aus Stein? Wo sind diese Obelisken?«

»Sie sind am Osttor«, erklärte Ceowulf.

»Sollten wir dann nicht dort hinein reiten?« fragte er.

»Es ist ein weiter Weg dorthin. Macht es einen Unterschied? Der Übungsgrund findet sich in der Mitte der Burg«, hielt der Ritter dagegen.

»Ich denke, Spar hat recht«, entschied Brid. »Es mag ein weiter Weg sein, aber ich glaube, wir sollten den Hinweisen Schritt für Schritt folgen.«

Vor dem Osttor standen zwei mächtige Monolithen wie zwei riesenhafte Wächter. Ihre kalten, finsteren Gesichter blickten mißmutig auf die Reisenden herab, als diese durch ihre Schatten ritten. Jenseits der Monolithen wurde der östliche Zugang zur Stadt von Zugbrücke, Fallgattern und Vorwerk bewacht. Caspar riß seinen Blick von den finsteren Felsentürmen los, um sich das Tor näher anzusehen. Das mächtige, zahnbesetzte Gitter sah verrostet aus, als sei es seit Jahrhunderten nicht mehr angehoben worden. Über den Fallgattern ragte die steinerne Figur eines Einhornkopfes auf.

»Das Wappen von Camaalia«, teilte Ceowulf ihnen mit. »Auf dem Schlachtfeld müßt ihr stets auf jene achten, die einen Einhornkopf auf ihrem Schild tragen. Diese Camaalier sind in der Schlacht höchst effizient.«

Caspar hielt inne, schob das braune Haar aus seiner Stirn und rieb an seiner Nase. Er spürte eine seltsam prickelnde Energie, die durch seine Knochen kroch und ihn durchfuhr. Gleichzeitig spürte er, wenn auch nur für einen Augenblick, daß das Einhorn ihn musterte. Er sah zu Brid hinüber, die ebenfalls stehengeblieben war, um die Statue zu betrachten.

Unsicher zuckte sie mit den Achseln. »Wir haben eben eine Kraftlinie überschritten, die zu unseren Füßen durch die Erde geht. Vielleicht verleiht sie dem Wappen auf unheimliche Weise Leben«, meinte sie und drängte Komet nach Sequicornum hinein.

Die wachenden Soldaten betrachteten sie ungerührt, als sie vorüberritten. Es gab noch viele andere Ritter, Kutscher und Händler, welche den vielbefahrenen Weg nahmen, so daß ihnen niemand weiter Beachtung schenkte. Caspar hatte erwartet, einer konzentrierten, militärischen Atmosphäre zu begegnen, wenn sie die Zugbrücke erst hinter sich hatten. Statt dessen betrachtete er mißbilligend die offenen Veranden und gepflegten Vorgärten eines Wirrwarrs grellfarbiger Häuser. Es entsprach seiner Vorstellung von einer Zitadelle keineswegs. Kinder spielten auf den Straßen mit Reifen, Stöcken und

Murmeln, und unzählige Hunde wetzten und japsten ihnen nach. Verschlungene Steintreppen führten zu den Häusern hinauf, die auf den abgestürzten Teilen der alten Festung errichtet waren, und es war, als mußte sich jedes Haus seinen Platz erkämpfen.

Als sie drei Männer mit Halsbergen und Schwertern am Ende der Straße sahen, ließ Ceowulf haltmachen. »Es kann nicht schaden, wenn wir ihnen unsere Farben zeigen. Es ist immer gut, den richtigen Eindruck zu hinterlassen.« Er entfaltete die rotweiß karierte Schabracke und breitete sie über Hexers Rücken aus. Caspar tat es ihm mit seiner blaugoldenen Schabracke nach, auf der der Drache von Torra Alta abgebildet war. Der karierte Ritter warf Brid einen kurzen Blick zu. »Ich glaube, du und Cybillia, ihr solltet eure Schleier lieber herunterlassen. An einem Ort wie diesem weiß man nie, ob man nicht auf einen belbidianischen Kaufmann stößt, besonders einen aus Ovissia. Diese Wollhändler scheinen überallhin zu kommen, und wir wollen nicht, daß einer von denen etwas über Hexen fallenläßt und die Aufmerksamkeit auf uns lenkt.«

»Ich bin froh, daß wir in Belbidia keine Schleier tragen«, merkte Cybillia an, als sie den ihren wieder an Ort und Stelle brachte. »Sie sehen so altmodisch aus.«

Ceowulf knurrte, als er die Riemen festzog, die Hexers Schabracke festhielten. »Normalerweise würde ich mir wegen unseres Erscheinungsbildes keine solche Mühe machen, aber wir müssen in dieser Zitadelle ernst genommen werden. Von jetzt an ist es von größter Bedeutung, daß wir einen guten Eindruck machen«, erklärte er. »Der Erfolg eines Ritters beim Turnier hängt davon ab, ob er seinen Gegner davon überzeugen kann, daß er ihn schlagen wird, und zwar lange bevor er seine Lanze senkt. Selbstvertrauen ist alles.«

Hal schien zufrieden, als Brid ihre Röcke ausschüttelte, um den Schmutz der Straße abzubürsten, und ihren Schleier anlegte, um ihre leuchtenden Augen zu verbergen. Frech grinste er sie an. »Das sollte dich auf deinen Platz verweisen. Keine Maid kann durch einen Schleier Befehle erteilen. Es wäre einfach nur ulkig. Du würdest alle nur zum Lachen bringen.«

»Sicher hast du recht«, erwiderte sie mit würdevoller Haltung, während sie Komet derart manövrierte, daß die Hinterbacken der Stute gegen Hals Oberschenkel drückten und ihn an eine Mauer zwängten. »Oje, war ich das?« rief sie entgeistert. »Oh, ich Dummchen, diese Tiere sind für eine Maid so schwer zu lenken.«

Hal blitzte sie mit zusammengekniffenen Augen an.

Ceowulf saß merklich höher und machte Anstalten, sein Pferd zu sammeln, damit das große, schwarze Roß die gefiederten Fesseln hob und hochtrabend einherschritt.

Hal und Caspar sahen einander an und grinsten. Als die Farben Torra Altas um seine Flanken flatterten, wurde Feuerschweif von der Atmosphäre mitgerissen und trampelte aufgeregt mit seinen Hufen. Instinktiv tat es ihm Komet nach, und Brid lachte bei dem Anblick freudig auf. Selbst Cybillia schaffte es, nach so vielen Wochen im Sattel zufrieden auszusehen, was den Bewegungen ihres Pferdes etwas Anmut verlieh.

Die Straßen leerten sich vor ihnen, so daß sich die Reisegesellschaft dem Bergfried nähern und ungehindert unter den häßlichen Zähnen eines inneren Fallgatters hindurchreiten konnte. Als sie das Tor jedoch hinter sich hatten, wandelte sich die Atmosphäre der Stadt vollständig. Im Schatten eines mächtigen Rundturms, inmitten eines riesigen Innenhofs aus Kasernen und Stallungen, fanden sich mehrere offene Arenen.

Männer kreuzten zur Übung ihre Schwerter, und Reiter neigten ihre Lanzen ausgestopften Säcken entgegen, während sich andere zwischen Pfählen hindurchschlängelten oder mit verbundenen Augen ritten. Sie hatten einen Ort ernsthafter Ausbildung betreten, an dem wegen der trommelnden Hufe und klirrenden Schwerter nur wenig vom Treiben des Alltagslebens zu hören war. Zwei Soldaten in der Uniform der Camaalischen Garde, mit grünen Wappenröcken, auf denen über dem Herzen der weiße Kopf eines Einhorns gestickt war, traten vor und senkten ihre Piken, um die Belbidianer aufzuhalten.

»Wir sind Edelleute aus dem schönen Belbidia. Wir sind gekommen, um den Preis am Sankt-Beonors-Tag zu erstreiten«, verkündete Ceowulf mit lauter, deutlicher Stimme.

Ernst betrachteten ihn die Soldaten und grinsten dann Hal und Spar an. »Ihr, edler Ritter, ja, nur kann es wohl nicht Euer Ernst sein, was die jungen Burschen angeht.«

»Nicht sein Ernst?« knurrte Hal, und seine Reflexe schickten seine Hand zum Heft des Schwertes. »Wagt Ihr es, mich zu beleidigen?«

Der ältere der beiden Soldaten schluckte sein Lachen herunter. »Natürlich dürft Ihr Euch beteiligen, sofern Ihr die Vorrunden übersteht, aber jeder muß natürlich seine Gebühr entrichten. Dreihundert Goldkronen für jeden Mann von edler Geburt. Zweihundert Goldkronen für jene niederer Herkunft.«

Caspar spürte, wie ihm sein edles Blut aus den Wangen wich. Es war tatsächlich eine sehr hohe Summe Geldes, und er wußte, daß sie soviel nicht bei sich hatten. Entschlossen erwiderte er den Blick mit starrer und, wie er hoffte, unergründlicher Miene und nur einem Hauch von Selbstvertrauen. Leider jedoch überkam ihn das dumpfe Gefühl, daß sie sich zu Narren machen würden.

»Wir eskortieren Euch zum Schatzmeister, doch bis sämtliche Gebühren entrichtet sind, können wir Euch nicht weiter vorlassen.«

Ceowulf nickte. »Geht voraus, Mann«, sagte er freundlich.

»Was sollen wir tun?« zischte Caspar leise. Sie stiegen ab und mußten einen Augenblick lang warten, bis sie sich wegen der Reihe von Bewerbern vor ihnen einschreiben konnten. »Wieviel haben wir?«

»Vierhundert«, antwortete Hal.

»Genügend Geld, mit dem wir jahrelang auskommen könnten«, knurrte Ceowulf, »wenn da nicht die exorbitant hohen Gebühren wären. Aber so macht die Stadt natürlich ihr Geld, und der König von Camaalia hält einen unvergleichlich hohen Standard seiner Garde aufrecht, indem er die allerbesten Ritter unter den Siegern auswählt. Es ist ein extrem scharfsinniger Trick, um sicherzustellen, daß er stets eine der besten Armeen der Welt hat. Unter den gegebenen Umständen denke ich, sollte ich mich vielleicht allein bewerben.«

»Warum du?« Hal war entrüstet. »Vielleicht sollte ich es sein, der sich bewirbt. Schließlich trage ich das Runenschwert.«

Ceowulf sah auf ihn herab und grinste. »Ach, komm schon, Hal, du mußt realistisch sein. Du hast keine Erfahrung im Turnierkampf, und wenn du auch etwas kräftiger geworden bist, seit ich dich kenne, wiegst du doch noch immer nicht mal halb soviel wie ich. Du wärst nicht mal in der Lage, auch nur einen dieser Männer zu berühren, und wenn du dein Schwert benutzt, werden wir deinetwegen noch allesamt wegen Hexerei verbrannt, selbst hier in Camaalia. Und auch wenn sie uns nicht verbrennen, würden sie es in jedem Fall als Betrug ansehen.«

»Nun, ich sehe nicht ein, warum du dich bewerben solltest. Schließlich ist es Torra Altas Geld«, meinte Hal.

»Wo ist Brid?« Caspar hatte sich von dem Streit entfernt und bemerkt, daß die Priesterin nicht mehr bei ihnen war.

Ceowulf und Hal unterbrachen ihren Streit abrupt und fuhren auf den Absätzen herum. Hal wirkte leicht beunruhigt.

»Sie ist dort hineingegangen«, teilte Cybillia ihnen mit und nickte zum niedrigen Steinbogen und den weltabgeschiedenen Räumen der Schatzkammer Sequicornums hin.

Leeren Blickes sahen sich die drei Männer an. Kurz darauf kehrte Brid mit Trund an ihrer Seite zurück. Das selbstzufriedene Lächeln auf ihrem Gesicht paßte sehr gut zu Trunds grinsender Miene.

»Was glaubst du, was du hier tust?« meinte Hal. »Mädchen laufen in einer Burg nicht so einfach unbeaufsichtigt herum.«

»Ich war nicht unbeaufsichtigt. Ich hatte Trund bei mir«, gab sie zurück. »Und er ist zweifellos eine bessere Eskorte als einer von euch. Hier hat praktisch niemand je zuvor einen ophidianischen Schlangenfänger gesehen, und sie sind wirklich beeindruckt, besonders von seinem Knurren.«

Hal sah ausgesprochen unzufrieden aus. »Es ist höchst unschicklich. Und was hast du außerdem da drinnen gemacht?«

Sie öffnete ihre Faust und zeigte drei metallene Broschen her, allesamt in Form eines Ritters mit angelegter Lanze. »Ich habe euch dreien je einen Platz in der Teilnehmerliste gesichert«, erwiderte sie grinsend. »Der Offizier sagte mir, wir sollten uns im Wachraum melden, dann würde man uns zu unseren Quartieren bringen.«

»Aber wie?« wollte Hal wissen. Die Aufregung unterdrückte seinen Ärger.

»Der Edelstein aus dem Wyvernauge war ohne weiteres neunhundert Kronen wert, und sie haben ihn bereitwillig akzeptiert.«

»Kluges Kind.« Ceowulf war zufrieden.

Hal dagegen war wütend. »Du hast uns wie komplette Idioten dastehen lassen. Ein Mädchen geht hinein und zahlt für drei Männer!«

»Drei Männer?« Sie rümpfte die Nase. »So wie ihr euch betragen habt, habt ihr mich eher an drei verwöhnte Kleinkinder erinnert.«

»Ich habe nicht angefangen«, wandte Caspar ein.

Brid warf ihm einen steinernen Blick zu. »Siehst du, nicht mal jetzt kannst du mit dem Streit aufhören.«

Es gab keine Erwiderung, welche den Kommentar der Jungfrau hätte übertrumpfen können. Hal und Caspar verfielen in schmollendes Schweigen, bis ein Ritter auf einem hellbraunen Wallach sie ablenkte. Er galoppierte ihnen auf direktem Weg entgegen und kam rutschend und um Haaresbreite vor Cybillia zum Stehen, dann stürmte er erneut davon.

Cybillia schrie vor Schreck auf, und eilig zog Ceowulf sie schützend an sich. »Ich glaube, wir sind etwas zu nah am Übungsplatz«, murmelte er beruhigend, während er dem Ritter zornig nachsah.

Der Mann kehrte zum zweiten Mal zurück und brachte seinen braunen Wallach schnaubend einen Daumenbreit vor ihnen zum Stehen. Er mochte Ende Zwanzig sein, nahm seinen Helm mit Federbusch vom Kopf und zeigte sein hübsches Gesicht mit scharfen, klaren Linien am Kinn, einer niedlichen, doch männlichen Nase und arrogant erhobenen Augenbrauen. Nur, so dachte Caspar, würde er niemals wirklich als gutaussehend gelten. Unter seinem blonden Haar waren die trüben, graugrünen Augen kalt wie Stein, und es schien ihnen an Humor zu mangeln.

»Neuankömmlinge, wie ich sehe«, verkündete er mit unüberhörbar herablassender Stimme. Amüsiert schob er eine Augenbraue in die Höhe, als er die Broschen sah, die an Hals und Caspars Wamsen steckten. »Etwas frisch noch der Kinderstube entflohen, was?«

Caspar spürte, wie sein Zorn in ihm aufschäumte und ihm die Selbstkontrolle nahm. Er schaffte es kaum, seine Empfindungen zu zügeln, aber Ceowulf mußte nach Hals Arm greifen und ihn zurückziehen, da dieser dem Berittenen entgegentreten wollte.

»Reiß dich zusammen, Hal«, knurrte er. »Sonst werden sie

uns noch rauswerfen, bevor wir überhaupt nur angefangen haben.« Ceowulf schob sich an dem Jungen mit dem rabenschwarzen Haar vorbei, der wütend mit den Zähnen knirschte. Er begegnete dem arroganten Blick des Mannes mit einer höflichen, wenn auch knappen Verbeugung, die gleichzeitig würdevoll und höfisch war und einiges dazu beitrug, den Versuch des Mannes, sie zu erniedrigen, abzuschwächen. »Ich freue mich, Eure Bekanntschaft zu machen, Ritter. Ich bin Ceowulf, Sohn des Baron Cadros von Caldea im mächtigen Land Belbidia.«

Der Ritter nickte und erwiderte die Geste. »Ich bin Turquin, der älteste Sohn des Dagonet, König des mächtigsten Reiches am ganzen Caballischen Meer.«

»Oh, und welches Land sollte das wohl sein?« fragte Ceowulf mit gespielter Ahnungslosigkeit.

Caspar grinste innerlich, denn es konnte Ceowulf nicht entgangen sein, daß Dagonet König von Ceolothia war.

»Ich bin ein Prinz von Ceolothia«, erwiderte er leise. »Offenbar hat Eure Erziehung einen gewissen Mangel aufzuweisen, doch das läßt sich jederzeit wettmachen. Ich freue mich darauf, Euch in den nächsten Wochen auf dem Übungsplatz zu begegnen. Doch bevor Ihr dorthin geht, schlage ich vor, daß Ihr eine Nachtwache dort drüben in der Kapelle des Heiligen Beonor absolviert.« Er nickte zum nördlichen Rand des Innenhofes, wo sich ein Bogenbau bescheiden an die hoch aufragenden Mauern des Bergfrieds drückte. »Erst müßt Ihr Euren Frieden mit Gott schließen.« Steif neigte er den Kopf, dann wandte er sich ab und ließ seinen Blick nur einen Moment länger, als es höflich war, erst auf Brid, dann auf Cybillia ruhen. »Und ich freue mich darauf, den jungen Damen außerhalb des Übungsplatzes zu begegnen.«

Es lag nichts wirklich Unhöfliches in der Art und Weise, wie er sprach, doch Caspar verstand den lüsternen Blick in den

Augen des Mannes. Caspar mühte sich, eine angemessen scharfe Antwort zu finden, mit der er den arroganten Mann treffen konnte, und dachte schon, sie müßten dem Prinzen von Ceolothia einen ersten Sieg über die Belbidianer zugestehen, als Cybillia zur allgemeinen Überraschung vortrat. Sie hielt den Kopf unter ihrem Schleier, der die Narben verbarg, demütig gesenkt.

»Dem sehen wir mit Freude entgegen, edler Herr und Ritter. Sicher wird es uns eine Ehre sein.« Obwohl die Worte höflich waren, lag in ihnen doch ein abschätziger Unterton, der Caspar an die Art und Weise erinnerte, wie Cybillia im Herrenhaus ihres Vaters mit den Bediensteten gesprochen hatte. »Selbstverständlich wollen wir versuchen, uns Euer Gesicht zu merken, damit wir Euch in der Menge nicht übersehen. Wie war doch gleich der Name? Ich Dummchen habe ihn schon wieder vergessen.«

»Turquin, Prinz Turquin«, murmelte er angewidert, und mit kurzem Nicken riß er den Kopf seines Pferdes herum und galoppierte in die Arena davon.

Die Belbidianer lachten freudig, und Ceowulf klopfte Cybillia so fest auf den Rücken, daß sie vorwärts stolperte. Er entschuldigte sich und stützte sie eilig.

Die Teilnahmegebühr sicherte ihnen Schlafquartiere, Verpflegung und spezielles Training in den Wochen vor dem Sankt-Beonors-Tag, und obwohl das Turnier erst in sechs Wochen stattfinden sollte, machte sich der Wettbewerb bereits innerhalb der Kasernenmauern bemerkbar. Für eine Militäranlage schien es ausgesprochen viele junge Mädchen zu geben, und vier davon schienen Hal besonders eingehend zu betrachten, als sie in ihre neuen Unterkünfte kamen.

»Ich denke, sie begleiten ihre Brüder in der Hoffnung, einen passenden Ehemann zu finden. Schließlich werden die am ehesten in Frage kommenden Ritter aller Länder des Caballischen Meeres bei dem Turnier anwesend sein«, vermutete Brid. »Diese Schleier können ihre Raubtierblicke kaum verbergen, was?«

»Wartet, bis die Spiele beginnen.« Ceowulf stieß Hal mit seinem Ellbogen an. »Turniere sind traditionell der beste Zeitpunkt, wenn eine Dame jemandem ihre Gunst erweisen will.«

Mit steinernem Blick starrte Brid voraus und ignorierte Hals höhnisches Grinsen.

Die beiden belbidianischen Mädchen verschwanden im Frauenquartier, das leicht an den Blumenbeeten und verzierten Obstbäumen zu erkennen war, die ihre kalte, steinerne Abgeschiedenheit bewachten. Der gesamte Bereich innerhalb der Burg von Sequicornum war in einem Viereck gebaut, dessen Innenhof zwölf Arenen umfaßte. Ceowulf wirkte unangenehm berührt, als er, Hal und Spar von einem jungen Camaalier in den Säulengang vor ihren Zellen geführt wurden.

»Es erinnert mich an das Kloster Sankt Wulfstan in Caldea. Mein halbes Leben habe ich damit zugebracht, der Erinnerung daran zu entkommen.«

Ceowulf bekam eine Kammer für sich allein, doch aufgrund ihres Alters erwartete man von den Torra Altanern, daß sie sich eine Kammer teilten. Der Soldat, der ihnen ihre Räume zeigte, erklärte, da so viele Männer von edler Herkunft und unterschiedlichen Sitten zum großen Turnier kamen und ihnen nur begrenzter Raum zur Verfügung stünde, blieb allein die Möglichkeit, Einzelkammern dem Alter nach zu verteilen. Die jüngeren Männer ersuchte man, sich Kammern zu teilen.

Als sie ihre Habe über die jeweiligen Räume verteilt und dafür gesorgt hatten, daß die Pferde gefüttert und untergebracht waren, schlenderte Ceowulf mit den beiden Jungen in die Stadt, um einen Waffenschmied zu finden. Sie mußten beiden Torra Altanern angemessene Schwerter kaufen. Hal war noch immer verärgert, daß er sein Runenschwert verstecken und statt dessen eine minderwertige Waffe schwingen mußte, aber Caspar freute sich über seine neue Waffe. Er wußte, daß er mit dem Bogen weit geschickter als mit der Klinge war, dennoch fühlte er sich mit einem Schwert am Gürtel um einige Daumenbreit größer, als sie zu ihrem Quartier zurückmarschierten.

Caspar konnte vor Aufregung nicht schlafen, da er sich sehr auf den nächsten Tag freute, an dem die Ausbildung beginnen sollte. Hal saß auf seiner Liege und stierte gedankenverloren sein Runenschwert an. »Es ist nicht fair. Wieso kann ich nicht mein eigenes Schwert benutzen?«

»Hal, wir sind es hundertmal durchgegangen. Du weißt, daß es zu große Aufmerksamkeit erregen würde.«

»Aber wir müssen gewinnen.«

Caspar spürte, wie Sorge in seinem Magen zu flattern begann. Vielleicht war ihr bisheriges Selbstvertrauen zutiefst fehl am Platz gewesen. Sie hatten dreißig Mann an diesem Abend auf dem Übungsplatz gesehen, und jeder einzelne davon sah aus, als sei er mit Pferd und Lanze absolut vertraut. Caspar mußte sich eingestehen, daß er in seinem Leben noch nie eine Lanze in Händen gehalten hatte.

Früh am nächsten Morgen wachte er auf, und als er durch die Fensterläden den Himmel sah, glaubte er schon, er sei wieder auf Torra Alta.

Hal zog sich bereits die Stiefel an. Eifrig und hungrig sah er aus, und Caspar fragte sich, ob sein Onkel seiner Sache so sicher war, wie er aussah. Ihm selbst war speiübel, da er fürchtete, er würde die Ehre Torra Altas verspielen, wenn er sich in der Arena übertrumpfen ließ.

Außer ihnen gab es an diesem Tag sechs weitere Neuankömmlinge, und der Hauptmann der Garde trat heraus, um sie zu begrüßen. Erst erklärte er die Regeln des Turniers, dann teilte er sie entsprechend ihrer Kraft und Erfahrung in Gruppen ein.

Er war ein dunkelhäutiger Mann, der nicht aus Camaalia stammte, wie Caspar vermutete, und seinem singenden Akzent nach zu urteilen kam Caspar schließlich zu dem Schluß, daß er zweifellos Ophidianer sein mußte. Er hatte lange, dünne Beine und einen kantigen Unterkiefer mit dicken Lippen, die er fest zusammenpreßte, als er die Bewerber musterte. Bedrohlich blieb er vor Caspar stehen und sah an seiner gebogenen Nase herab den Jungen an. »Etwas jung und etwas zu klein, oder nicht, Freund? Möchtet Ihr nicht lieber im nächsten Jahr wiederkommen?«

Caspar wurde starr vor Zorn. »Ich kann für mich geradestehen«, erklärte er entschlossen.

»Nun, Ihr tragt die Brosche, und so habt Ihr ein Recht darauf, es zu versuchen«, erwiderte der Hauptmann.

Ein blonder Junge, wahrscheinlich kaum älter als Hal, doch größer, mit breitem, aufrechtem Rücken, hob einen Mundwinkel zu einem selbstgefälligen Grinsen. Caspar beschloß, daß er den Jungen schon jetzt haßte, wer immer er auch sein mochte.

Der Hauptmann knurrte, als er an Hal vorüberschritt. »Wie hast du dir den Finger abgeschnitten? Ist dir vielleicht die Hand ausgerutscht, als du das Schwert deines Vaters geschärft hast? Du brauchst eine Grundausbildung, wie ich sehe.«

»Sag kein Wort«, zischte Ceowulf und schob Hexer nah an Hals gescheckte Stute, was den Jungen ablenkte.

Der Hauptmann schlenderte voran und nickte Ceowulf nach kurzer Einschätzung nur zu. Dann fuhr er scharf herum. »Ihr alle habt gutes Geld bezahlt, um an diesem Wettbewerb teilzunehmen. Wir werden Euch so gut trainieren, wie es geht, und zu diesem Zweck müssen wir Euch in kleinere Gruppen teilen. Es muß klar sein, daß die Jüngeren grundlegendere Ausbildung benötigen, und entsprechend werden wir Euch aufteilen. Jene unter Euch, die noch keine achtzehn sind folgen Tancred in die äußere Arena Nummer acht. Ihr werdet heute keine Waffen brauchen.«

Caspar, Hal und der blonde Junge führten ihre Hengste über den Hof zur zugeteilten Arena. Caspar spürte, wie sein Herz schneller schlug. Selbstbewußt trat Hal vor und wandte sich dem anderen Neuling zu, der scharf neben ihm einherschritt. »Hal«, sagte er und bot ihm seine Hand an. »Hal von Torra Alta, Belbidia, und das ist mein Anverwandter Spar.«

»Oh«, bemerkte der Junge gleichgültig. »Ich bin Prinz Tudwal, der zweite Sohn von Dagonet, dem König von Ceolothia.« Er betonte das Wort Prinz.

Caspar verlor den Mut. Turquins Bruder. Wie überaus enttäuschend!

»Tragt Ihr irgendwelche Titel, oder seid Ihr nur opportunistische Freibauern?« fragte Prinz Tudwal mit mürrischer Arroganz und dem gleichen ausdruckslosen camaalischen Akzent wie sein Bruder.

Eilig erwiderte Hal: »In Belbidia werden Männer nach ihrem Wert, nicht nach ihrem Titel beurteilt.«

Tudwal führte eine große, gescheckte Stute mit hohem Tritt und kräftigen Schenkeln. Caspar überraschte der dünne, scharfe Biß, der dem Tier seitlich aus dem Maul kam, doch er vermutete, daß diese Wahl eher die des Reiters als die des Tieres war.

Die drei stellten sich dem dunkelhäutigen Mann in der Mitte der Arena mit der Nummer acht vor, der sie ebenso kritisch betrachtete, wie der Hauptmann der Garde es getan hatte. Er war sicher schon um die Fünfzig, und sein ergrauendes Haar war kurzgeschoren, aber er bewegte sich mit der athletischen Anmut und aufrechten Haltung eines Mannes von Anfang Zwanzig. Er hatte eine kleine weiße Sichelnarbe unter seinem rechten Auge und einen hellen, roten Strich, der von seiner linken Wange bis zum Haaransatz verlief. Er trug lederne Hosen, eine ärmellose Weste und ein Wams, zeigte seine muskulösen nackten Arme her, die von der Sonne des Südens gebräunt waren. Caspar dachte sich, daß er sicher schon viele Schlachten gesehen hatte.

»Man nennt mich Tancred«, verkündete er mit heiserem camaalischem Akzent, »aber ihr könnt mich Sir nennen, und ich werde euch jeweils bei eurem Namen rufen und Hinweise auf den Titel auslassen. Die Arena ist der große Gleichmacher, und so können wir ebenso gleich ohne alle Heuchelei beginnen.« In diesem Moment stieß Prinz Tudwal ein lautes Schnauben aus. Tancred war nicht anzumerken, ob er ihn gehört hatte, und ruhig fuhr er fort. »Wir mögen hier in Camaalia sein, aber wir sprechen ausschließlich Belbidianisch, damit wir für alle zu verstehen sind. Eure Aufgabe wird es sein, von jetzt an nichts mehr zu sagen, sofern ich euch nicht anspreche, gut zuzuhören und euren Stolz zu vergessen. Ein allzu großes Selbstbewußtsein ist das größte Hindernis für erfolgreiches Lernen. Der Junge, der meint, er wüßte bereits alles, hat nur wenig Gelegenheit, sein Können auszubauen.«

Caspar nickte zustimmend, doch er bemerkte Hals und Tudwals verächtliche Mienen.

Nachdem die Neuankömmlinge sich vorgestellt hatten, stellte Tancred die drei anderen Mitglieder ihrer Gruppe vor. Philippe, der Sohn eines kleinen Barons aus dem Norden Glains, Oswain, der maushaarig und schlank gebaut war und dessen Blick andeutete, daß ihm der Schalk im Nacken saß, und Kay, ein mittelgroßer Junge mit einem gesunden Maß an Selbstvertrauen.

»Also, Oswain«, sprach Tancred den maushaarigen Jungen an, »würdest du den Neuankömmlingen die wichtigste Fähigkeit erklären, die ein Ritter haben muß?«

Der Junge verneigte sich vor seinem neuen Publikum und

holte dramatisch tief Luft, als glaubte er, Tancred nähme das alles viel zu ernst. »Die oberste Regel, ihr Ritter, ist es, eins mit dem Pferd zu sein. Ihr müßt vollkommenes Vertrauen in das Tier haben, da ihr in der Schlacht von eurem edlen Roß gänzlich abhängig seid.«

Caspar nickte. Falls das der Fall sein sollte, würde ihm das hier großen Spaß machen. Mit einem Blick auf die Jungen auf ihren Pferden machte sich in ihm die Ahnung breit, daß ihn zu Pferd vermutlich keiner übertreffen konnte.

»Danke. Gehorsam ist das, was man von einem Pferd am meisten braucht. Furchtlosen, fraglosen Gehorsam«, hob Tancred hervor.

In diesem Moment warf Feuerschweif seinen Kopf herum und wieherte, versetzte Tudwals Stute einen Biß, bevor er noch etwas dagegen unternehmen konnte. Oswain lachte rauh über die Wahl des Zeitpunkts, doch der ceolothianische Prinz verzog den Mund zu einem bösen Knurren.

»Dieses Tier braucht eine Nasenbremse.«

Der Ausbilder runzelte die Stirn. »Ich denke, dieses Rassetier ist etwas zuviel für dich, Spar.«

Beschämt zog Caspar eine finstere Miene. Doch es gab nichts, was er zu seiner Verteidigung hätte sagen können, ohne ungehobelt zu wirken. Er hätte den Mann gern gefragt, ob er glaubte, daß er es besser konnte, wohl wissend, daß das sicher nicht der Fall war, doch entschied er weise dagegen.

Sie ritten in gezügeltem Trab um den Außenrand der Arena, während Tancred sie mit unergründlichen Augen minutenlang betrachtete.

Als Caspar den kritischen Blick des Mannes auf sich spürte, merkte er, wie er vor Unsicherheit erstarrte. Aber er wußte, daß sich Feuerschweif unter ihm gut bewegte, trotz des gelegentlichen Bockens, das der Rotschimmel in seinen Gang einflocht. Tudwal war gleich hinter ihm und knurrte zornig:

»Wenn du dein Pferd nicht im Griff hast, solltest du gar nicht hier sein.«

Gegen Ende des Tages sah Hal zutiefst gelangweilt und verärgert aus. »Ich dachte, wir würden hier was lernen. Er hat uns nur beim Reiten beobachtet und mich angemault, daß ich im Rücken nicht beweglich genug bin. Ich brauche niemanden, der mir sagt, wie ich reiten soll. Ich konnte reiten, bevor ich laufen konnte. Ich dachte, wir wären hier, um Kampftechniken zu lernen«, vertraute er Ceowulf an.

Der caldeanische Ritter lächelte geduldig über die Klagen des Jungen. »Ich dachte mir schon, daß es dir schwerfallen würde«, erklärte er geheimnisvoll. »Hast du nicht gehört, was dein Ausbilder zu Beginn gesagt hat?«

»Irgendwas von vollkommenem Gehorsam deines Pferdes«, murmelte er. »Aber er hat Caspar das Leben nicht schwergemacht, obwohl sich Feuerschweif wie ein junger Bulle betragen hat, schnaubend und tretend. Ein schöner Gehorsam!«

Caspar hielt es für das beste, nichts zu sagen. Nur er und Kay mit seinem stillen Selbstvertrauen waren der heftigen Kritik hinsichtlich der Art und Weise, wie sie ihre Pferde lenkten, entgangen, und weder Hal noch Tudwal gefiel, was Tancred zu ihrem Reiten gesagt hatte. Tancred nickte Spar zu, nicht so sehr lobend, eher anerkennend, als er ihn beim Reiten beobachtet hatte, doch er stellte seine Wahl des Tieres an diesem Tag mehrfach in Frage.

Hal stürmte zur gegenüberliegenden Seite des Vierecks, wo er schmollend auf einer Mauer saß und die älteren Ritter betrachtete, die mit Schwert und Keule kämpften und brutal aufeinander einhieben. Tudwals älterer Bruder Turquin johlte vor Freude, als er das Schwert eines anderen Ritters in zwei Teile hieb.

Caspar sah zu seinem Onkel hinüber. Zwei junge Mädchen

hatten sich ihm eben genähert, standen zu beiden Seiten des Jungen und plauderten freudig. Caspar schüttelte den Kopf, fragte sich, wie um alles in der Welt Hal das machte. Hal saß da und sah wie drei Tage Regenwetter aus, und doch scharten sich die jungen edlen Mädchen schon Minuten später gleich um ihn. Frauen schienen ihm so anders.

Anmutig traten Brid und Cybillia aus ihrem Quartier und bemerkten gleichzeitig Hals neue Gesellschaft. Brid geriet sichtlich ins Wanken, doch Cybillia hob ihren Blick ganz freudig, als sie Caspar und Ceowulf sah. Caspar vermutete, daß es eher an Ceowulf als an ihm lag. Brid dagegen war mürrisch. Der Schleier, den sie vor ihrem Gesicht tragen mußte, schien sie sehr zu stören.

»Wir sind viel zu weit von Belbidia, als daß wir uns um Inquisitoren sorgen müßten, und ich kann nicht richtig sehen. Wieso müssen sich Frauen von derart albernem Zeug behindern lassen? Kannst du dir vorstellen, mit einem Schleier vor dem Gesicht in eine Schlacht zu ziehen?«

Ceowulf lachte. »Nein, eigentlich nicht. Ich gebe zu, daß es ziemlich lächerlich scheint, so hübsche Gesichter wie deines und Cybillias zu verbergen.«

Brid rümpfte die Nase. »Ceowulf, das war zuviel, um glaubwürdig zu sein.«

Cybillia dagegen freute sich ganz offenbar an seinen Worten, und obwohl sie dem Ritter gegenüber bisher unbefangen gewesen war, zeigte sie nun erste Anzeichen von Nervosität. Sie strich ihre Röcke vor und zurück, als würde sie von Schüchternheit übermannt.

»Nun, wie war der erste Tag?« fragte Brid und stellte sich dabei so, daß sie Hal absichtlich den Rücken zuwandte.

»Gemischt, glaube ich«, erklärte der caldeanische Ritter. »Hal leidet unter etwas, das er als ungerechte Kritik empfindet.«

Brid schnaubte fröhlich über diesen Kommentar. »Und was ist mit dir, Spar?«

»Es war interessant. Tancred versucht nur, den Schwerpunkt unseres Reitstils zu verändern, damit wir uns ohne den Einsatz unserer Hände zur Beruhigung des Pferdes sicher fühlen. Er sagt, wir müssen fühlen, was wir tun, und lernen, uns auf unsere eigenen Gefühle zu verlassen, uns nicht sagen lassen, was wir tun sollen.«

»Ich glaube, ich mag diesen Tancred«, antwortete Brid. »Sein Rat paßt zu so vielen Dingen im Leben.«

KAPITEL 4

Vielleicht lag es daran, daß er sein neues Schwert verflucht hatte, denn Hal fand sich am Boden wieder. Tancred hatte ihn mit einem seiner fiesen kleinen Tricks erwischt, und nun lag er mit dem Gesicht im Dreck … schon wieder. Schlimmer noch war, daß Tudwal über ihn lachte.

Wütend drosch er auf die Erde ein. Seit drei Wochen wurden sie nun schon trainiert, und jede einzelne Minute davon hatte er gehaßt.

Feuerschweif stürmte auf sein Ziel zu, einem Sack voll Stroh, der von einem Querbalken hing, welcher an einem Pfahl befestigt war. Zwei Schritte davor, als sich Caspar mit seinem neuen Schwert reckte, griff Tancred in seine Tasche und verstreute Kampferpulver um die Hufe des Hengstes. Als das Pulver blitzte und knallte, wich der Rotschimmel seitwärts aus, doch obwohl sich Caspar eine Armlänge weit aus dem Sattel lehnte, hielt er doch das Gleichgewicht und hatte das Tier im Griff. Zwar verfehlte er sein Ziel, aber er machte auf der Stelle kehrt und traf den Sack beim zweiten Versuch. Tancred zeigte sich beeindruckt.

Wenigstens Caspar rettet die Ehre Torra Altas, dachte Hal, als er sich vom Boden erhob. Der kleine Junge war so leicht, beweglich und flexibel, daß ihn nichts aus dem Sattel reißen konnte, trotz Tancreds niederträchtigster Versuche.

Tudwal riß seine gescheckte Stute an den Zügeln herum und grinste höhnisch auf Hal herab, als der auf seine blauen Knie kam. »Schon wieder im Dreck, Belbidianer?«

Hal stürzte sich auf das selbstgefällige Grinsen des Ceolothianers. Eine Sekunde lang hielt er ihn fest um den Hals und zerrte ihn aus dem Sattel, um diese säuerliche Miene mit den

Fäusten bearbeiten zu können, doch man riß ihn zurück. Tancred stand über ihn gebeugt, hielt ihm die Schwertspitze an seinen Hals.

»Wenn du jemandem weh tun willst, Freund, setz dich auf dein Pferd und tu es, aber mit Können, nicht mit Zorn. Wärst du auf dem Schlachtfeld gewesen, hätten dir inzwischen Bauern die Beine abgehackt. Du hast ein gutes Schlachtroß, weit besser, als dein Jähzorn es verdient. Warum setzt du es nicht ein?«

Hal konnte nicht denken, da der Zorn in seinem Kopf hämmerte. Sein ganzes Blickfeld schien rot eingerahmt, als er sich wieder in den Sattel setzte und unwirsch knurrte.

»Komm schon, geh noch mal ran, Bursche. Ich will sehen, wie du den Feind niedermachst.« Er zeigte mit seinem Schwert auf den harmlos wirkenden Sack.

Entschlossen, sein Können zu beweisen, rammte Hal seine Fersen Elster in die Seiten, stellte sich den ausgestopften Sack als Tancreds Magen vor. Er hielt die Zügel fest in seiner linken Hand und reckte sich über den Sattel, um auf den schwingenden Sack einzuhauen. Plötzlich schlug ihm die Erde auf den Mund. Elsters Huf traf sein Schienbein, als er rollte, und ein Hieb nahm ihm die Luft, daß er hilflos keuchte. Langsam setzte er sich auf, versuchte sich zu erklären, was geschehen war. Elsters Sattel lag zwei Meter von ihm entfernt, und verzweifelt stöhnte er auf. Tancred hatte den Gurt gelöst, während er selbst mit Tudwal gerungen hatte, und es war ihm nicht mal aufgefallen.

»Du hättest mich umbringen können«, schrie er den Ausbilder an.

»Hör zu, Freund, ich versuche nicht, euch beizubringen, wie man hübsche, neue Stiche auf einen Teppich stickt. Bei diesem Spiel geht es schließlich ums Töten. Weißt du, was dein Problem ist?«

Hal stöhnte, sah dem Mann nicht in die Augen. Er wollte es nicht hören. Tancred meinte, er kannte jeden in- und auswendig. Tancred hielt sich für so verdammt schlau.

»Am Anfang habe ich gesagt, daß der Untergang eines Ritters meist sein Selbstbewußtsein ist, und in deinem Fall ist es eine echte Schande.«

Hal kam auf die Beine und zuckte zusammen, als er sich nach seinem Sattel bückte. Kay, der freundliche Junge, war mit seinem Pferd und seinen Waffen wohlvertraut, hielt Elster für ihn. »Dein Bruder Spar kommt dagegen gut zurecht«, bemerkte er.

Hal gab sich alle Mühe, seine finstere Miene zu verbergen. Es fiel ihm schwer, nach seinem Scheitern mit jemandem sprechen zu müssen.

»Er ist nicht mein Bruder«, erklärte er verdrießlich, während Caspar der Länge nach die Bahn hinunterstürmte und einen Reifen vom Boden hob, indem er irgendwie um Feuerschweifs Knie hing. Spar zog sich in den Sattel hoch und schaffte es dennoch, Tancred auszuweichen, als der Ausbilder aus dem Nichts einen Spieß hervornahm und an den äußeren Fuß des Jungen schlug, um ihn aus dem Sattel zu hebeln.

Hal nickte zufrieden. Spar machte sich gut. »Woher kommst du?« fragte er Kay, um vom Übungsfeld, dem Ort seiner Erniedrigung, abzulenken.

»Lonis. Grinwal, mein Vater, versucht seit fünf Jahren das Turnier zu gewinnen, und dieses ist mein zweites Jahr hier. Unser König hat meinen Vater ausgesandt, das Turnier um der Ehre unseres Landes willen zu gewinnen. Niemand aus Lonis hat je gewonnen, und meinem Vater wurde ein Herrenhaus versprochen, falls es ihm gelänge. Letztes Jahr ist er zum ersten Mal in die Endausscheidung gekommen.«

Allen außer Hal und Tudwal erlaubte Tancred, sich kurz mit einer Übungslanze abzuwechseln, und am Ende des Tages gestattete er schließlich auch dem ceolothianischen Prinzen, es damit zu versuchen. Jedoch weigerte sich der Ausbilder nach wie vor, Hal irgend etwas anderes tun zu lassen, als das mühsame Reiten ohne Zügel oder Steigbügel zu üben. Finster sah Hal die anderen an und merkte kaum, daß Caspar, obwohl er auf dem Rücken seines Pferdes zweifelsohne ausgesprochen sicher saß, doch mit dem Gewicht der Lanze zu kämpfen hatte.

Nach den Übungen des Tages schlich Hal heimlich davon und wich Caspars freudigem Lächeln aus. Er konnte ihm einfach nicht würdig gegenübertreten. Er schlich zur anderen Seite des Hofes und sah sich an, wie Ceowulf einen schwarzen Ritter aus dem Sattel hob, und zwar mit Leichtigkeit. Trübsinnig seufzte er, dachte daran, was er dem Ritter gesagt hatte, als sie sich Sequicornum näherten, und wie der Ritter ihn für seine ahnungslose Arroganz verlacht hatte. Und es war lächerlich! Nun wurde ihm klar, wie viele Jahre harten Trainings Ceowulf gebraucht hatte, ein solches Maß an Genauigkeit mit seiner Lanze zu erreichen. Hal war nicht der einzige, der sich das Schauspiel ansah. Neben vielen weiteren Jungfern folgte Cybillias verschleierter Kopf allen Bewegungen des caldeanischen Ritters, der wie der gekrönte Held eines Frühlingsfestes aussah, da Fähnchen, Wimpel und farbige Bänder von ihm flatterten. Neben Cybillias dunkelrotem Zeichen hingen eine ganze Reihe weiterer greller Bänder, und nach der Art und Weise zu urteilen, wie sie plötzlich herumfuhr und davonmarschierte, vermutete Hal, daß sie verärgert war, weil der Ritter diese angenommen hatte.

Hexer, Ceowulfs Pferd, bewegte sich mit ausgesprochenem Selbstvertrauen, stürmte die Bahnen entlang und blieb unerschütterlich, wenn die Ritter zusammenstießen. Zwar waren die Lanzenspitzen mit Tuch und Leder umwickelt, um ernste Verletzungen zu vermeiden, doch sie krachten mit der Wucht von Rammen gegen die erhobenen Schilde. Der Ritter schlug drei Gegner aus dem Sattel, doch er wurde schließlich von einem großen Mann auf einem schweren Braunen zu Boden geworfen. Der Sieger riß seinen Helm vom Kopf, und beklommen sah Hal Turquin, der den gleichen hämischen Blick wie sein blonder Bruder zur Schau trug.

Brütend wandte sich Hal von der Arena ab und starrte die betriebsame Zitadelle an. Er schreckte auf, als er spürte, wie ihn eine Hand leise berührte. Als er sich umdrehte, sah er Brids tiefe, geheimnisvolle Augen, die in die seinen blickten.

»Ich habe euch beobachtet«, sagte sie sanft.

Hal wußte nicht, was er sagen sollte. Er schämte sich. Er konnte seine Würde nur noch damit bewahren, daß er ehrlich war. Er holte tief Luft. »Es tut mir leid. Ich fühle mich, als hätte ich euch allesamt im Stich gelassen. Ich habe mich zum Narren gemacht, als ich dachte, ich wäre von Natur aus gut, und nun stellt sich heraus, daß ich ein hoffnungsloser Fall bin. Er gibt allen anderen eine Lanze, selbst Tudwal, warum nicht mir?«

»Die anderen haben so viel gelernt, wie sie in diesem Jahr lernen können. Und selbst wenn Tudwal ein kräftiger Junge ist, der offensichtlich früher schon eine Lanze geführt hat, tut er doch alles mit grober Kraft, nicht mit Technik. Ihm eine Lanze zu geben kann seinem neugewonnenen Gleichgewicht und Können nichts anhaben, da er nichts dergleichen erworben hat. Kein einziges Mal hat er auf Tancred gehört. Ich vermute, daß Tancred dir erst im letzten Augenblick eine Lanze gibt, damit du lernst, auf deine Balance und dein Können zu bauen, nicht auf deine Kraft. Eine Lanze könnte deine neugewonnenen Fähigkeiten beeinträchtigen. Du reitest ein Pferd so gut wie Kay, doch hofft Tancred nach wie vor, daß du auf eine höhere Ebene aufsteigst.«

»Aufsteigen!« Hal schnaubte skeptisch. »Ich habe alles gegeben.«

»Ich weiß. Das ist das Problem. Deine Angst zu versagen

macht dich wütend, und dann verlierst du die Konzentration und verfällst wieder in deine schlechten, kindischen Gewohnheiten, so daß Tancred kein Problem hat, dich aus dem Sattel zu werfen. Er versucht dir zu zeigen, daß dein eigentlicher Feind dein Jähzorn ist.«

Hal ließ den Kopf auf seine Arme sinken und stöhnte vor Verzweiflung auf. »Dann meinst du also, daran liegt es? Wenn ich nicht die Geduld verlieren würde, könnte ich es schaffen?«

»Sagen dir das nicht alle schon seit Jahren?« lachte Brid.

»Ich habe soviel Zeit vergeudet«, stöhnte Hal. »Der Monat Ostara ist fast vorüber, und da der Silbermond nun fast schon kommt, bleiben nur noch etwas mehr als drei Wochen bis zum Sankt-Beonors-Tag. Ich muß üben.«

Trotz seiner entschlossenen Worte war er voll böser Ahnungen. Im Grunde seines Herzens wußte er, daß Ceowulf, sosehr Hal auch trainierte, recht hatte. Ihm und Spar mangelte es an Kraft und Geschick, um gegen die erfahreneren Ritter hier in Sequicornum zu bestehen. Ihre einzige Hoffnung ruhte auf Ceowulf.

Am nächsten Tag verdrängte er jeden Gedanken, der nichts mit der bevorstehenden Aufgabe zu tun hatte. Tancred hatte einige hinterhältige Hindernisse für sie aufgebaut. Flatternde Laken blähten sich im Wind, um die Pferde zu verschrecken. Ein totes, halb verwestes Schwein war in die Mitte der Arena geschleppt worden und ein Wald aus Flaggenpfählen wahllos um die Grube gepflanzt. Es bedeutete, daß sie nicht mehr geradewegs ihrem Ziel entgegenstürmen konnten. Wiederum war das Ziel ein ausgestopfter Sack, doch diesmal hing er an einem rotierenden Balken. Wenn sie mit Stöcken auf den Sack einstachen, drehte sich dieser, und eine schwere Keule am anderen Ende des Armes rotierte von hinten heran. Wenn sie der nicht schnell genug ausweichen konnten, schlug sie ihnen heftig an den Hinterkopf. Gleich unterhalb des Schwungarmes war eine tiefe Grube ausgehoben und mit Wasser aufgefüllt, so daß ein dicker Morast entstand. Dieser war etwa fünfzehn Fuß breit, und die Pferde mußten eine gewisse Geschwindigkeit halten, um ihn zu überspringen.

»Wenn ich es vom letzten Jahr recht erinnere, war das nicht eben deine Lieblingsübung, habe ich recht, Kay?« Tancred lachte den Ritter heiser an.

»Etwas schwierig«, gab der Junge mit freundlichem Lächeln zurück.

Tudwal war der erste, der sein Glück versuchte, brachte die Hindernisse überraschend gut hinter sich und packte seine Waffe, bereit, auf den Sack einzuschlagen. Als er sich aus seinem Sattel erhob und aufrichtete, zog er gleichzeitig an den Zügeln, um sein Gleichgewicht zu halten. Gehorsam scheute die Stute, und als der Junge auf das Ziel einhieb, kam der Arm hart herum und traf ihn fest am Hinterkopf. Irgendwie fand er die Kraft, sich festzuhalten.

Hal machte sich um die Hindernisse keine Sorgen. Zum ersten Mal seit fünf Wochen hatte er seinen Spaß. Der Schwungarm streifte ihn kaum, und Elster war bei ihrem letzten Sprung ein wenig langsam, was ihn mit Schlamm bespritzte, doch Tancred war mit ihm zufrieden. »Morgen üben wir alle mit echten Lanzen«, schloß Tancred.

Hal konnte gar nicht erwarten, daß der nächste Tag kam. Die Lanze fühlte sich in seiner Hand gut an, wenn ihn das Gewicht auch überraschte. Tudwal war kräftig gebaut und hob sie in Stellung, hielt sie unverwandt an Ort und Stelle. Kay hatte das offenbar schon einmal getan und sich die Gleichgewichtspunkte der plumpen Waffe gemerkt, so daß er sie um ihre Mitte schwang und dann anlegte. Er schob das stumpfe Ende der Waffe in eine Tasche am Sattel, damit sein Pferd den Großteil des Gewichts trug.

Hal merkte, daß er die Lanze halten mußte, ganz wie Tudwal es tat. Er biß die Zähne zusammen, als er spürte, wie ihn das Gewicht der Waffe aus der Balance bringen wollte. Er versteifte sich dagegen, und nun schüttelten ihn Elsters Schritte durch.

Schlimmer noch war, daß Tancred wieder mit seinen alten Tricks begann. Als Hal um die Arena trabte und dabei schwer im Sattel hüpfte, schlug Tancred Elster an die Hinterbacken, und der Schecke stürmte vor. Hal merkte, daß ihn das Gewicht der Waffe nach hinten riß, daß das dicke Ende dem Schwung des Pferdes nicht folgen konnte. Er knirschte mit den Zähnen, als er sich wieder aufrichtete, konzentrierte sich, da er den nächsten Trick erwartete. Sein Fuß wurde auf seiner blinden Seite von einem der Helfer angehoben, als der Ausbilder seinen Namen rief, um ihn abzulenken. Hal merkte, wie er vorwärts flog, doch er warf sich wieder auf die Außenseite, um sein Gleichgewicht zu finden und sich auf den nächsten Trick vorzubereiten, ohne wütend zu werden. Plötzlich riß der Riemen, der seine Lanze hielt, und er ächzte, als er das Gewicht der Waffe halten mußte, das an seinen Schulterblättern riß.

»Immer noch im Sattel, was, Hal?« rief Tancred erfreut.

Hal grinste. Hatte er wirklich so viele lange, harte Wochen gebraucht, um zu verstehen, was Tancred ihm hatte sagen wollen?

Er hatte seinen Spaß und sah sich am Rande der Arena um, merkte, daß sie eine ganze Menge bewundernder junger Damen angelockt hatten. Er wurde belohnt, als mehrere verschleierte Mädchen lautstark riefen, er solle näher kommen, da sie ihre Schleifen an Elsters Zaumzeug binden wollten. Er war mit sich sehr zufrieden, als er mehr Schleifen als Tudwal gesammelt hatte, doch es ärgerte ihn, daß Brid keine Anstalten machte, ihm ihre Schleife anzutragen. Statt dessen schien sie ihren Blick kaum von Caspar lösen zu können.

Da Eifersucht sein Denken trübte, dauerte es eine Weile, bis er schuldbewußt bemerkte, daß sich Caspar den ganzen Tag schon mühte und offenbar nicht groß genug war, eine Lanze zu bändigen. Die lange Waffe kippte und schwankte bedenklich in der kleinen Hand seines Neffen. Caspars Miene rötete sich vor Scham, als die Lanze wiederum aus dem Gleichgewicht geriet und es ihm schlicht an Kraft mangelte, sie zu halten. Schwer fiel sie zu Boden, und Feuerschweif bäumte sich auf und tänzelte davon.

Während Tudwal laut lachte, nahm Tancred Caspars Zaumzeug und führte ihn beiseite. Hal konnte das Gespräch nicht hören, aber er sah Caspars Gesicht. Er zwinkerte schnell und wirkte zutiefst bestürzt. Er hielt den Kopf gesenkt, wagte nicht, dem Blick der anderen zu begegnen, als diese ihn betrachteten und sich neugierig fragten, was gesagt wurde.

Auf Tudwals Miene war nur der Anflug eines Lächelns auszumachen. Sein arrogantes Kinn war vorgeschoben, und seine Augen glitzerten zufrieden. »Er sagt ihm, daß er aufgeben soll, ich weiß es.«

Als sie zum Ende des Übungstages entlassen wurden, eilte Hal zu seinem Neffen und wollte wissen, was Tancred gesagt hatte, doch Caspar stieß ihn von sich und marschierte mutlos zur Westmauer des Innenhofes. Offensichtlich wollte er allein sein, und so starrte ihm Hal einen Moment lang nach, dann eilte er zu Brid und Ceowulf, um ihnen zu berichten, was geschehen war.

Brütend blickte Caspar über die dunkle Zitadelle und zur untergehenden Sonne hinüber, die in die Fluten des Caballischen Meeres sank, und versuchte, seine Gedanken im leuchtenden Rot des Himmels zu verlieren. Ich habe versagt, so dachte er verzweifelt. Nie werde ich jemals groß genug sein, eine dieser schweren Lanzen zu tragen.

Bald bemerkte er leise Schritte hinter sich, und er wandte

sich um, blickte in Brids fragende Augen. Sie scheint es schon zu wissen, dachte er und drückte an seiner Nase herum, als er seine Scham eingestand. »Tancred hat mir gesagt, wenn ich keine Lanze auf das Turnierfeld bringe, kann ich nicht teilnehmen.«

»Du mußt teilnehmen, Spar. Es könnte sein, daß die Große Mutter dich für Ihre Zwecke braucht.«

»Ich kann nicht, Brid. Ich habe versagt, und zwar nicht, weil ich mich nicht bemüht hätte.« Verzweifelt sah er seine kleinen Hände an und spürte den Schmerz in seiner rechten Schulter, als er den Arm zu heben versuchte. »Ich habe es versucht, bis die Adern in meinem Kopf schon platzen wollten, aber ich konnte das Ding nicht halten. Ich konnte einfach nicht, Brid.«

»Gibt es eine Regel, welche Art von Lanze man tragen muß?« fragte sie vorsichtig. »Könnten wir nicht eine leichtere, kleinere für dich anfertigen lassen?«

»Aber ich würde mich zum Gespött aller machen«, protestierte er.

»Komm schon«, sagte sie. »Gehen wir zum Waffenschmied.«

Caspars neugewonnenes Selbstvertrauen verflog am nächsten Tag unter Prinz Tudwals herablassendem Hohn. Die Lanze in seiner Hand war grobgeschmiedet, mit ungeschliffenen Rändern und mindestens drei Fuß kürzer als die aller anderen. Hal schien das Erscheinungsbild seines Neffen peinlich zu sein, und bereitwillig zeigte sich der Spott auf den Mienen der anderen. Tudwal lachte laut. Allein Kay nickte Caspar ermutigend zu.

Tancred trat vor und sah ihm in die Augen. »Ich bewundere deine Frechheit, Spar, doch glaube ich, daß es nur das Unausweichliche verzögern wird. Eine solche Lanze wird fast augenblicklich splittern.«

»Ihr sagtet, ich könnte bleiben, wenn ich eine Lanze trage,

und ich trage eine«, wollte Caspar ganz ruhig sagen, aber er spürte, wie die Haut auf seinen Wangen brannte.

Tudwal schnaubte, konnte seinen Hohn nicht länger bändigen.

Die folgenden zwei Wochen brachten Caspar mehr Prellungen, Schnitte und Striemen, als er sich nur vorstellen konnte. Wie der Schmied vorausgesagt hatte, hielten die Lanzen nur sehr kurze Zeit, doch fertigte er widerwillig weitere für ihn an. Caspar ertrug die Kränkungen dank Brids stetiger Unterstützung. Sie stand während der gesamten Übungsstunden an der Barriere und machte ihm Mut.

Die stumpfen Lanzenspitzen seiner Gegner krachten in seinen Schild, lange bevor er sie erreichen konnte, und unzählige Male wurde er von Feuerschweifs Rücken geworfen. Doch er gab niemals auf. Er schwang sich wieder in den Sattel, wobei ihm jedesmal Brids Lächeln half … und außerdem die Pasten und Wickel von Arnika aus den Gelben Bergen und dem Wintergrünöl, das die Prellungen und Muskelzerrungen aller drei Belbidianer linderte, die an den Kämpfen teilnehmen wollten.

Ceowulfs alte Verletzung bereitete ihm offensichtlich einigen Verdruß, aber er verbarg sein Mißvergnügen hinter einem erzwungenen Lächeln. Caspar nahm die grausamen Schläge tapfer hin, und Hals zunehmendes Geschick machte ihm Mut. Sein Onkel schien seine Entschlossenheit wiedergefunden zu haben, und Caspar nickte anerkennend, als Hal Kay glatt aus dem Sattel hob. Der Junge mit dem rabenschwarzen Haar half seinem neuen, lonisianischen Freund eilig vom Boden auf, um sicherzugehen, daß er unverletzt war. Kay grinste ihn an.

»Du hast mich mit der Finte getäuscht.«

Hal erwiderte das Grinsen. »Nun, ich wollte dir das letzte Mal heimzahlen.« Kay, Tudwal und Hal übertrafen den Rest der Gruppe nun, was Kraft, Geschick und Entschlossenheit anging, und Tancred teilte die Gruppe in zwei Hälften. Seine Erklärung lautete, sie würden in kleinen Gruppen besser lernen, doch Caspar vermutete, daß er andere Motive hatte. Philippe, Oswain und ihm mangelte es entweder an Kraft, Konzentration oder Geschick im Wettstreit, und er wußte, daß Tancred fürchtete, sie könnten allzufrüh verletzt werden.

Caspar richtete sich auf und beschloß, daß es das beste wäre, mit dieser erniedrigenden Situation fertig zu werden, wenn er so tat, als sei sie nicht vorhanden. Wie Oswain setzte auch er ein starres Grinsen auf und konzentrierte sich, seine beiden Übungspartner so gut wie möglich zu Boden zu werfen. Er war sich sehr wohl darüber im klaren, daß man ihn als hoffnungslos betrachtete, was die Kunst des Turnierkampfes anging. Er bewahrte sich den Mut allein dadurch, daß Brid ihm von der Schranke her zujubelte.

Mürrisch sah Hal zu ihm herüber. Niedergeschlagen sank Caspar in seinen Sattel. Blamierte er tatsächlich alle anderen?

KAPITEL 5

Am Morgen des Turniers war Cybillia strahlender und weit aufsehenerregender als die roten, gelben, blauen und grünen Wimpel, die von allen Türmen flatterten und zwischen den Vorwerken gespannt waren. Als die Trompeten gellten, hob sie den Kopf und warf endlich ihren Schleier von sich. Diesem unschicklichen Akt folgte allgemeines Aufstöhnen. Nie hatte man gesehen, daß eine der hochwohlgeborenen Damen ihr Antlitz der scharfen, sengenden Hitze der Frühlingssonne Camaalias aussetzte, aber sie konnte es nicht mehr ertragen.

Caspar lief puterrot an, als sie zu ihm aufsprang und ihn übertrieben auf die Lippen küßte. Als er seine Verlegenheit dann überwunden hatte, indem er seine Augen vor dem johlenden Jubel der anderen Ritter um sich herum verbarg, staunte er erneut über ihre Erscheinung. Als er sie zuletzt gesehen hatte, war ihr kurzgeschorenes Haar matt vom Wüstensand, doch nun ringelte sich der goldene Glanz in hübschen Locken um ihre Ohren. Zwar war es nach wie vor unmodisch kurz, doch Farbe und Locken waren liebreizend weiblich. Ihre Wange war nun so glatt und sahnig, daß fast nichts mehr zu sehen blieb, abgesehen vielleicht von denkbar feinen, silbrigen Linien, wenn die Sonne seitlich über ihr Gesicht fiel. Dieser leise Anflug des Pentagramms verlieh ihr eine beinahe mystische Erscheinung und konnte ihre Schönheit nicht schmälern.

Ihre gertenschlanke Figur hatte in den bequemen Tagen auf der Burg gewonnen. Es verlieh ihrem Gesicht eine sanft gerundete Form, die in scharfem Kontrast zu den scharfen Sorgenfalten des Edelfräuleins stand, das sie begleitet hatte, als sie Belbidia hinter sich ließen.

Einen Moment lang vergaß Caspar alle Bedenken hinsichtlich des vor ihm liegenden Tages, und er grinste sie an, freute sich, daß sie nun wieder Vergnügen am Leben fand. Brid war ihr dicht auf den Fersen, und sie sah sehr viel ernster aus, in Caspars Augen tausendmal schöner noch. Brid besaß eine innere Schönheit, eine Gelassenheit und einen weiblichen Zauber, die man unmöglich allein ihren anmutigen Kurven und großen, lebendigen Augen zuschreiben konnte. Der Hauch eines Lächelns war durch ihren Schleier zu erkennen.

»Und?« fragte Caspar. »Wieso strahlt die edle Tochter des Baron Bullback heute morgen so sehr?«

»Ach, das wirst du gleich noch sehen«, flüsterte sie. »Nun, bist du bereit?«

»Bereit schon, aber ich weiß nicht, ob das einen Unterschied macht.«

Brid beharrte darauf, daß er sich heute, am einundzwanzigsten Tag des Silbermondes, von seiner bestmöglichen Seite zeigen würde. Er hatte den vorangegangenen Tag damit zugebracht, Feuerschweif zu striegeln, und Brid hatte die blaugoldene Schabracke geflickt und gewaschen, die von der edlen Herkunft des Jungen kündete. Seine ledernen Hosen und das Wams sahen schlicht und bäuerlich aus, verglichen mit den glänzenden Rüstungen der anderen Ritter. Er hatte das Angebot ausgeschlagen, ein Kettenhemd zu leihen, und wollte sich auch nicht in zusätzliche Kleiderschichten oder gepolstertes Leder hüllen, da er fürchtete, es könne seine Bewegungsfreiheit einschränken. Tancred war fuchsteufelswild gewesen, sagte, er könne nicht vollkommen ungerüstet teilnehmen, und ein Vlies unter einer zusätzlichen Jacke könne einen echten Unterschied machen. Doch es hatte in den Regeln nichts gegeben, was gegen Caspars Teilnahme gesprochen hätte, und er hatte darauf bestanden. Er vertraute eher auf Feuerschweifs Schnelligkeit als auf Rüstungen.

Viele der jüngeren Ritter hatten noch keine eigene Rüstung. Ceowulf hatte Hal Kettenhemd, Brustpanzer, Panzerhandschuhe und Helm geliehen. Es war entschieden zu groß, aber Hal stopfte die Zwischenräume mit Schaffell aus, um es bequemer zu haben.

Jene, die keine Rüstung hatten, polsterten sich dick unter ihren Lederwamsen, und Tancred schien sich um die Sicherheit seiner anderen Schützlinge keine Sorgen zu machen. Er erklärte, die Lanzen kämen erst in den letzten Runden blank zum Einsatz, und davor seien sie stumpf und umwickelt, um ernste Verletzungen der weniger geschickten Teilnehmer zu vermeiden. Er fügte hinzu, daß alle Jüngeren sicher schon in den ersten Runden ausfallen würden und so nicht zu Schaden kommen könnten.

Hal sah tatsächlich ganz elegant aus, wenn man von seiner harten, entschlossenen Miene absah. Elster glänzte, und hoffnungsfrohe Mädchen banden mehr Schleifen zu denen, die bereits an ihrer roten Satteldecke hingen. Nachsichtig lächelte Hal die Jungfern an, und sie kicherten und liefen davon.

Feuerschweif trug nur eine einzige Schleife, ein Seidenband, das mit seiner Mähne verflochten war. Es war schlicht weiß, mit einem blauen Muster, das man inzwischen nicht mehr lesen konnte, da die Schleife geknotet war. Bevor Brid sie festband, hatte sich Caspar die Zeichen auf dem Band genauestens angesehen.

»Ich habe Wochen gebraucht, es anzufertigen«, erklärte sie. »Ich habe versucht, die passendsten Runen für diese Gelegenheit zu finden.« Ihre Fingerspitzen waren noch blau vom letzten Färberwaid, mit dem sie die Buchstaben aufgetragen hatte. »Hier ist Rads Rune, die Rune des Suchenden, welche dich repräsentiert. Außerdem Ur, die Rune der Kraft, Nyds Rune der Notwendigkeit, und schließlich die Rune der Mutter, um zu zeigen, daß du das alles in Ihrem Namen und mit Ihrem

Segen tust. Der Glaube an die Große Mutter … er ist deine stärkste Waffe.«

Sie küßte ihn innig auf die Stirn, und Caspar fühlte, wie sein Herz vor Aufregung flatterte. Am liebsten hätte er sie gepackt und richtig geküßt, doch war sie bereits wieder in der Menge verschwunden, um sich einen guten Platz zu suchen, von dem aus sie das Turnier verfolgen konnte.

Caspar reihte sich zwischen den Teilnehmern ein, als die Eröffnungszeremonie begann. König Valerius, ein dicker Mann mit lockigem Bart, nahm seinen Platz in der königlichen Loge ein. Er sah zutiefst gelangweilt aus, doch die fein gekleidete Frau an seiner Seite beugte sich eifrig vor und betrachtete die Gesichter in der Menge.

»Das ist seine Tochter, die Prinzessin Delfina«, flüsterte Oswain. »Sie ist inzwischen eine alte Jungfer, aber es heißt, sie käme jedes Jahr hierher auf der Suche nach einem bestimmten Ritter. Man sagt, er habe einen hohen Rang in der Königsgarde bekleidet, doch er sei unehrenhaft entlassen worden und dann als Söldner in die Welt hinausgezogen. Wahrscheinlich haben die langen Jahre des Wartens auf ihre verlorene Liebe sie so zerbrechlich werden lassen.«

Und er wird wohl niemals wiederkommen, dachte Caspar und spürte die Tragödie, die darin lag. Sicher war sie die Prinzessin, derentwegen Gatto gestürzt war. Ceowulf hatte ihnen erzählt, daß der Söldnerführer einst einen hohen Rang in der Camaalischen Garde bekleidet und König Valerius' Männer hier auf der berühmten Burg von Sequicornum ausgebildet hatte. Dann war er beim König in Ungnade gefallen, als er es wagte, sich in dessen Tochter zu verlieben. Nachdem man ihn gezwungen hatte, Camaalia zu verlassen, war Gatto ein bitterer, schwieriger Mann geworden, der seine Dienste als Söldner verkaufte und eine Bande von Männern um sich scharte, die mit ihm reiten wollten. Ceowulf war einer davon gewesen, doch der caldeanische Edelmann hatte sich gezwungen gesehen, seinen ehemaligen Kameraden zu erschlagen, um seine Landsleute zu schützen.

»Verlest die Regeln laut und deutlich«, befahl der König mit etwas gelangweilter Stimme, dann wandte er sich einem Diener zu, der ein Tablett mit Silberkelchen und einem verzierten Weinkrug trug. Der Monarch war erheblich zu alt und zu dick, um ein aktives Interesse an ritterlichen Künsten zeigen zu können, doch nach seiner Haltung zu urteilen, bezweifelte Caspar, daß er ein solches Interesse überhaupt jemals gehegt hatte.

»Die Regeln des Turniers sind ganz einfach«, verkündete der Marschall in fast perfektem Belbidianisch, wenn auch sein Akzent etwas abgehackt klang. »Die Kämpfer werden durch das Los in vier Gruppen aufgeteilt, und in jeder Gruppe wird es sechzehn Kämpfer geben. Jeder von Euch wird, ohne hinzusehen, einen farbigen Strohhalm vom Tisch nehmen. Dessen Farbe bestimmt, in welcher Gruppe Ihr antretet. Zieht Ihr beispielsweise einen grünen Halm, werdet Ihr Euch dafür bereitmachen, in der grünen Arena anzutreten, einen gelben Halm, die gelbe Arena und so weiter.«

Er deutete auf die grüne Arena, in der am Nordrand des Übungsgrundes grüne Wimpel und grüne Bänder flatterten, dann auf die gelbe Arena gleich daneben.

»In jeden Halm wurden eine bis sechzehn Kerben geritzt. Die Anzahl, die Ihr zieht, bestimmt, wo Ihr auf der Liste Eurer Gruppe eingeteilt seid.« Er hielt einen Moment lang inne, um den Teilnehmern Gelegenheit zu geben, diese Anweisungen zu verdauen. »Ihr scheidet aus dem Turnier aus, sobald Ihr in der Arena besiegt seid, und die beiden aus jeder Gruppe, die dann übrigbleiben, kommen in die Endausscheidung. Solltet Ihr in der Arena erfolgreich sein, doch an dem folgenden Kampf nicht teilnehmen können, dürft Ihr einen Stellvertreter nennen, der an Eure Stelle tritt. Alle Lanzen werden in den Ausscheidungsrunden gepolstert sein, nur die Endrunde kämpft mit blanken Waffen. Nun werdet Ihr Eure Lose ziehen. Möge der Beste siegen.«

Ein Trompetenchor sandte eine Wolke weißer Tauben in die Luft. Caspar bahnte sich einen Weg zum Tisch und griff unter das Tuch, um einen Halm zu nehmen. Er war grün mit drei Kerben darin. Feierlich führte er Feuerschweif zur grünen Arena am Nordrand des Innenhofes und betrachtete seine Gegner. Er, Hal und Ceowulf hatten alle verschiedenfarbige Lose gezogen und mußten somit wenigstens nicht gegeneinander kämpfen, dachte Caspar erleichtert. Doch als er die fünfzehn anderen Bewerber musterte, die ebenfalls grüne Halme gezogen hatten, ging ihm der Glaube daran, die erste Runde überstehen zu können, verloren.

Nun, soviel zu Brids Runen, dachte er entmutigt, während er das Seidenband betastete, das in Feuerschweifs Mähne geflochten war. Als sie sich in einer Reihe aufbauten, fiel ihm auf, daß drei der Männer aus Ceowulfs Trainingsgruppe stammten. Tudwal hatte den Halm mit der Nummer eins gezogen, und es war Glück, daß auch Oswain in Gruppe vier war. Oswain war der einzige Mensch in der gesamten Arena, bei dem Hoffnung bestand, daß er ihn mit einer Lanze aus dem Sattel heben konnte. Einer nach dem anderen hatte sein Los gezogen, und Caspar war nicht sicher, ob die Halme wirklich gut gemischt gewesen waren.

Er biß die Zähne zusammen, und durch einen Nebel der Sorge sah er, wie die ersten beiden Paarungen in der Arena kämpften. Tudwal brauchte drei Anläufe, um seinen Gegner vom Pferd zu stoßen. Mit arrogant erhobenem Kinn grinste der Prinz Caspar höhnisch an, als dieser Feuerschweif zum Kopfende der Arena in den Kampf führte.

»Viel Glück, Junker«, höhnte Tudwal. »Du wirst es brauchen,

um Oswain zu schlagen, doch ich hoffe ehrlich, daß du gewinnst, denn dann werde ich das Vergnügen haben, dich in der nächsten Runde aus dem Sattel zu stoßen. Ich warte schon einige Wochen auf diesen Moment.«

Caspar fiel es schwer, sich auf Tudwals Stimme zu konzentrieren, die in seinen Ohren klingelte. Der Anblick von Oswains sorgenvoller Miene, als dieser den geliehenen Helm auf seinem maushaarigen Kopf richtete, ließ wieder etwas Hoffnung keimen. Oswains Fassade von Frohsinn und Tapferkeit hatte unter dem Druck des Wettbewerbs Risse bekommen, und er wirkte sogar noch unruhiger, als Caspar zumute war.

Oswains Sorge übertrug sich auf sein Pferd, das seitwärts auswich, als sie ihren ersten Angriff ritten, was es beiden unmöglich machte, ihrem Gegner einen Schlag zu versetzen. Caspar wendete Feuerschweif auf den Hinterläufen und war weit besser vorbereitet als sein Gegner, der noch immer damit rang, sein Pferd am anderen Ende der Arena herumzureißen.

Caspar machte seinen zweiten Angriff, bevor Oswain noch seine Lanze gesenkt hatte, und der Belbidianer spürte leise Reue, als der junge Ritter scheppernd zu Boden stürzte. Oswain hingegen sah erleichtert aus und schüttelte dem Jungen von Torra Alta die Hand.

»Wenn ich gegen jemanden verlieren wollte, dann am liebsten gegen dich«, vertraute er ihm an. »Du wirst damit zumindest nicht prahlen.«

Caspar dagegen konnte wegen des Klingelns in seinen Ohren seine Worte kaum vernehmen.

Die nächsten beiden Paarungen traten mit wilder Entschlossenheit an, erschöpften ihre Tiere mit zahlreichen Angriffen, doch trotz des zähen Kampfes ging es relativ schnell. Die drei erfahrenen Ritter aus Ceowulfs Trainingsgruppe fällten ihre Gegner mit dramatischem, beklemmendem Geschick, und bald war es an der Zeit für die zweite Runde. Oswain blieb auf seinem Pferd neben Caspar sitzen, wie es die Höflichkeit gebot, und sah sich den gesamten Vorkampf an. Er sprach lebhaft und voller Freude, offensichtlich froh, daß alles vorüber war und er in diesem Jahr keine Angst vor der Arena mehr haben mußte.

»Die ersten Runden gehen für gewöhnlich sehr schnell, denn es kommt nur selten vor, daß zwei gleich gute Ritter aufeinandertreffen, doch die letzten Runden sind dafür bekannt, daß sie mehrere Stunden dauern.«

Caspar versuchte, einen Blick über seine Schulter zu werfen, weil er sehen wollte, wie sich Ceowulf und Hal in der gelben und blauen Arena machten, aber man konnte unmöglich zwischen den hölzernen Tribünen und Bannern hindurchsehen. Kaum daß er sich versah, stand ihm die zweite Runde der ersten Gruppe schon bevor.

Als er Feuerschweif für Tudwals Angriff bereitmachte, betete er darum, daß es Hal und Ceowulf besser als ihm erginge. Urplötzlich waren alle Gedanken an seinen Stolz verflogen. Es war ihm ganz egal, ob er sich zum Narren machte oder ob er die Ehre Torra Altas würdig wahrte. Nun war nur noch wichtig, daß entweder er, Hal oder Ceowulf gewann.

»Bitte, Große Mutter, laß Hal und Ceowulf es durch die ersten Runden schaffen«, flehte er, als er Feuerschweif antrieb und seine eigene Niederlage bereits hinnahm und gar nicht mehr für sich beten wollte.

Die Lanze glitt von seinem Schild ab und streifte seine Hüfte, was ihn gegen die hohe Hinterpausche am Sattel warf. Er stauchte sich die Wirbelsäule, und einen Moment lang wurde seine Welt ganz rot. Er hörte nur noch den Donner der Hufe, enttäuschtes Aufstöhnen und Brids Stimme, die durch die Menge schnitt.

»Spar, du kannst es schaffen, du kannst es schaffen!«

Irgendwie brachte er es fertig, seine Lanze in der Hand zu

behalten, und fand auch das Gleichgewicht wieder. Er konzentrierte sich, wild entschlossen, es besser zu machen, als er zum zweiten Mal Tudwals Lanzenspitze entgegengaloppierte. Ein kurzer Druck von Spars rechtem Absatz in Feuerschweifs Rippen ließ das Pferd nach links ausweichen, und er duckte sich unter Tudwals Lanze hindurch, was ihm den Abstand sicherte, den er brauchte. Sein Arm ruckte im Schultergelenk, drehte ihn aus der Balance, als er Tudwals verzierten Brustpanzer traf. Eine Sekunde lang wurde der Prinz von Ceolothia im Sattel zurückgeworfen, doch dann splitterte Caspars Lanze, und der andere zog sich an seinen Zügeln wieder hoch.

Caspar holte eine neue Lanze, dann wandte er sich für den nächsten Angriff um, doch er hatte nur wenig Glauben an die Waffe. Er wußte, daß die Lanze leicht wie die erste splittern würde, und er merkte, daß er dem Ceolothianer ohne große Überzeugung entgegenstürmte. Plötzlich schlug Tudwals gepolsterte Lanze seinen Schild beiseite, traf ihn an der Brust und schickte ihn taumelnd übers Hinterteil des Pferdes.

Er war nicht mehr im Turnier.

Noch immer versuchte er gleichmäßig zu atmen, als er seinen Platz neben Oswain einnahm. Ohne die Kämpfe weiter zu verfolgen, sah er doch, wie die Reiter galoppierend zusammenstießen. Kaum nahm er den Jubel und die ermunternden Rufe um sich herum wahr, da das meiste davon im Lärm seiner eigenen Wahrnehmung unterging.

Du hast versagt, Spar, schalt er sich. Du hast versagt, weil du nicht an dich geglaubt hast. Einmal bist du Tudwals Lanze ausgewichen. Warum konntest du es nicht noch einmal tun? Weil du aufgegeben hast. Du dachtest, Hal oder Ceowulf würden siegen, und deshalb hast du aufgegeben. Er verachtete sich selbst. Er hätte an sich glauben sollen. Er wußte doch, daß ein Sieg ebensoviel mit Selbstvertrauen wie mit Geschick zu tun hatte. Er biß auf seine bebende Lippe, fürchtete die

Konsequenzen seiner Niederlage. Wenn sie nun unterlagen, was dann? Welchen Hinweis auf den Verbleib des Druiden-Eis konnten sie sonst finden?

Schließlich kamen die Gruppen zum Ende. Nur einer der erfahrenen Männer aus ihrer Gruppe hatte es in die Finalkämpfe geschafft, da er die anderen beiden besiegen konnte. Er war ein ophidianischer Edelmann mit Namen Joaquin, eher bescheiden und wortkarg. Sein Gesicht war von Narben übersät, als hätte er sein ganzes Leben in Schlachten verbracht. Zu Caspars Ärger handelte es sich bei dem anderen Ritter, der sich qualifizierte, um Tudwal, der es mit Glück geschafft hatte, einem Kampf gegen die erfahreneren Ritter zu entgehen.

Nachdem die Gruppenkämpfe nun vorüber waren, stand es Caspar frei, von den Tribünen aus zuzusehen, aber er wagte nicht, sich umzuschauen. Was wäre, wenn Hal und Ceowulf beide ausschieden?

Trompeten kündeten vom Eintreffen der acht Finalisten in der mittleren Arena. Caspar band Feuerschweif an eine schattige Box, sorgte dafür, daß er Wasser bekam, dann schlenderte er zu den Tribünen, von denen die ausgeschiedenen Ritter die Abschlußkämpfe beobachten konnten. Er war dankbar, daß zumindest Kay ihn in der Menge fand und sich in die enge Lücke auf der Bank zwängte.

Er grinste Caspar an. »Nun, am Ende hat mich dein Bruder erwischt. Er hatte einen guten Lauf und konnte sich ins Finale bringen.«

»Ja?« Caspar war erfreut.

Kay nickte. »Du mußt stolz sein, einen solch großen Bruder zu haben, oder?«

»Hmm«, meinte Caspar nur. »Eigentlich ist er nicht mein Bruder. Er ist mein Onkel.«

»Oh.« Kay klang nicht sonderlich interessiert. Er betrachtete bereits die acht Finalisten, die um den Ring marschierten.

Eine Fanfare ließ die Kämpfer anhalten, und sie stiegen ab, um einen eingekerbten Halm zu ziehen, bevor sie dann Aufstellung nahmen.

»Marschall, verlest die Liste«, forderte der König mit wegwerfender Geste.

Der Marschall trat gemessenen Schritts an die Arena. Im grünen Wappenrock, auf den ein Einhornkopf gestickt war, trug er die Farben der Camaalischen Garde. Auf einer Kiste stehend machte der ältere Mann mit seinen glattrasierten Beinen eine große Sache daraus, seine schmale Brust herauszurecken und tief einzuatmen.

»Die erste Paarung wird aus Grinwal aus Lonis bestehen, einem Freibauern. Sollte er den Titel hier und heute gewinnen, hat der König von Lonis ihm den Titel eines Lords versprochen.« Aufgeregtes Wispern war aus der Menge zu vernehmen. Caspar spürte, daß Kay vor Spannung ganz starr wurde. »Gegen ihn tritt Sir Taimon von Tutivillus an. Er ist zum dritten Male hier in Sequicornum und steht zum ersten Mal im Finale.«

»Ich dachte nicht, daß Tutivillus tatsächlich existiert«, flüsterte Caspar.

»O doch, es gibt das Land. Es liegt jenseits von Salise. Nein, das Seltsame daran ist, daß sie dort weder Könige noch Königinnen haben. Sie wählen drei Männer, die gemeinsam regieren. Früher einmal hatten sie eine Königin, weil es keine männlichen Erben gab, und sie wählte drei Gatten. Diese regierten an ihrer Stelle gemeinsam, und das Land erblühte.«

»Wie außergewöhnlich«, erklärte Caspar. »Ich kann mir nichts Schlimmeres vorstellen.«

Die Fanfare brachte sie zum Schweigen, und der Marschall kündigte die nächsten Paarungen an.

»Prinz Turquin von Ceolothia, der Titelverteidiger, tritt zuerst gegen Lord Joaquin, den Baron von Midverda in Ophidia an.«

»Nun, der Schluß steht von vornherein fest«, murmelte Kay. »Prinz Turquin war im letzten Jahr unerträglich, nachdem er gewonnen hatte.«

»Lord Hal, Bruder des Barons von Torra Alta in Belbidia, wird gegen Sir Tylot von Salisia, den Schirrmeister der Salisischen Garde antreten«, verkündete der Marschall. Caspar schluckte fest, und sein Herz hämmerte. »Die letzten Gegner sind Lord Ceowulf, der jüngere Sohn des Barons von Caldea in Belbidia, und Prinz Tudwal von Ceolothia, der jüngere Bruder des letztjährigen Siegers und Thronfolgers.«

Ceowulf sah auf seinem schwarzen Roß, das in eine rot-weiß karierte Schabracke mit den caldeanischen Farben gehüllt war, atemberaubend aus. Alle Schleifen und Bänder der vergangenen Wochen hatte man von seinem Geschirr entfernt, und nur eine einzige Schärpe zierte sein Zaumzeug. Das Rot von Jotunn, wie Caspar sofort bemerkte. Er sah sich unter den Gesichtern in der Menge um, und endlich fand er sie. Brid saß mit einer Hand an Trunds Halsband da, während Cybillia ihren Blick starr auf Ceowulf gerichtet hielt und dabei die Hände an ihren Busen gelegt hatte. Sie sah aus, als würde sie in Ohnmacht fallen, als Ceowulfs Name ausgerufen wurde und der kühne Ritter sich umwandte und in ihre Richtung verneigte.

Brid stieß sie mit dem Ellbogen an, als wollte sie ihr in Erinnerung rufen, daß sie sich zusammenreißen sollte.

»Mylords, löst Eure Lanzen und macht Euch für die Schlacht bereit«, rief der Marschall mit dröhnender Stimme.

Caspar zuckte zusammen, als Grinwal und Taimon aufeinanderprallten. Mit geschlossenen Visieren und Panzerungen, die um die Beine der Pferde tanzten, sahen Ritter und Roß eher wie ein mystisches Tier aus, nicht wie zwei getrennte Lebewesen. Mit blinder Gewalt donnerten sie aufeinander zu, Lanzen gesenkt, Schilde für den Aufprall bereit. Beide taumelten schmerzlich rückwärts und prallten gegen die hohen Hinterpauschen ihrer Sättel.

Acht- oder neunmal griffen sie an, bekamen brutale Hiebe an die Brust, bis Taimons Lanze brach und beide Männer Lanze und Schild gegen Schwert und Keule tauschten.

Kays Finger waren weiß, wo er sich am Rand der Bank festhielt.

»Komm, Vater, komm«, zischte er zwischen zusammengebissenen Zähnen hervor.

Caspar konnte nur daran denken, daß die Kraft beider Männer Hal zu Brei zermalmen würde, und er fürchtete den Augenblick, an dem sein Onkel in der Arena auftreten sollte. Wie Kay gesagt hatte, waren sowohl Hal als auch Tudwal nur mit Glück in die Endrunde gekommen. Es lag keine Verachtung seitens des Lonisianers darin, sondern eine bloße Feststellung von Tatsachen. Selbst nach all den Wochen des Trainings waren sie dafür noch nicht bereit.

Grinwal warf seine Lanze fort und zog eine lange, schlanke Klinge aus schwarzem Stahl blank. »In den Flammen der Rauchenden Berge gehärtet«, murmelte Kay, ohne sich von seinem Vater abzuwenden. »Du schaffst es, Vater! Du schaffst es«, trieb er Grinwal an.

Es war ein langer und mühsamer Waffengang, und die Mühen zeigten sich sowohl bei den Rittern als auch bei den Pferden, während sie sich umeinander drehten und zusammenprallten und darum rangen, einander vom Pferd zu stoßen. Taimons Helm war ihm nach einem Hieb von Grinwals linker Hand vom Kopf geflogen. Taimon hatte sich zu spät geduckt, um dem wilden Hieb der Keule in Grinwals anderer Hand auszuweichen, und als er sich noch davon erholte, setzte er sich der scharfen Klinge aus.

Da nun die Wangen des anderen vom stählernen Visier ungeschützt waren, stieß Grinwal kurz mit seinem Schwert zu und traf den Mann aus Tutivillus gleich unter dessen Auge im Gesicht. Die Bewegung war makellos ausgeführt und machte deutlich, daß er dem anderen eine schwere Wunde hätte zufügen können, wenn er denn gewollt hätte. Taimon stand es nun natürlich zu, weiterzukämpfen, doch hatte sich Grinwal bereits als der bessere Ritter erwiesen, und das räumte ihm der Mann aus Tutivillus unter lautem Jubel von allen Seiten ein. Ritterlich schüttelte er Grinwals Hand und wischte Blut von seiner Wange.

Die Menge hieß es gut. Es war nicht nötig, daß einer von beiden weitere Verletzungen riskierte, und Taimon ließ Grinwal, indem er seinen Gegner nicht vollkommen erschöpfte, eine bessere Chance in der nächsten Runde. Kay war aufgesprungen und jubelte laut und lange, auch dann noch, als aller Jubel sonst verklungen war und seine Stimme allein noch die Arena füllte. Etwas verlegen, doch noch immer von einem Ohr zum anderen grinsend, setzte er sich und keuchte schwer.

»Du wirst dich noch verletzen, wenn du weiter so jubelst, Freund Kay«, lachte eine barsche Stimme hinter ihnen. »Nun, ich denke, ihr zwei Burschen seid nicht so traurig, daß ihr ausgefallen seid, bevor ihr nun dort unten stehen müßtet. Wären nicht beide Ritter derart edle Herren, hätte die ganze Sache äußerst blutig werden können.«

Es war Tancred. Nun, da er nicht mehr ihr Ausbilder war, hatte er viel von seiner Aura eingebüßt. Ohne seine Halsberge sah er kleiner und älter aus.

»Wißt ihr, man muß eine ganze Menge Schmerz und Leid durchstehen, bis die Kunst derart geschliffen ist. Doch die schwierigste Aufgabe besteht darin, euch Burschen deutlich zu machen, daß in der Schlacht nicht nur Ruhm und Ehre zu finden sind. Ihr alle kommt hierher, und eure Köpfe sind randvoll mit Legenden und Heldenliedern. Ihr glaubt, nur weil ein verwässerter Tropfen irgendeines Helden noch durch eure

Adern rinnt, könnt ihr wie geborene Krieger kämpfen. Aber es ist keine natürliche Gabe. Alles davon muß erlernt werden.«

Caspar nickte zustimmend. »Ich bin mir sicher, daß Ihr recht habt, Sir. Ich glaube nicht, daß wir auch nur ein einziges Wort von dem geglaubt haben, was Ihr uns in den ersten paar Wochen gesagt habt. Erst jetzt ist mir klargeworden, wie gut ein echter Ritter sein muß.«

»Nun, du warst ein guter Schüler.« Er legte Caspar eine Hand auf die Schulter. »Und ich hoffe, daß sich dein Bruder heute gut hält.«

Nachdem Tancred zu den komfortableren Tribünen in der Nähe des Königs gegangen war, meinte Caspar trotzig: »Warum geht jeder davon aus, daß Hal mein Bruder ist, obwohl der Marschall ihn korrekt angesagt hat? Wir sehen einander kein bißchen ähnlich.«

»Weil du ihn wie einen älteren Bruder behandelst, so wie ihr streitet und immer aufeinander achtet, selbst wenn Hal noch böse auf dich ist.«

Caspar schüttelte den Kopf. »Ich habe nichts getan, was ihn wütend machen könnte, abgesehen davon, daß ich nicht groß genug bin, mit einer Lanze umzugehen.«

»Oh, ich glaube nicht, daß ihn das geärgert hat«, widersprach Kay. »Er schien sehr um dich besorgt. Nein, das war es nicht.« Er nickte zu der Tribüne hinüber, wo Brid und Cybillia neben Kays Schwester saßen und dem Treiben zuschauten. Doch seine nächsten Worte gingen in der Fanfare unter, als Turquin und Joaquin im langsamen Galopp um die Arena ritten und sich bereitmachten, ihre Positionen einzunehmen.

Majestätisch duftend, strahlend vor goldenen, roten und blauen Farben, kämpfte Turquin mit einer Entschlossenheit, die an Haß grenzte. Er war ein weit besserer Ritter als sein jüngerer Bruder, und sein breiter Wallach, der fast so hoch wie Elster aufragte, stampfte und schnaubte wie ein Dämon. Eine scharfe, dünne Kandare hielt ihn im Zaum, bis Turquins lange, spitze Sporen dem Tier in die Seite stachen. Caspar fühlte, wie der Boden bebte, als beide Pferde ihre Bahnen zogen.

Der Kampf war blutig. Turquin zeigte keine Gnade. Zwar brach seine Lanze zuerst, und keiner von beiden war in der Lage, den anderen aus dem Sattel zu heben, doch zeigte der Prinz das größere Geschick. Gnadenlos prügelte er mit seiner Keule auf Joaquins Schulter ein. Die Menge buhte, als er ausholte, die Keule hochriß und Joaquins Pferd unter dem Kinn traf. Das Tier bäumte sich auf und taumelte rückwärts. Die Last des Ritters in der Rüstung auf seinem Rücken riß es um, so daß es stürzte und Joaquins Bein unter sich begrub.

Der Mann schrie vor Schmerz, als Turquin die Arena umrundete und seine Fäuste in die Luft stieß.

»Man könnte die Ceolothianer wirklich hassen«, murmelte Kay.

»Aber das ist nicht gerecht. Das ist einfach nicht gerecht«, rief Caspar, als zwei Bahrenträger in die Arena liefen und Joaquin mit sich nahmen. »Tut etwas. Das ist nicht gerecht«, schrie er zum Marschall hinüber.

»Im Krieg ist alles möglich. Und das hier ist Krieg in seiner Reinform«, erwiderte Kay ernst und zog ihn auf die Bank zurück. »Es ist das erste Motto, das ein Ritter lernen sollte. Joaquin hätte vom Prinzen nichts anderes erwarten dürfen.«

»Es ist schrecklich, so etwas zu tun.«

Kay nickte. »Und in der nächsten Runde tritt er gegen Vater an.« Seine Stimme erstarb, und er warf Caspar einen sorgenvollen Blick zu. »Jetzt ist Hal an der Reihe.«

Hal vermied es, zum rotweiß gestreiften Krankenzelt hinüberzusehen, in dem Joaquin verschwunden war, und richtete seinen Blick auf den Gegner auf der anderen Seite der Arena. Sir Tylot dagegen, ein bleichhäutiger Mann aus Salise, blickte lange und angestrengt zum Krankenzelt hin und setzte seinen

Helm nur langsam auf. Caspar kam zu dem Schluß, daß es ein gutes Omen war. Wenn es Tylot an Konzentration mangelte, hätte Hal vielleicht eine Chance. Der dunkelhaarige Junge sah gespannt wie ein Bogen aus. Elster reagierte gleich auf seine Berührung, und als Hal seine Lanze neigte, änderte sich der gleichmäßige Schritt des Tieres kaum. Hal hatte gelernt, sein Gleichgewicht zu halten.

»Er macht sich gut«, murmelte Kay, als das Klirren von Metall durch die Lüfte ging.

Caspar konnte nur zwischen seinen Fingern hindurchsehen. Tylots Lanzenspitze hatte Hal am Arm getroffen und so seine Faust zurückgerissen, so daß er seinen Handschuh verlor.

Ungerührt und ohne Elster aufzuhalten, warf Hal seine Lanze fort und griff nach seinem Schwert, was Caspar zeigte, daß er mit klarem Kopf dachte, ohne sich von seinem Zorn blenden zu lassen. Tylot jedoch erwartete ihn schon, da er sein Pferd gewendet hatte. Hal war noch nicht ganz bereit und hatte keine Zeit, seinen Schildarm schützend anzuheben, als die salisische Keule durch die Luft ging und an seinen Helm schlug.

Der Schwung des Hiebes fuhr über Elsters ungeschützte Schulter, was blutige Furchen auf dem weißen Fell hinterließ. Das Pferd scheute seitwärts, und ohne jedes Anzeichen, daß er sein Gleichgewicht wiederfinden würde, fiel Hal aus dem Sattel. Caspar merkte, wie er die Menschen vor sich beiseite stieß und über sie kletterte, da er nur noch an die Arena wollte. Die Bahrenträger hoben Hal auf ihre Liege und trugen ihn zum rotweißen Zelt hinüber. Er war weiß wie ein Totenhemd; Blut rann aus seinem Ohr.

Brid war an seiner Seite. Sobald sie im Zelt waren, riß sie ihren Beutel vom Hals und stieß den Arzt zornig beiseite, als dieser eben drei Blutegel aus einem Fläschchen schütteln wollte. »Spar, halt mir den Mann vom Leib«, befahl sie drohend, während sie sich über Hal beugte.

»Ich weiß, was ich tue«, gab der Mann zurück. »Ich bin seit fünfzehn Jahren Feldarzt und habe schon manche Kopfwunde gesehen.«

Brid riß ihren Schleier vom Gesicht. Die Kraft ihrer drachengrünen Augen erschreckte den Mann, und ohne weitere Gegenwehr zog er sich zurück, um sich Joaquins zermalmtes Bein noch einmal anzusehen.

»Hal«, murmelte Caspar hilflos. »Brid, tu etwas für ihn.«

»Das hätte der Ritter nicht tun müssen.« Kay stand neben ihnen. »Er wußte, daß er ihn hätte schlagen können, ohne ihn so schwer zu verletzen. Es war nicht nötig.«

Hal stöhnte, und Caspar sah die Erleichterung auf Brids Miene.

»Wird er wieder gesund?« murmelte er.

Brids Stimme klang hoch und angespannt, als sie dem Jungen den verbeulten Helm vom Kopf nahm.

»Anfangs dachte ich, das Blut aus seinem Ohr käme aus seinem Schädel, doch dem ist nicht so«, seufzte sie. »Seht, er hat einen Schnitt kurz über dem Ohr.«

»Dann ist das also ein gutes Zeichen?« fragte Caspar und versuchte, seine Stimme zu beruhigen. Er hielt Hals Hand fest in der seinen.

Brid nickte und schob Hals Augenlider zurück. Die Pupillen zogen sich im Licht sofort zusammen.

»Ja, es ist ein gutes Zeichen. Das dicke Leder und der Kork des Helms haben gut genützt. Bald wird er zu sich kommen, aber mit einem schlimmeren Schädel, als ihr euch vorstellen könnt.« Sie lächelte, doch ihre Hand zitterte sichtlich vor Erleichterung, und eilig tupfte sie an ihren Augen herum.

»Geht nur hinaus und seht euch den Rest an«, sagte sie. »Hier drinnen könnt ihr ohnehin nichts weiter tun. Er braucht vor allem Ruhe.«

Caspar nickte.

»Meinst du nicht, ihr solltet den Arzt mal nach ihm sehen lassen?« meinte Kay voll Sorge, als Caspar vor dem Feldlazarett erschien.

Der Torra Altaner schüttelte den Kopf. »Nein, Brid weiß genau, was sie tut.«

»Sie hat außergewöhnlich grüne Augen«, flüsterte Kay. »Kein Wunder, daß Hal sauer war, als sie dich und nicht ihn den ganzen Monat über beobachtet hat.«

Ceowulf und Tudwal standen einander bereits gegenüber. Tudwal brauchte lange, seine cremefarbene Stute zu wenden, und Ceowulf, der Hexer bereits umgedreht hatte, ließ Tudwal ritterlich einen Augenblick, sich zu organisieren und seinen Handschuh aus den Zügeln zu befreien. Anerkennendes Murmeln ging durch die Menge.

Ceowulfs ritterliche Geste ließ Kay sagen: »Dieser Tudwal hat nicht viel Ritterlichkeit verdient. Er hätte ihn direkt aus dem Sattel stoßen sollen.«

Kein einziges Mal kam Tudwals Lanze auch nur in Ceowulfs Nähe, und bei jedem Angriff wendete der Caldeaner seine Lanze in letzter Sekunde vom Prinzen ab und zeigte deutlich, daß er den jungen Mann jederzeit schlagen konnte, es jedoch nicht wollte. Schließlich gab Ceowulf einem der Knappen, die aufmerksam zu beiden Seiten des Feldes warteten, ein Zeichen. Ein Lederpolster war um das Ende von Ceowulfs Lanze gebunden, als Tudwal seinen nächsten Angriff ritt. Diesmal gab Ceowulf Hexer ohne zu zögern die Sporen, zielte direkt auf den Prinzen von Ceolothia und traf ihn mit dem Polster der stumpfen Lanze mitten auf die Brust. Tudwal wurde aus dem Sattel gehoben und zu Boden geworfen, wo er auf Händen und Knien kriechen mußte, um den Pferdehufen zu entgehen.

Die Menge lachte freudig auf. Ceowulf hatte ihre Herzen schon erobert, und dieser Akt von Ritterlichkeit tat das Seinige.

Caspar erinnerte sich, daß er, als er den Caldeaner kennengelernt hatte, ihn für einen würdelosen, niederträchtigen Mann hielt, weil er Söldner war. Diese Meinung hatte er seit langem schon verworfen.

Tudwal war der einzige, den Ceowulfs Freundlichkeit nicht amüsierte. Er stürmte zu seinem älteren Bruder; seine Miene war puterrot vor Scham.

»Man könnte meinen, er wäre lieber schwer verwundet«, murmelte Kay verzweifelt. »Ceowulf hätte ein Blutbad anrichten können, wenn er nur gewollt hätte, wie Tylot es mit Hal getan hat. Man sollte meinen, Tudwal wäre dankbar. Es ist doch keine Schande, hier zu unterliegen. Das sind die besten Krieger aller Länder am Caballischen Meer.«

Es entstand eine lange Pause, bis die nächste Runde fällig war, und Cybillia lief zu Hal und Brid ins Zelt, dann zu Ceowulf und Caspar herüber.

Nie zuvor hatte Caspar gesehen, daß Cybillia rannte. Als sie das Mädchen kennengelernt hatten, wäre es für sie unschicklich gewesen, doch nun lag ein unverkennbarer Schwung in ihren Bewegungen, als sie sich eifrig durch die Menge drängte. Als sie Kay und Caspar sah, schien sie sich plötzlich zu besinnen, verneigte sich und strich ihre Röcke glatt, dann ging sie mit feierlicherem Schritt. Dennoch konnte sie ihren Eifer, Ceowulf zu grüßen, nicht verbergen.

Der Ritter verneigte sich tief. »Mylady.«

Cybillias Blick zuckte vor Verlegenheit zu Caspar hinüber und hob sich dann langsam Ceowulf entgegen.

Caspar war neugierig und betrachtete sie eingehend, bis jemand an seinem Ärmel zupfte.

»Spar, du starrst sie an«, murmelte Kay. »Ich denke, sie möchten allein sein. Gehen wir und sehen mal nach, wie es Hal geht.«

Hal sah blaß aus. Sein Kopf war bandagiert, und er saß mit

betretener Miene aufrecht auf einer Liege. Als sie eintraten, blickte er auf, schüttelte den Kopf und schnitt eine Grimasse.

»Ich war dumm. Ich hätte direkt auf ihn zureiten sollen. Das hätte es ihm schwergemacht, die Lanze zu plazieren. Sein Hieb an meine Hand hat mich den Sieg gekostet. Dem hätte ich ausweichen müssen. Ich hätte ebensogut mit verbundenen Augen reiten können«, schalt er sich.

Kay saß auf der Bettkante und ging den Kampf Hieb für Hieb mit dem dunkelhaarigen Jungen durch, während Caspar Brid am anderen Ende des Zeltes aufsuchte.

Die Priesterin seufzte eher aus Ärger als aus Verzweiflung. »Ihn kümmert nur, wieso er verloren hat, wie er hätte gewinnen können und wie er es beim nächsten Mal besser machen kann. Beim nächsten Mal!« Wütend zerkleinerte sie Wundkraut mit einem Stößel. »Jetzt bleibt nur noch Ceowulf, und wenn er versagt, wird es kein nächstes Mal mehr geben. Für überhaupt keinen Belbidianer.«

Caspar sah den Ernst der Lage. Sie waren derart mit dem Turnier in Sequicornum beschäftigt gewesen, daß die Wirklichkeit der Außenwelt keinerlei Bedeutung mehr hatte. Doch was war dieses Turnier anderes als ein Spiel, das diese Männer auf die echte Schlacht vorbereiten sollte? Für viele von ihnen war das Spiel realer als die tödlichen Kriege gegen auswärtige Invasoren geworden. Allein für die Belbidianer war es kein Spiel. Einer von ihnen mußte siegen, und nur Ceowulf war noch im Wettbewerb.

»Ich hoffe, Ceowulf ist bereit«, meinte Brid und sah zu Hal hinüber, der noch immer aufgeregt mit Kay sprach.

»Er ist bei Cybillia«, erwiderte Caspar und versuchte, dabei Bedeutung in seine Worte zu legen.

Brid grinste Caspar an. »Gut, nach allem, was geschehen ist, scheint mir das eine gute Nachricht zu sein.«

»Nun, ich werde hier nicht länger bleiben«, verkündete Hal.

»Ich gehe hinaus, um Ceowulf anzufeuern.« Er schwang seine Beine auf der einen Seite von der Liege, stand auf und tat einen Schritt, doch er sank auf die Knie. Eilig fing Kay ihn auf, bevor er zu Boden ging.

Plötzlich hatte Hal eine grünliche Farbe im Gesicht.

»Du hast einen harten Schlag auf den Kopf bekommen, Hal. Du solltest es ganz ruhig angehen lassen«, riet Brid.

»Ich muß die Kämpfe sehen«, protestierte er, doch es fehlte ihm an der Kraft, Brid daran zu hindern, daß sie ihn wieder auf die Liege drückte.

»Du bleibst hier. Wir schieben dich näher an den Eingang und schlagen die Zeltplane zurück, damit du sehen kannst, aber du mußt dich von der Sonne fernhalten und ausruhen. Du bist schlimmer verletzt, als du dir selbst eingestehen möchtest.«

»Ich vermute, du siehst es dir dann mit Spar an«, erklärte er mit bitterer Stimme.

Brid reckte ihre Nase dem Himmel entgegen, als sie die Plane zur Seite schlug und sich anschickte, zur Tribüne hinüberzugehen. »Ja, und wieso sollte ich nicht?«

Kay saß auf dem Rand seines Sitzes, während er darauf wartete, daß die nächste Runde begann. Turquins hellbrauner Wallach, der die Farben des Prinzen trug, lief am anderen Ende der Arena im Kreis, stampfte und schnaubte wie ein Bulle. Die Rüstung des Prinzen strahlte grellweiß, als sich die heiße Sonne auf der polierten Oberfläche spiegelte. In leuchtendes Gold, Rot und Blau gewandet und mit einer Krone auf dem Helm sah er ganz ohne Zweifel wie der Thronfolger Ceolothias aus. Er ritt geschickt, weder fein noch anmutig, doch mit entschlossener Arroganz, die sein Pferd beherrschte.

Ganz in ihrer Nähe machte Grinwal seine rotbraune Stute bereit. Ohne glorreiche Farben, die von edler Geburt kündeten, war das Tier nur von Schweifriemen und Brustpanzer geschützt. Grinwals Rüstung war aus schlichtem Stahl, und wenn sie vielleicht auch ebenso hart wie Turquins sein mochte, wäre sie doch sicher für das Pferd weit schwerer und für den Ritter erheblich hinderlicher.

»Falls er siegt, hat der König von Lonis versprochen, ihn zum Lord zu machen«, meinte Kay eifrig.

»Ich weiß, aber will er wirklich Lord werden?« erwiderte Caspar.

»Will das nicht jeder?«

Caspar war nicht sicher. »Ein gewisser Verlust an Freiheit geht mit der Verantwortung einher. Die Menschen erwarten etwas von einem.«

Kay hörte nicht zu. Er hielt ganz still, wie ein Panther, der gleich springen will, gespannt und erwartungsvoll, und jeder Muskel zuckte in Erwartung des Absprungs. Die beiden Ritter senkten ihre Lanzen und trieben ihre Pferde an. Sie kämpften hart und lange, griffen insgesamt zwölfmal an, bis einer von ihnen eine Lücke in der Verteidigung des Gegners fand. Schließlich traf Turquins Lanze Grinwal am Oberschenkel. Die lonisianische Stute wurde nach links geworfen, was ihn kurz beunruhigte, dennoch konnte Grinwal seinen Schild an Turquins Schulter schlagen. Einen Moment lang schwankte Turquin, aber dann gab er seinem Pferd die Sporen, daß er es am Ende der Bahn wenden konnte, bereit zum neuerlichen Angriff.

Beide Pferde ermüdeten, lange bevor noch irgendein nützlicher Schlag gelandet wurde, und nach dem zwanzigsten Angriff wies man sie auf Geheiß des Königs an, ihre Lanzen beiseite zu legen. Offenbar fand König Valerius den langwierigen Kampf für seinen Geschmack zu öde. Beim nächsten Angriff schwang Turquin seine Keule über Grinwals Sattel, prügelte sie dem Mann auf den Oberschenkel. Die Waffe verhielt sich wie ein Enterhaken, bohrte sich in die Rüstung des Lonisianers, und Turquin riß sein Pferd zur Seite, nutzte die Kraft des Tieres, um seinen Gegner aus dem Sattel zu hebeln.

Grinwal schien augenblicklich zu spüren, daß er nicht zu Pferde würde bleiben können. So griff er nach seinem Schwert und stürzte sich auf den Prinzen, wobei er die Stellung zu seinem Vorteil nutzte und den Mann mit seinem Körpergewicht zu Boden schlug. Die beiden Männer rollten auseinander und waren schnell wieder auf den Beinen. Caspar staunte, wie sie sich unter dem Gewicht von derart viel Metall aufrecht halten konnten.

Nachdem sie nun nicht mehr zu Pferde saßen, gewann Turquin sehr bald die Oberhand. Grinwals rechter Oberschenkel bereitete ihm offensichtlich Schmerzen, und mit dem Bein konnte er sich nur langsam bewegen.

Turquins Kraft trieb den älteren Mann stetig rückwärts. Caspar schien es nach wie vor, als sei der Lonisianer von größerem Geschick, doch er fragte sich, ob Grinwal nur deshalb aus der Defensive kämpfte, weil er den Gegner möglichst erschöpfen wollte, bevor er den Angriff erwiderte. Je länger Turquin mit derart ausschweifendem Schwung schlug, desto eher würde er ermüden. Grinwals Verteidigung war vergleichsweise ökonomisch und gebremst.

Kay grinste Spar an. »Er wird es schaffen. Er wird ihn erschöpfen.«

Erwartungsvolles Schweigen lag über der Menge, doch allmählich breitete sich der Ruf »Grinwal! Grinwal!« auf den Tribünen aus. Offenbar wußte man seine Kunst zu schätzen.

Turquin drehte sein Schwert, so daß es aufwärts schwang, auf den Kopf seines Gegners zielte, doch darauf war Grinwal vorbereitet. Nicht vorbereitet jedoch war er auf die schiere Gewalt des Hiebes, als der Ritter aufwärts schlug. Grinwals erhobene Klinge splitterte, was ihm nur einen geborstenen Griff ließ. Niedergeschlagen sank Kay zurück, wollte nicht mehr hinsehen, als wüßte er, daß es von diesem Augenblick an vorüber wäre. Da ihm nur noch seine Keule blieb, wurde der Lonisianer immer und immer wieder von harten Hieben an den Seiten getroffen.

Man sah jedoch einen Hauch von Nachsicht im Angriff des Ceolothianers, als er Grinwal ein Ende hätte machen können. Ein Riß in seiner Rüstung setzte ihn schweren Verletzungen aus, und Grinwal würdigte das ritterliche Verhalten des Ceolothianers und ließ die Keule sinken.

»Ihr hättet mich treffen können, Ritter, und ich gebe mich Eurem größeren Geschick geschlagen.«

Kay sank auf seine Arme.

»Er hätte weiterkämpfen sollen«, murmelte einer der jüngeren Ritter.

»Es hatte keinen Sinn. In Wahrheit hatte er verloren, und wieso sollte man sich eine Verletzung auf dem Kampfplatz zuziehen, wenn es sich vermeiden läßt?« erwiderte ein anderer.

Sobald der Kampf vorüber war, lief Kay zu seinem Vater. Brid und Caspar blieben allein, bis sich Cybillia endlich vom caldeanischen Ritter losriß und sich zu ihnen gesellte.

»Mag es angehen, daß die Schamesröte auf den Wangen der schönen Jungfer der schieren Eloquenz jenes Ritters dort zuzuschreiben ist?« neckte Brid.

»Ach, halt den Mund«, kicherte Cybillia peinlich berührt. Sie zog Brid beiseite, und mit scheuem Blick auf Caspar flüsterte sie: »Ich erzähle dir später, was er gesagt hat .. wenn wir allein sind.«

Es war offenbar, daß zwischen den beiden jungen Frauen eine Freundschaft wuchs, nachdem die Rivalität um Hal nun ausgeräumt war. Verlegen wandte sich Caspar ab, wollte sich in ihren Frauentratsch nicht einmischen. Cybillia schwieg jedoch, als die Trompeten die nächsten beiden Kämpfer ankündigten.

Tylot riß mit geneigtem Helm fest an den Zügeln seines Pferdes, als das Tier seitwärts tänzelte.

»Er hat Ceowulf schon oftmals kämpfen sehen und macht sich Sorgen«, sagte Brid. »So hat sich sein Pferd nicht verhalten, als er Hal gegenüberstand. Jetzt macht er sich Sorgen, und sein Roß will nicht auf seine Anweisungen hören.«

Zur allgemeinen Freude hatte sie recht. Während Hexer geradewegs angriff, wich der schwere Rotschimmel langsam seitwärts aus. Ceowulfs Lanze traf Tylots Schild hart und in der Mitte, rammte es an dessen Brustpanzer. Doch Cybillias Hand fuhr an ihr Gesicht, als sie ein ersticktes Ächzen aus dem Mund des Caldeaners hörte. Zwar kippte Tylot geradewegs aus dem Sattel und krümmte sich am Boden, aber Ceowulf ließ seine Lanze sinken, als hätte er Schmerzen.

»Es ist seine alte Schulterwunde«, stöhnte Brid.

Als sein Arm nur noch das Gewicht des Schwertes tragen mußte, schien Ceowulf sehr wohl in der Lage, weiterzukämpfen. Es fiel ihm nicht schwer, Tylots Attacken wiederholt auszuweichen und ihm schließlich das Schwert mit einem wohlplazierten Hieb seiner Keule aus der Hand zu schlagen. Caspar fiel eine gewisse Steifheit in den Bewegungen des Caldeaners auf.

»Ich dachte, seine Schulter sei ausgeheilt«, murmelte Brid, »aber der wiederholte Einsatz scheint ihr geschadet zu haben.«

Der rote Ritter schlug Tylot den Helm vom Kopf und hielt dem Mann die Spitze seiner Klinge an den Hals.

Tylot ließ seine Keule sinken.

»Ich gebe mich geschlagen, Sir«, sagte er galant. Die Enttäuschung stand ihm ins Gesicht geschrieben, doch da er nun verloren hatte, bot er dem Gegner freundschaftlich die Hand. Zurückhaltend nahm Ceowulf sie an, erinnerte sich offenbar der Verletzung, welche Tylot Hal zugefügt hatte.

Brid sah sich die Schulter des Ritters im Krankenzelt an, wo auch Hal noch lag. Mehrmals hatte der Junge aufzustehen versucht, doch drückten ihn jedesmal Übelkeit und Schwindel nieder. Er lächelte Ceowulf zu. »Dieser Tag wird Belbidia gehören, Ritter. Turquin seid Ihr noch an jedem Tag gewachsen.«

»Oh, wie ich die Ahnungslosigkeit der Jugend bewundere«, seufzte Ceowulf. Langsam drehte er seine Schulter, damit Brid einen Wickel aus Teebeere und Arnika der Gelben Berge auftragen konnte.

»Tut es sehr weh?« fragte sie eher aus Notwendigkeit als aus Mitgefühl. »Ich werde dir etwas Weidenborke geben und die Schulter stützend verbinden. Die Muskeln sind von der Verletzung her noch schwach.«

»Es tut nicht sehr weh. Aber wenn es gar nicht weh tun würde, könnte ich besser kämpfen.«

Brid lächelte. »Du mußt nicht tapfer sein.« Sie bot ihm ein Stück grauer Weidenborke. »Nun kau darauf und ruh dich aus. Dir bleiben noch mindestens zwei Stunden bis zur letzten Runde.«

»Ich kann nicht. Ich muß noch ...«, begann Ceowulf zögerlich.

»Ich kümmere mich um Hexer«, bot Caspar ohne Zögern an. »Du ruhst dich etwas aus.«

Dankbar nickte der Mann. »Ich spaziere in die Stadt und lasse die ganze Zeremonie hinter mir. Das wird mir helfen, beim letzten Kampf einen klaren Kopf zu behalten.«

Galant verneigte sich der Ritter vor Cybillia und küßte sanft ihre Hand, dann marschierte er hinaus. Caspar sah ihm nach, als er unter den Fallgittern hindurch in der geschäftigen Stadt verschwand.

KAPITEL 6

Versuch sie aufzuhalten«, befahl der Baron.

»Ich kann nicht.« Elaines Worte klangen starr und resolut, aber May spürte ihre unterschwellige Furcht.

Branwolf ging dorthin, wo die alte Frau auf dem Herzstein in der Mitte Torra Altas stand. Um sie lagen Kerzen, Kelch und Sichel … die Sakramente ihres heiligen Amtes. Von einem mageren Unterarm rann aus drei tiefen Schnitten Blut. Um sie tosten die blauen Flammen des geweihten Feuers.

»Bleibt zurück«, spie die Greisin den Baron an. »Bleibt zurück, sonst werfe ich mich in die Flammen. Mutter! Große Mutter, erhöre mich! Um dieser Menschen willen, nimm mein Opfer an.«

»Morrigwen, du mußt aufhören. Du wirst sterben.«

»Nur wenn die Große Mutter es so will. Sie glaubt nicht, daß die Menschen von Torra Alta sie wirklich lieben. Ich muß Ihr beweisen, daß wir es tun. Ich muß Ihr zeigen, wie weit unsere Liebe geht. Mutter, nimm mein Opfer an. Nimm hin, daß ich Dich über alles liebe und verehre. Nimm mein Leben und rette diese Menschen, denn ich glaube an Deine Güte.«

»Du, Soldat!« Branwolf fuhr auf dem Absatz herum. »Hol Wasser und lösch die Flammen.«

Er selbst trat nach dem Flammenkreis, bedeckte sein Gesicht gegen den Rauch. Eilig kehrte der Mann zurück und erstickte die Flammen soweit, daß der breitschultrige Edelmann in Morrigwens geheiligten Kreis treten konnte. Doch als er einen Fuß auf den Herzstein setzte, schreckte er vor Schmerz zurück, und seine Hände griffen nach den Schläfen. Gekrümmt preßte er noch immer die Hände an seinen Kopf und schien mit einem unsichtbaren Feind zu ringen, doch er kämpfte sich weiter und packte die alte Frau bei ihren Armen, zerrte sie aus dem Kreis.

»Du weißt nicht, was du tust. Du hast kein Recht dazu!« schrie die Alte.

May konnte nicht fassen, daß Morrigwen noch Kraft zu schreien und zu kämpfen hatte. Zorn verzerrte ihre knochige Miene, und ihre Augen quollen aus tiefen Höhlen hervor. Elaine eilte voran, um ein Lager zu bereiten, während der Baron Morrigwen mit Gewalt in den Schutz des Bergfrieds trug, fort von den prasselnden Geschossen, die den Burghof bombardierten. Branwolfs Männer waren nur noch rar gesät. Viele waren den Wellen von Trollen zum Opfer gefallen, die in den letzten Wochen die Mauern gestürmt hatten. Die abgestützte Südmauer hielt kaum noch, und der Nordturm hing in einem gefährlichen Winkel, da das Bombardement das Fundament des Bauwerks untergraben hatte.

Verstärkung war nicht gekommen. Im Fastenmond und auch im Monat Ostara waren Freiwillige über die Mauer gestiegen, doch von einer organisierten Verstärkung war weit und breit nichts zu erkennen. Nun war schon Silbermond, und davon war keine Rede mehr. Anfangs hatte May, wie alle anderen, geglaubt, daß die Männer des Königs jeden Augenblick am südlichen Horizont auftauchen möchten, doch sie kamen nie. Was jedoch im Süden auftauchte, waren weitere Vaalaker. Die Schützen stritten noch über die Einzelheiten, doch Morbaks Plan war offensichtlich: Er würde riskieren, nur einige wenige Männer durch den gefährlichen Wolfsrachen zu schicken, doch sie genügten, um die Belagerungsmaschinen an der Südmauer zu bemannen. Nachdem Torra Alta nun von allen Seiten unter Beschuß stand, konnte Branwolf seine Leute nicht mehr auf die West- und Nordmauer konzentrieren. Sie waren wenige, und alle wußten, daß es nur noch eine Frage der Zeit war.

Entweder konnte der König nicht reagieren, da er die Südseite des Wolfsrachens verteidigte, oder die Boten hatten ihn nie erreicht. May würde es nie erfahren. Sie wußte nur, daß Branwolf irgendwann nicht mehr nach Freiwilligen gefragt hatte und der Angriff auf die Burg zunahm.

Traurig sah das Mädchen aus dem Keilerwald die glitzernde Burg um sich an. Die Basaltmauern und gepflasterten Burghöfe waren rutschig von tauenden Eiszapfen, und das Tropfen schmelzenden Schnees im letzten, matschigen Stadium seiner Auflösung trommelte in den abgeschlossenen Räumen der Burg. Der Frühling war in diesem Jahr sehr spät gekommen, doch nun versüßte sein erfrischender Duft die Luft, und die Wärme trieb den letzten Schneematsch von den geneigten Dächern der Lagerhäuser, von wo er auf den Burghof klatschte.

Normalerweise freute sich May über die kurzen Schauer und den strahlenden Sonnenschein des Silbermondes. Schließlich war ihr richtiger Name Silbermond, und somit war es auch ihr Monat. Doch in diesem Jahr empfand sie keine Freude über den Wechsel der Jahreszeiten. Die Nordmänner waren dazu übergegangen, sie mit Trollkadavern zu beschießen, die mit Gift und Krankheit verseucht waren, und in regelmäßigen Abständen flogen die Leichen über die Mauern und landeten auf dem Hof. Der beißende Gestank war ekelerregend, die Kampfmoral erschüttert.

Und nicht nur das Bombardement der Vaalaker forderte seinen Tribut. Vier kleine Kinder waren an Unterernährung gestorben. Morrigwen hatte gesagt, daß es die Jungen und Alten zuerst treffen würde. Wie die alte Frau selbst noch am Leben blieb, wußte niemand. Sechs der alten Diener waren gestorben, da ihre Herzen der Anstrengung nicht mehr gewachsen waren. Bei der letzten Zählung verteidigten noch sechshundert Mann die Burg, doch das war vorgestern gewesen. Seither hatten sie keine Zeit gehabt, die schwindende Menge zu zählen.

Die Vaalaker waren in Wellen gekommen, zuerst mit Selbstmordkommandos. Jene, die folgten, schützten sich hinter dem Wall ihrer eigenen Toten, Tausende übereinandergestapelt füllten die Gräben und erstickten die Schanzwerke, welche den Felsenturm schützten. Stunde auf Stunde machten sie mehr Boden gut, und mit jedem Meter zogen sie die Schlinge um die alte Burg fester, die tapfer ihr Haupt aus dem brodelnden Sturm hob. Doch alle wußten, daß sie schlußendlich in der Flut der barbarischen Nordmänner untergehen würden. Eine schreckliche Trauer lastete auf der Burg, und doch brannte in den tapferen Herzen Torra Altas ein sturer Trotz. Voller Überzeugung glaubte May daran, daß die Garnison die Burg halten und Belbidia bis zum letzten Mann schützen würde.

Während sie darüber nachdachte, sah sie schweigend, wie ihre Mutter Morrigwen festhielt. »Du vor allen anderen mußt leben«, beschwor Elaine sie.

»Aber die Runen haben versagt«, entgegnete die Priesterin. »Schon ist der Silbermond fast vorüber, und Brid ist nicht zurückgekommen. Ich muß ein Opfer bringen, damit die Mutter mich erhört. Wenn die Burg stehen soll, bis Brid heimkehrt, muß die Große Mutter uns noch einmal zu Hilfe kommen, auch wenn wir das Druiden-Ei noch nicht haben.«

»Aber wenn du stirbst, ist die Trinität verloren«, sagte Elaine leise. »Dann kann der Glaube an die Mutter nicht wiederhergestellt werden.«

»Ich sterbe nur, wenn die Mutter es will. Ich muß das Opfer bringen. Es ist an Ihr, zu entscheiden, ob Sie mein Leben fordert oder nicht. Nur muß ich es Ihr anbieten.« Wütend sah sie den Baron an. »Du weißt weder, was du getan hast, noch was du tust, dummer Mann.« Sie verdoppelte ihre Anstrengung.

Branwolf trat beiseite, nickte dem Burgarzt zu, sie zu

bändigen. Der Arzt hatte nur wenig Ahnung von den Kräuterkünsten der Greisin, doch war er mit Bandagen und Blutegeln geübt. Er trat vor, um die Priesterin festzuhalten, während Branwolf Elaine beiseite schob.

»Wir dürfen sie nicht sterben lassen. Wir dürfen nicht zulassen, daß sie sich schwächt.«

»Sie tut es für uns«, sagte Elaine mit Tränen in den Augen. »Brid ist nicht heimgekehrt. Uns bleibt nur noch sehr wenig Zeit. Ohne die Runen des Krieges werden wir überrollt. Sie ist unsere Hohepriesterin. Wir sollten sie tun lassen, was sie für richtig hält.«

»Aber es ist noch Zeit. Wir haben noch Männer, die besten Schützen am ganzen Caballischen Meer, und mögen auch die Außenmauern stürzen, wird doch der Bergfried stehen bleiben. Seine Mauern sind zwanzig Fuß dick, und sie stehen seit tausend Jahren. Selbst ohne die Runen des Krieges wird er noch ein paar Tage stehen bleiben. Erst wenn die Vaalaker eine Bresche in die Außenmauer geschlagen haben und an die Türen des Bergfrieds klopfen, will ich eingestehen, daß unsere Zeit um ist«, erklärte der Baron müde. »Doch solange noch Zeit ist, müssen wir dafür sorgen, daß sie lebt. Indem wir ihr Selbstopfer verhindern, beweisen wir unsere Hingabe. Vielleicht müssen wir am Ende beweisen, daß uns die Große Mutter und Ihre Trinität mehr als alles andere bedeuten. Mehr als Torra Alta. Und am Ende ist es dann nicht Morrigwens Opfer, das Sie fordert, sondern Torra Altas.«

May hielt die Luft an, war sich des Gewichts der Worte dieses Mannes bewußt. Sie waren schwer und langsam, doch sie kamen aus tiefstem Herzen, als seien viele schlaflose Nächte dafür nötig gewesen.

May sah die unglaublich dünne alte Frau an.

Sie wußte, daß Branwolf stetig befohlen hatte, man solle ihr seine Ration geben, aber Morrigwen war nicht nur aufgrund der Verheerungen mangelhafter Ernährung so dünn. Es waren die Verheerungen des Alters.

»Den Glauben an die Große Mutter gab es schon lange vor Torra Alta, und am Ende wird der Alte Glaube und nicht Torra Alta überleben müssen«, erklärte der Baron gewichtig.

Elaine sah Branwolf und dann Morrigwen an, die nach wie vor von Maud und dem Burgarzt festgehalten wurde.

»Ich muß der Großen Mutter mein Opfer bieten«, krächzte die Hohepriesterin. »Es bleibt der Großen Mutter überlassen, ob Sie mein Leben annimmt oder nicht. Ihr dürft mich daran nicht hindern. Elaine, tu etwas!«

Schweigend sah die rothaarige Frau sie an.

»Wir dürfen nicht zulassen, daß du es tust«, beharrte der Baron.

»Silbermond, mein Silbermond, wenigstens du mußt es mich tun lassen«, flehte Morrigwen das kleine Mädchen mit dem kastanienbraunen Haar an.

May merkte, daß sie schluchzte. Sie hielt Morrigwens Hand. »Es tut mir leid. Ich weiß, du glaubst, du tätest das Richtige, aber vielleicht will die Große Mutter es so. Vielleicht hält Sie dich durch uns auf.«

»Habt ihr denn nichts, mit dem ihr sie beruhigen könntet?« Der Baron wandte sich dem Arzt zu. »Wenn sie sich noch einmal schneidet, wird sie sicher sterben, und das dürfen wir nicht zulassen.«

Der Mann schüttelte den Kopf.

Elaine suchte auf Morrigwens Tisch herum, auf dem sich Mörser und Stößel, Phiolen und Pulver drängten, da sie während der ganzen Belagerung unermüdlich gearbeitet und ihre Arzneien bereitet hatte. Sie suchte darin herum und hielt zwei Fläschchen zermahlenen Pulvers hoch. »Wilder Lattich aus Gortan und Caballische Baldrianwurzel«, flüsterte sie. »Sie gibt es denen, die im Sterben liegen. Vielleicht kann es helfen.«

»Was ist, wenn es ihr schadet?«

»Wird es nicht. Das hat sie mir versichert. Es beruhigt und tröstet nur, um ihnen die Reise zu erleichtern.«

Branwolf nickte. »Dann gib es ihr.« Seine Stimme war barsch und ernst, als er die Verantwortung übernahm. »Sie muß leben.« Er sah Elaine an und ergriff ihren Arm. »Es ist unsere Pflicht, und Ihr werdet Euch darum kümmern.«

Elaine nickte. »Mylord, mit ganzem Herzen.«

In jener Nacht durchbrachen die Trolle die Mauern. Zum ersten Mal griffen sie bei Nacht an, und die Wache wurde niedergemacht, bevor sie die Männer noch aus den Betten holen konnte. Die kläglichen Reste an Küchengerät, Waffen, Flaschenzügen und zwei Dutzend Fässer mit Schwefelpulver aus dem Brunnenraum wurden in den Bergfried geschafft. Die wenigen Männer, die noch übrig waren, zogen sich in den stämmigen Turm im Herzen der Festung zurück. In zerlumpten Grüppchen waren sie von den Mauern zurückgewichen, und als die letzten drinnen waren, hatten Maurer und Zimmerleute den Eingang versiegelt.

Hundert Seelen kauerten beieinander und beteten und versuchten, nicht auf das gnadenlose Hämmern an den mächtigen Eichentüren des Bergfrieds zu hören, die von außen traktiert wurden.

Ein ohrenbetäubender Donner erschütterte die Mauern des Bergfrieds, und May klammerte sich fester an ihre Mutter.

»Der Nordturm«, stöhnte sie. »Nun ist er eingestürzt.«

Riesige Stahlträger wurden vor dem Eingang zum Turm befestigt. Ohne es auszusprechen, wußten alle, daß es nur noch eine Frage der Zeit war. Nur eine Frage von Stunden.

Pip beschaffte sich ein Schwert. Er hatte die übergroße Waffe einem der vielen gefallenen Soldaten aus der Hand gewunden, und nun stand er mit grimmiger Miene vor seiner

Mutter. »Ich werde nicht zulassen, daß sie dir etwas antun«, erklärte er tapfer.

Die Frage war nicht mehr, ob die Vaalaker den Bergfried einreißen würden, sondern wann. May sah, daß selbst die Jüngsten unter ihnen wußten, was geschehen würde, wenn man sie überrannte. Sie alle hatten die schrecklichen Todesqualen der Männer gesehen, die von den Zähnen der Trolle ausgeweidet und in Fetzen gerissen wurden. Pip starrte die große Stahltür an, die den Schlägen der Vaalaker standhalten mußte, und er wandte sich kein einziges Mal von den bebenden Paneelen ab, die dem Ansturm der Äxte nachzugeben schienen.

Morrigwen lag nun reglos da, und die meisten Frauen sammelten sich zum Trost um sie.

Im unteren Turm gab es keine Männer. May hatte gesehen, wie sie in die obersten Stockwerke der Festung geklettert waren, und hatte ihnen ihre Gebete mit auf den Weg gegeben. Sie wußte, daß sie sich um die Drachenstandarte auf den Zinnen des dicken Turmes sammelten und ihre letzten Pfeile in dem verzweifelten Versuch verschossen, die Barbaren von den unteren Türen zu vertreiben. Noch der letzte Pfeil zählte. Er erkaufte noch einen kostbaren Augenblick, in dem Brid, Master Hal und Master Spar mit der Macht des Druiden-Eis heimkehren könnten.

Sie konnten nicht mehr zum Wasser gelangen, und die Vorräte waren begrenzt, doch hielten die mächtigen Mauern des Bergfrieds den ganzen Tag. Das Hämmern an den Türen verklang bei Einbruch der Nacht, und die wenigen Torra Altaner, die noch übrig waren, schliefen rastlos. Elaine jedoch wollte nicht schlafen. Sie hielt ihre beiden Kinder fest und wiegte sie in ihren Armen, streichelte ihr Haar und sprach leise mit ihnen.

»Wißt ihr noch, wie glücklich wir alle waren, als wir bei all den anderen Holzfällerfamilien im Dorf gelebt haben und Pa euch immer auf den Schultern herumgetragen hat?«

May nickte, hielt ihre Mutter bei der Hand und sah ihr tief in die Augen. Sie wußte, daß Elaine ihnen sagen wollte, wie sehr sie sie liebte, und ihre Ängste lindern wollte, während sie die dunkelsten Stunden der Nacht durchwachten. Sie fürchteten den Sonnenaufgang und den Ansturm, den er bringen würde. Doch der Morgen würde kommen, und kein Gebet auf dieser Welt konnte das verhindern.

»Ma«, flüsterte sie.

Elaine nickte, und flackernder Feuerschein ließ die Spitzen ihres roten Haares leuchten. Sie wandte ihrer Tochter ihre sanften, blauen Augen zu.

»Ja, May.«

»Ich liebe dich, Ma. Das wollte ich nur sagen, für den Fall …« Sie hielt inne. »Ich wollte nur, daß du es weißt.«

KAPITEL 7

»Warum ist er noch nicht wieder da?« klagte Cybillia. »Er ist schon seit über einer Stunde fort.«

Selbst Brid machte sich langsam Sorgen, und Caspar marschierte auf und ab, schnippte gedankenverloren mit den Fingern. »Er sollte hier sein, Brid. Er sollte inzwischen wirklich hier sein«, hörte er sich sagen, und plötzlich merkte er, daß er darauf wartete, daß ihm die Priesterin sagte, was zu tun sei.

Er richtete sich auf. Als zukünftiger Baron von Torra Alta war es an ihm, über das weitere Vorgehen zu entscheiden. Da Hal noch immer zu verwirrt war, geradeaus zu denken, war es an ihm, die Sache in die Hand zu nehmen.

»Wir geben ihm noch fünf Minuten, dann nehme ich mir Kay und mache mich auf die Suche«, entschied Caspar.

»Nein, geh sofort.« Brids Tonfall war bestimmend. »Er ist schon zu lange fort.«

Eilig trabte er mit Kay in die Stadt. Sie trafen mehrere Ritter, die nach einem kühlenden Bier in den Tavernen wieder zur Arena schlenderten, aber keiner von ihnen hatte Ceowulf gesehen. Dann erkannte Caspar Tylots bleiche Miene.

»Sir, habt Ihr Ceowulf gesehen?« fragte er und versuchte, nicht daran zu denken, wie der Salisianer seinen Onkel so brutal geprügelt hatte.

Mit einem Blick sah der Ritter die Sorgenfalten auf der Stirn des Jungen. »Vor etwa einer halben Stunde«, sagte er überraschend freundlich. »Warum? Was ist geschehen? Ich habe ihn gesehen, Prinz Tudwal und einige Knappen des jungen Prinzen …«

»Tudwal!« rief Caspar aus. Das war merkwürdig. Der Ceolothianer wäre sicher der letzte, mit dem Ceowulf seine Zeit verbringen würde. »Gar nichts ist geschehen. Aber er ist schon so lange fort«, erklärte Caspar.

Tylot zuckte mit den Achseln. »Ich bin mir sicher, daß Ceowulf selbst auf sich achtgeben kann, aber wenn ich Eure Nerven damit etwas beruhigen kann, will ich Euch bei Eurer Suche wohl begleiten.« Der Mann war freundlicher und entspannter, nachdem der Wettkampf für ihn ein Ende hatte. Er sprach jovial, ahnte nichts von der Sorge, die Caspar umtrieb.

Ceowulf war stets zuverlässig. Er würde sich unmöglich verspäten. Fehlte Hal, so wäre das eine andere Sache. Hal war leicht abzulenken. Caspar hatte ein gräßlich kaltes Gefühl, das sich um sein Herz schloß.

Schließlich fanden sie ihn im westlichen Viertel der Stadt. Er lag an einer Mauer in sich zusammengesunken und hielt Arm und Schulter fest. Blut rann über seine Stirn, mischte sich mit dem Schweiß, der auf seiner aschfahlen Haut perlte.

»Ceowulf!« rief Caspar und lief zu ihm.

»Rühr meinen Arm nicht an«, warnte der Caldeaner barsch.

Caspar sah, daß die Schulter grausig verbogen war, wo sie rundlich hätte sein sollen.

»Sie haben mich von hinten überfallen. Sie haben mir einen Sack über den Kopf geworfen, mit dem Knüppel auf mich eingeprügelt und dann das mit meiner Schulter gemacht«, stöhnte der Ritter.

»Wer?« wollte Tylot wissen.

»Ohne Zweifel irgendein mieser Opportunist. Ich weiß es nicht. Ich habe sie nicht gesehen. Sie haben mich von hinten überfallen und sind dann geflohen.«

»Dann haben sie nicht versucht, Euch zu berauben?« fragte Tylot überrascht und schälte Ceowulfs Wams zurück, um seine Schulter zu betrachten. »Das ist böse ausgekugelt. Ich suche jemanden mit einem Karren, der Euch zur Burg bringt.«

»Nein, sie haben nicht versucht, mich zu berauben«, murmelte Ceowulf. »Sie hatten es nur auf meinen Schwertarm abgesehen.«

»Hmm«, murrte Tylot mißtrauisch, während er zu einem vorbeifahrenden Händler ging, um einen offenen Karren zu leihen.

»Jemand hat absichtlich versucht, dich daran zu hindern, daß du …«, begann Caspar. »Aber nicht einmal Turquin würde so etwas tun. Nicht allein für die Ehre des Sieges.«

»Turquin nicht«, bestätigte Ceowulf. »Er hat Grinwal besiegt, ohne die Grenzen der Ritterlichkeit auch nur ein einziges Maß zu übertreten.«

»Nein, Turquin nicht«, gab Kay ihm recht. »Aber Tudwal vielleicht. Er könnte es als seine Rache für die Art und Weise sehen, wie du ihn geschlagen hast. Erniedrigungen trägt er nicht leicht auf seinen Prinzenschultern.«

Ceowulf sah nicht aus, als interessierte es ihn. »Ich habe nicht gesehen, wer es war. Es könnten ebenso irgendwelche Schläger gewesen sein. Ich werde nicht herumlaufen und blinde Anschuldigungen verbreiten.«

Er sagte nichts weiter, bis sie ins Krankenzelt kamen. Brid ließ sich dazu herab, dem Arzt zu gestatten, daß er ihr dabei half, das Gelenk wieder einzurenken. Die Muskeln waren gerissen, und eine schwere, schwarze Prellung war an seiner Schulter nicht zu übersehen. Gedrückte Stimmung machte sich unter den Torra Altanern breit. Niemand sagte es, doch Caspar wußte, was alle dachten. Sie hatten versagt. Nach allen Bemühungen, nach all den Monaten hatten sie versagt. Nie hatte er die Möglichkeit ernstlich in Erwägung gezogen, doch nun traf sie ihn wie ein Schmiedehammer, und er fühlte, wie dieser Hieb ihn unter sich zermalmte.

Nachdem Brid mit Hilfe des Arztes Ceowulfs Schulter schließlich wieder eingerenkt hatte, dauerte es noch einige Minuten, bis Ceowulf soweit war, daß er wieder sprechen konnte. Inzwischen hatte der Marschall das Krankenzelt betreten.

»Hier drinnen scheinen heute einige Belbidianer zuviel zu sein«, murrte er mit Blick auf Ceowulfs blutlose Miene. »Ihr wurdet außerhalb des Turniers verwundet. Den Regeln der Ritterlichkeit zufolge dürft Ihr einen Stellvertreter benennen, der Euren Platz in der Arena einnimmt. Es dürfte dort draußen heute eine Menge tapferer Ritter geben, die bereit wären, in Eurem Namen zu kämpfen.«

»Ich zum Beispiel«, bot Tylot an.

Ceowulf sah niedergeschlagen aus, und seine Stimme brach. »Würde ich den Preis bei der Siegesfeier bekommen, falls Tylot für mich gewinnt?«

Der Marschall schüttelte den Kopf. »Nein. Wenn er gewinnt, kann er das Preisgeld nicht behalten – das geht natürlich an Euch –, aber ansonsten tritt er während der gesamten Zeremonie an Eure Stelle. Es ist ein sehr altes, heiliges Ritual, und diese Regeln wurden stets befolgt – wenn es auch fünfhundert Jahre her ist, seit sich ein solcher Zwischenfall ereignet hat.«

Ceowulf sah von Hal, der noch geschwächt auf seiner Liege lag, zu Caspar und dann zu Brid.

Brid sah das Dilemma. »Es muß Spar sein«, sagte sie leise. »Es gibt keine andere Möglichkeit.«

Caspar schnürte sich die Kehle zu.

Der verletzte Ritter sah die Jungfrau kopfschüttelnd an. »Ich sehe keinen Sinn darin, es dem Jungen aufzubürden. Er könnte Turquin niemals schlagen. Seht doch, was der Mann Grinwal angetan hat. Es ist unmöglich. Er kann nicht hoffen, den Prinzen ohne eine ausgewachsene Lanze zu treffen. Es ist absurd. Turquin wird ihn zermalmen.«

»Gibt es eine Regel, die besagt, daß ich eine Lanze tragen muß?« sagte Caspar, als er seine Beklommenheit plötzlich verlor.

Der Marschall schüttelte den Kopf. »Ihr müßt die Arena mit einer Lanze betreten, aber natürlich müßt Ihr sie nicht benutzen. Es steht nirgends geschrieben, daß Ihr sie nicht fallen lassen dürftet.«

»Nun, das werde ich dann tun«, sagte er entschlossen.

Der Marschall schob seine Augenbrauen in die Höhe und sah dann Ceowulf an. »Sir, um des Jungen willen ist das keine weise Wahl. Sir Tylot hier würde liebend gern …«

»Ich sagte, ich werde es tun«, rief Caspar, und zum ersten Mal sprach ein Hauch von Autorität aus seiner Stimme. Er mußte es tun. Er wußte nicht, wie er es tun würde, aber er mußte. Die Unausweichlichkeit der Lage brachte die Willenskraft in seine Stimme.

Hal setzte sich stöhnend auf.

»Sei nicht albern, Spar. Du wirst dabei dein Leben lassen.« Er hob sich auf die Beine, dann nahm er eine kränklich grüne Farbe an und sank zurück. »Mir geht es gleich wieder gut. Ich werde es tun. Ich kann nicht zulassen …«, beharrte er, während Brid ihn sanft wieder auf seine Liege schob. »Brid, ich kann nicht zulassen, daß er es tut. Nicht Spar. Es ist meine Verantwortung. Branwolf …«

»Hal, du hast dein Bestes gegeben«, versicherte sie ihm.

Hal sah zutiefst bedrückt aus. Stöhnend legte er sich nieder.

Caspar trat zu seinem Onkel und nahm dessen Hand. »Es ist nur recht und billig, Hal. Torra Alta unterliegt meiner Verantwortung, und ich muß alles tun, um die Burg zu verteidigen.«

Hal schloß die Augen. »Ich werde es mir nicht ansehen.«

Der einzige Sohn des Barons Branwolf, des Lords von Torra Alta, sah seinen reinrassigen Oriaxianer an und lächelte. Feuerschweifs Fell schimmerte im schwülen Sonnenlicht des camaalischen Frühlings wie polierte Bronze. Philippe bot ihm seine feine Rüstung. Sie war dem Jungen mit dem kastanienbraunen Haar nur etwas zu weit, aber Caspar schüttelte den Kopf. »Nein, ich bin weder mit der Lanze noch mit einer Rüstung gut. Ich muß das, was ich kann, so gut wie möglich einsetzen.«

Er sattelte Feuerschweif und legte ihm sein Zaumzeug an, dann führte er ihn auf den Burghof hinaus. Das Pferd trug keine Rüstung, und Caspar hatte selbst auf die Schabracke mit den Farben Torra Altas verzichtet, da er wußte, daß sich das Tier freier bewegen würde, wenn keine Tücher um seine Beine flatterten. Nachdem er Ceowulfs Angebot, ihm sein Schwert zu leihen, ausgeschlagen hatte, trug er nur sein Übungsschwert bei sich, denn er fürchtete, daß ihn die fremde Waffe nur behindern würde. Nicht einmal Brids flehentlicher Blick konnte ihn dazu bewegen, einen Helm mit Visier zu tragen.

»Bete für mich«, flüsterte er, als sie ihr silbernes Band wieder in Feuerschweifs Mähne flocht.

»Das habe ich und werde ich«, antwortete sie. »Aber ich habe noch zwei weitere Runen auf das Band gemalt. Offenbar waren es beim letzten Mal nicht die richtigen. Es ist die Rune von Ehwaz, die das Pferd darstellt, und Sigels Rune, die den Sieg beschwört. Du siehst, ich glaube, daß der Sieg in deiner Reitkunst liegt.«

Caspar nickte dankbar, während er die neuen Runen betrachtete.

Er war derart in Gedanken, daß selbst das heisere Gellen der Trompetenfanfare nur mehr als gedämpftes Echo an seine Ohren drang. Er entspannte sich, dachte nur noch an die Bewegungen des Pferdes, mühte sich, mit der Energie des Pferdes eins zu werden. Er fühlte sich, als schwebten sie auf Wolken, wenn Feuerschweif auf seinen Zehen tanzte.

Er ließ sich in den Sattel sinken, spannte Zügel, bat das Pferd, sich auf die Hinterbeine zu stellen und zu drehen, so daß es die Vorderbeine hob. Er sah sich Turquins hellbraunen

Wallach an, der am anderen Ende der Bahn in seinen prallen Farben von Gold, Rot und Blau erstrahlte. Wie es da so ungerührt auf Beinen wie Baumstämmen stand, mußte das Pferd wohl über eine Tonne wiegen, schon ohne den schwer gepanzerten Ritter auf seinem Rücken.

Caspar spürte, daß sich ein nervöses Lächeln auf seinen Lippen kräuselte. Das Ganze hatte etwas Groteskes an sich, und unwillkürlich vermittelte sich ihm der Irrwitz darin. Da war er, ein kleiner Junge auf einem leichten Pferd mit nur seinem Schwert, während der Gegner von einem Vermögen aus Stahl umhüllt war. Für einen Augenblick nur verlor er seine Furcht.

Doch als der Marschall das Signal gab, zu beginnen, ging Caspars Herz in die Knie. Er konnte sich einzig und allein noch auf die Lanzenspitze konzentrieren, die ihm entgegenstampfte, getrieben von der Gewalt eines mächtigen, drängenden Streitrosses. Wenn die bare Lanze seinen ungeschützten Körper traf, würde er glatt aufgespießt und wäre bald nicht mehr als ein rothaariger Wimpel an der Spitze von Prinz Turquins Lanze.

Er riß seine Gedanken von seiner Angst los. Angst konnte ihn nicht retten. »Große Mutter«, betete er, doch er dachte an das Abbild seiner eigenen Mutter, die im Herzen des Mondsteins gefangen war. »Große Mutter, hilf mir.« Das Gebet verlieh ihm genügend innere Stärke, sich von seinen Ängsten loszureißen und den Mut in seinem Pferd zu spüren. Die Absicht des Hengstes bestand einzig und allein darin, dem donnernden rot-blau-goldenen Dämon mit atemberaubender Geschwindigkeit entgegenzustürmen. Caspar hingegen sank tief in seinen Sattel und beruhigte das junge Pferd, tastete nach der Kandare, um den Schritt zu bändigen. Er mußte auf sehr direkter Linie bleiben, Turquins Lanze bis zur letztmöglichen Sekunde auf sein Herz gerichtet wissen.

Die Spitze der langen Waffe schien vor seinen Augen anzuschwellen, und die gesamte Menge hielt die Luft an. Kaum einen Schritt vor dem Aufprall grub Caspar seine rechte Ferse Feuerschweif in die Rippen. Das Pferd sank an der Schulter ein und wich seitwärts aus. Die Lanze streifte seinen Oberschenkel und verfehlte ihr Ziel. Das große Streitroß schnaubte von den Anstrengungen des letzten Anlaufs und des erheblichen Gewichts des Prinzen dort auf seinem Rücken, und so wendete es nur langsam. Eine Art stählerner Helm schützte seinen Kopf, und schimmernde Panzerplatten schützten seine Flanken, so daß das mächtige Tier klapperte und klirrte, als es am Ende der Bahn im weiten, unbeholfenen Bogen wendete. Am gegenüberliegenden Ende knickte der junge, heißblütige Hengst elegant an seinen Hinterbeinen ein, beschrieb eine Pirouette und stand dann wartend da.

Caspar konnte nun den Jubel hören. Natürlich galt der Jubel Ceowulf, an dessen Stelle er ritt, doch wurde auch Jubel in seinem Namen laut. Die höhnischen Mienen und ihr Spott waren nun verschwunden.

Wieder und wieder griffen sie an, und Turquins Sprache wurde mit jedem Ritt grober und beleidigender. Sein schweres, braunes Roß war inzwischen merklich langsamer, die Schritte flach und lustlos, als es sich die Bahn hinunterschleppte.

Natürlich wußte Caspar, daß der Mann kein Narr war. Turquin ahnte jede Finte, jedes Ausweichmanöver, und Caspar fürchtete, er könnte berechenbar werden. Er lenkte Feuerschweif diesmal mehrere Schritte zu weit links, damit Turquin, wenn er angriff, gezwungen war, ihm im schrägen Winkel entgegenzukommen. Caspar wußte, was er wollte, auch wenn es von einem Pferd viel verlangt war.

Er hielt Feuerschweif zurück, bis er buchstäblich auf der Stelle trat, und ließ Turquin die Geschwindigkeit bestimmen. Statt diesmal auszuweichen, war er entschlossen, vor seinem

Gegner zu schwanken. Mit seinen Zügeln in der linken Hand, hob er sich aus dem Sattel. Unerwartet früh täuschte er nach links an, zog Turquin sogar noch etwas weiter hinaus, doch dann wandte er Feuerschweifs Kopf nach rechts hinüber. Einen Moment blieb ihm das Herz stehen, als er fühlte, wie die Hufe des Hengstes unter ihm auf dem weichen Boden ausrutschten. Er fluchte, dachte, er sei zu früh ausgewichen und sein Pferd würde stürzen.

Doch Feuerschweif stöhnte und schaffte es irgendwie, sein Gleichgewicht wiederzufinden, als er nach rechts schoß, direkt unter dem Brustpanzer des braunen Wallachs hindurch.

Der Prinz versuchte ihm zu folgen, wendete sein Pferd scharf hinter Feuerschweif her, doch bei dieser Geschwindigkeit und mit der schweren Last war das unmöglich. Caspar hörte den Schrei, als das Roß den Halt verlor, in die Knie ging und stürzte. Turquin wäre als Reiter gut genug gewesen abzuspringen, wäre da nicht das hinderliche Gewicht seiner Rüstung gewesen. Als das mächtige Tier seitwärts umfiel, wurde sein Bein unter dem Sattelgurt eingeklemmt.

Das Aufstöhnen der Menge erstickte Turquins Schmerzensschrei, als sein Oberschenkelknochen brach. Der Wallach trat um sich, da er aufstehen wollte, aber seine Beine waren in den Zügeln und den Riemen verfangen, die seine Schabracke hielten. Sein Panzer lastete auf Turquins gebrochenem Bein. Eilig wendete Caspar Feuerschweif und sprang aus seinem Sattel. Er nahm das Zaumzeug des Rosses und befreite die Vorderbeine von den Zügeln, dann beruhigte er das Tier, als es sich von dem stöhnenden Ritter erhoben hatte.

Als man Prinz Turquin vom Feld trug, stöhnte er sichtlich erniedrigt: »Vom kleinsten Ritter im ganzen Wettbewerb niedergestreckt.«

»Nein, vom schnellsten Pferd niedergestreckt«, sagte Caspar liebenswürdig. Fast tat ihm der Mann leid.

Der Junge von Torra Alta fand sich auf den Schultern mehrerer jubelnder Ritter wieder. Man warf ihm Girlanden von weißen Nelken entgegen, und freudig fing er sie. Als er sie sich um den Hals band, spürte er, wie er vor Stolz fast wuchs. Er hatte es geschafft. Er war der Größte! Schuldgefühle machten sich breit. Nein, er hatte es nicht geschafft. Ceowulf hatte den Großteil geschafft, Runde um Runde gewonnen, so viele andere Ritter besiegt, daß er nur noch einen überwinden mußte. Nur weil Turquins schweres Pferd so ungelenk war und der Ritter derart schwer gepanzert, war dieser Sieg nötig geworden. Nein, es waren Ceowulfs Geschick und Feuerschweifs Geschwindigkeit gewesen, und schlußendlich Glück … oder doch kein Glück? Er dachte an Brids Runenzauber und seine Gebete zur Göttin.

»Danke, Große Mutter«, flüsterte er leise, denn plötzlich wurde er bescheiden und fürchtete, seine Arroganz könne ihr mißfallen.

Der Hof versammelte sich zur Siegerehrung. Caspars Gedanken klärten sich, als er an das Rätsel dachte. »Denn nur der Sieger weist den Weg.« Feierlich schritt er zur königlichen Tribüne hinauf, wo der König von Camaalia sich von seinem Thron erhob.

König Valerius grinste von einem Ohr zum anderen. »Nun, junger Ritter, seit ich lebe, komme ich in jedem Jahr hierher, wie es meine Pflicht ist, und, um ehrlich zu sein, langweilen mich diese Ritterspiele zu Tode. Die Berechenbarkeit und dieses schmerzliche Klirren von Stahl! Doch einen jungen Kobold wie Euch siegen zu sehen, und das ohne einen einzigen Waffenhieb … seit Jahren habe ich mich nicht so amüsiert. Jedenfalls erlaubt es mir die Ehre, Euch den Preis zu überreichen, den Ihr natürlich im Namen des Lord Ceowulf bekommt.«

Caspar lächelte und verneigte sich, ließ seine Miene zu einem Ausdruck höchster Dankbarkeit erstarren, doch war er in Wahrheit zutiefst bestürzt. Die Goldbörse war großzügig schwer und er in Ceowulfs Namen selbst dankbar, doch wie sollte das alles erklären, wo das Druiden-Ei sein mochte?

»Ihr habt so gut gefochten, daß es mir leid tut, wenn Ihr keinen Anteil an der Belohnung haben sollt, doch ist jeder Aspekt dieses Turniers eine Frage der Tradition.« Er sah zu seinem Silberkelch hin. »Glücklicherweise gehört auch der Wein zu den üblichen Festivitäten, ansonsten wäre es ermüdend. Dennoch fürchte ich, daß einem Stellvertreter kein Preis gewährt werden kann, da die Regeln des Turniers es verbieten, denn das Preisgeld und selbst die Art der Münzen sind uns von jeher vorgeschrieben. Es ist das einzige Fest, das wir in Camaalia ernstlich begehen, und wir halten es gern mit der Tradition.«

Caspar war sicher, daß diese Information bedeutsam sein mußte, doch ihm wollte nicht einleuchten, in welcher Weise. Er spürte, daß die Bestürzung sein Gesicht erröten ließ. Eilig hob er die Hand und rieb an seiner krummen Nase herum.

»Ihr seht mir ganz überwältigt aus«, bemerkte der König. »Nun, Kopf hoch, junger Ritter. Ihr dürft nach einem solchen Sieg nicht bestürzt aussehen. Ihr solltet ein kurzes Gebet für Euch allein sprechen, bevor Ihr Euch formell in die Siegerliste der Kapelle Sankt Beonor eintragt. Wir wollen doch nicht, daß der siegreiche Ritter eine zittrige Handschrift hat, nicht wahr?« Er lachte über seinen eigenen Scherz, doch Caspar fand das nicht im mindesten amüsant.

»Ist die Eintragung in das Register eine Tradition wie die Höhe der Siegprämie?« fragte Caspar trocken.

König Valerius sah ihn naserümpfend an. »Aber ja, natürlich. Die Regeln der Zeremonie sind heilig.«

Caspars Herz tat einen Satz. Falls diese Tradition so alt wie die ganze Zeremonie war, dann konnten die alten Ritter ursprünglich nicht in der Kapelle des heiligen Beonor gebetet haben. Nein, nicht einmal in Camaalia. Vor über tausend Jahren hatte man den Neuen Gott hier nicht verehrt und die Kapelle mußte ursprünglich zu Ehren der Göttin errichtet worden sein. Noch gab es Hoffnung.

Feierlich folgte er dem Marschall und König Valerius' Bischof in die kleine Kapelle im Norden der Burg. Drinnen war diese Kapelle belbidianischen Kirchen sehr ähnlich. Über ihm hingen die üblichen Messingkandelaber und Weihrauchhalter, und nach Osten hin waren der Altar und Opferteller. Feierlich schritt Caspar den Gang hinab, während seine Augen nach allen Unterschieden suchten, die ihn auf das Versteck des Druiden-Eis lenken mochten. Wo das Licht durch ein buntes Glasfenster als makelloser Kreis direkt vor den Altar fiel, kniete er wie zum Gebet, während er den Bau mit Blicken absuchte, Kanzel, Pult und Retabel betrachtete.

Aber er wußte, daß die Antwort nicht im Bauwerk selbst zu finden wäre. Brid und Cybillia hatten die Kapelle in den vergangenen Wochen immer wieder besucht und nichts entdeckt. Brid hatte gesagt, dort gäbe es nichts, nur fratzenschneidende Wasserspeier und blasphemische Szenen aus den Schriften. Tagelang hatte sie darüber Vorträge gehalten, wie die Menschen die Frechheit besitzen konnten, zu glauben, daß sie die Natur kontrollierten.

Caspar runzelte die Stirn. Er kniete am kalten Boden und versuchte nachzudenken. Es mußte etwas geben, in das allein der Sieger an diesem Tage eingeweiht war. Da der Rest der Zeremonie öffentlich war, mußte die Antwort irgendwo während der Zeit zu finden sein, die ihm in der Kapelle gewährt wurde. Nur wo?

Plötzlich zuckte er zusammen, als er merkte, daß der Bischof hustete, um seine Aufmerksamkeit zu erregen. Offensichtlich hatte er den Kirchenmann einige Minuten länger als üblich warten lassen.

»Eure Frömmigkeit und Rechtschaffenheit sind höchst bemerkenswert, doch kommt für alles seine Zeit, und Ihr müßt Euch nun in das Register schreiben«, verkündete er und führte ihn zu einem Seitenaltar. Der Bischof kniete kurz nieder, und als er sich erhob, hielt er ihm eine große Eisenschatulle hin. Diese war an drei Stellen verriegelt und an den Scharnieren rostig. Sehr vorsichtig nahm er einen Schlüssel von seinem Hals und öffnete die Schlösser.

»Sie ist nur am Tage des Turniers hier. Den Rest des Jahres ist sie zur Sicherheit in König Valerius' Schatzkammer eingeschlossen«, erklärte er. »Sie ist so alt, daß allein der liebe Gott weiß, wie alt.«

Er öffnete den Eisenkasten und legte ein dickes Buch mit brüchigem Ledereinband frei. Nur mit einem Seidenhandschuh berührte er die dünnen Seiten und schlug das Buch in der Mitte auf. Die rechte Seite war leer, aber auf der linken hatte man eine ganze Menge Namen auf das Pergament gekritzelt. In großen, ungelenken Buchstaben stand dort protzig unterstrichen in der letzten Zeile: »Turquin, Prinz von Ceolothia.«

Der Bischof nahm Tintenfaß und Feder hervor, dann trat er voller Respekt zurück. Sorgsam schrieb Caspar seinen Namen in kleinen, ordentlichen Buchstaben, obwohl er auf halbem Weg mit Tinte kleckste und sie verschmierte. Der Wälzer faszinierte ihn. Hunderte über Hunderte von Namen gab es da, und langsam begann er, die Seiten zurückzublättern, sah sich nach dem Bischof um Erlaubnis um.

»Darf ich?« fragte er, und der Mann nickte.

»Ein Mann hat ein Recht darauf, zu erfahren, in wessen Fußstapfen er tritt.«

Er blätterte die Seiten von dort zurück, wo der Bischof sie ihm zum Signieren aufgeschlagen hatte. Nach etwa zweitausend Namen wandelte sich die Schrift langsam, dann wurde sie verziert, schwierig zu lesen und im Erscheinungsbild zunehmend fremdartig. Je weiter er die Seiten rückwärts durch die Zeiten blätterte, desto bewußter wurde ihm, daß sich die Schrift erneut verwandelt hatte und er fasziniert Seiten über Seiten voller Runen vor sich sah. Vermutlich waren es Namen, doch mochten sie ebenso Anweisungen darstellen. Es mußte der letzte Teil des Hinweises sein, und dieses nun war seine einzige Chance, sie zu entschlüsseln. Doch er konnte die Runen nicht lesen.

Der Druide, der die Rätselkette ersonnen hatte, hatte mit dem Turnier außerdem dafür gesorgt, daß das Druiden-Ei nur von einem Runensuchenden großer Ehrenhaftigkeit entdeckt werden konnte. Der Suchende mußte seine Tapferkeit und sein Geschick auf dem Turnierplatz beweisen, um die Rätsel zu entziffern, was zumindest dafür sorgte, daß kein gewöhnlicher Bandit versehentlich über eine Antwort stolpern konnte. Doch ein Runensuchender wäre in der Lage, die Runen zu lesen, und nun stand er hier allein, der Sieger des Sankt-Beonors-Tages, und er kannte keine einzige Rune. Nun, eine nur: die Rune der Mutter.

Schließlich schloß er den Wälzer und starrte den braunen Lederumschlag mit seinen abblätternden Goldbuchstaben an. Darauf war nur das Wappen von Camaalia zu sehen: der Kopf eines Einhorns. Niedergeschlagen seufzte er, starrte die Goldbuchstaben leeren Blickes an. Irgend etwas schien nicht zu stimmen, und zwar mit dem Wappen.

Er dachte nach, und schließlich fiel es ihm ein. Es war das Auge des Tieres. Es war für ein Auge zu rund. Etwas von der Vergoldung war abgeblättert. Als er etwas genauer hinsah, um es sich aus der Nähe anzusehen, merkte er, daß noch immer sehr dünne Reste Goldes darauf waren, wenn auch nur ganz schwach, und so war es möglich, die ursprüngliche Darstellung zu erkennen. Drei feine Goldstriche strahlten von der Mitte aus und teilten das Auge in drei Teile. Die Rune der Mutter. Das mußte doch etwas bedeuten.

Der Bischof zupfte an seinem Arm. »Ich muß es nun wirklich wieder einschließen und dafür sorgen, daß es bis zum nächsten Jahr in der königlichen Schatzkammer liegt. Es wird nun Zeit für Euch, vor die Menschen zu treten.«

Caspar sah die Menge nur verschwommen. Er wußte, daß sein Lächeln ein lauer Versuch war, Dankbarkeit zu zeigen, als sie ihm zujubelten. Er konnte nur versuchen, Brid in der Menge verschleierter Zuschauer zu finden. Er wollte ihr in die Augen sehen und ihre Kraft benutzen. Er brauchte sie. Er hatte versagt. Er wußte, daß er die Antwort gesehen hatte und deren Bedeutung nicht verstehen konnte. Stundenlang schien die Zeremonie zu gehen, und er wußte, daß er sich des Lobes hätte freuen sollen. Er war nur dankbar, daß es Ceowulf inzwischen gut genug ging, daß er sich mit fest bandagierter Schulter zu ihm auf das Podium gesellen konnte.

Als Caspar ihm das Preisgeld überreichte, rief die Menge nach einer Ansprache Ceowulfs. Dankbar trat der junge Torra Altaner zurück, als der Ritter tief Luft holte.

»Meine Freunde, natürlich tut es mir leid, daß mir die Gelegenheit entgangen ist, diesen Preis selbst zu erstreiten, doch hätte ich Euch nur um das bewegende Ereignis gebracht, dessen Zeugen wir heute geworden sind. Als wir gesehen haben, wie dieser junge Ritter den würdigsten aller Gegner besiegen konnte, ist, so glaube ich, vielen unter uns klargeworden, daß es zwei Lektionen zu lernen gab. So stark und mächtig man auch werden mag, können wir doch von der überraschendsten Seite her geschlagen werden, und so verzagt wir in einer unüberwindlichen Lage auch sein mögen, macht unsere Tapferkeit doch alles möglich.«

Diese nachdenklichen Worte wurden von den Camaaliern lobend aufgenommen, aber Caspars Gedanken schwenkten nur kurz zur Menge hin, dann kehrten sie zu dem ledernen Wälzer zurück. Er wußte, daß sich die Antwort irgendwo zwischen den Runen befinden mußte, doch es war zu spät.

Endlich waren ihre zeremoniellen Pflichten beendet, und erschöpft zogen sich die Belbidianer von den Festivitäten zurück. Hals Verletzungen gestatteten es ihm, den Festlichkeiten fernzubleiben, welche bis in die späte Nacht gehen würden, aber die jüngeren Wettkämpfer waren doch sehr enttäuscht, als sich auch Caspar, der Held des Tages, seinen Landsleuten anschloß. Caspar folgte Hal, als dieser in ihre Kammer getragen wurde, wo Ceowulf und die beiden Mädchen bereits ungeduldig warteten.

Ernst sah Brid ihn an. »Du hast nichts gefunden, habe ich recht?«

Caspar sank auf die Liege und schob Trund beiseite. Augenblicklich ungehorsam sprang der Terrier auf seinen Schoß und leckte sein Gesicht. Caspar war nicht in der Stimmung dafür.

»Ich habe es gefunden. Ich weiß, daß ich es gefunden habe«, seufzte er entmutigt, »aber ich habe nichts davon verstanden, und da ich es nicht verstanden habe, wie kann ich da beschreiben, was ich gesehen habe?« Er machte eine Pause, und da er nur wenig Mitgefühl auf ihren Mienen sah, zuckte er mit den Schultern und erzählte ihnen von der Kapelle. »Dort war ein großes Buch, und ich mußte meinen Namen hineinschreiben. Die vorderen Seiten waren voller Runen. Anfangs vermutete ich, es seien Namen, ganz wie die späteren Eintragungen, aber die erste Seite könnte auch eine Liste von Anweisungen gewesen sein.« Er nahm den schweren Goldsack, den Ceowulf auf den Tisch in der Mitte gelegt hatte, und ließ ihn auf seinem Schoß klirren. Der Ritter hatte sich auf Caspars Liege ausgestreckt und pflegte seine Schulter. »Wir können nur nach diesen Münzen und einer Liste von Runen gehen, die ich Euch nicht recht beschreiben kann.«

»Kannst du denn keine einzige davon beschreiben?« Brid sah fast schon zornig aus.

Caspar schüttelte den Kopf. »Nein, keine einzige. Brid, warum hast du mir die Runen nie erklärt? Die einzige, die ich unter Tausenden erkannt habe, war die Rune der Mutter vorn auf dem Einband.«

Plötzlich strahlte Brid. »Die Rune der Mutter! Es ist die heiligste aller Runen und wird nur bei besonderen Anlässen benutzt, wie etwa auf dem Rubin, den Branwolf in der Mitte von Torra Altas Herzstein eingelassen hat. Beschreib mir, wo sie war.«

»Sie war ganz vorn auf dem dicken Buch. Sie war mitten in das Camaalische Wappen eingearbeitet«, erklärte er.

Brid runzelte die Stirn. »Das sagt mir nichts.«

Hal lachte freudlos. »Du bist nicht gut, was Rätsel angeht, was, Brid? Wir bräuchten Avriana.« Noch immer sah er ziemlich grün aus, wie er dort trübsinnig auf seiner Liege ruhte.

»Nun, wir haben keine Zeit, den ganzen Weg nach Laverna zurückzureiten. Uns geht die Zeit aus. Wir müssen einfach noch besser nachdenken.«

Caspar starrte Trund an, der ihn aus seinen schwarzen Schlitzaugen traurig ansah. Der Junge schüttelte den Kopf, dachte an die Hundeaugen. »Nein, wir müssen nicht besser nachdenken, wir müssen besser hinsehen oder zumindest unsere Augen benutzen. Das Wappen von Camaalia natürlich …«

»Es ist ein Einhorn«, unterbrach Hal gereizt, »nur ist es bedeutungslos, wie Brid gesagt hat. Und schrei nicht so, Spar. Mir dröhnt der Schädel.«

»Nein, aber die Rune der Mutter war an Stelle seines Auges«, erklärte Caspar etwas leiser.

»Das Auge des Einhorns hat etwas Besonderes, etwas Bedeutsames an sich«, überlegte Brid.

»Das Einhorn sieht etwas an. Das Einhorn sieht das Druiden-Ei an«, meinte Cybillia. Sie war einige Minuten lang sehr still gewesen, und nun wandten sich ihr alle zu.

Brid grinste. »Es würde keinen Sinn machen. Das Buch ist beweglich, und so ändert sich das, was das Einhorn ansieht, stetig.«

»Nein, aber es ist nicht das einzige Einhorn. Es gibt noch eines in Sequicornum. Der Kopf des Einhorns über dem Osttor bei den beiden Obelisken sieht immer in eine Richtung«, beharrte das Edelfräulein.

»Ostwärts«, erklärte Brid freudig, und ein Ausdruck von Erkenntnis machte sich auf ihrer Miene breit.

Einige Minuten lang herrschte steinernes Schweigen, als sie alle darüber nachsannen. »Nun, will nicht jemand nachsehen, während Ceowulf und ich genesen?« meinte Hal. »Wir haben eine Richtung, aber wir müssen wissen, wie weit ostwärts die Reise geht. Es muß doch auf dem Wappen etwas geben, das darüber Auskunft gibt.«

Caspar war schon draußen vor der Tür, bevor Cybillia und Brid noch aufgestanden waren. Sie schlichen um den Rand des Innenhofes, versuchten, möglichst keine Aufmerksamkeit zu erregen, denn die meisten Burgbewohner waren nach wie vor in den Festzelten und erfreuten sich an Caldeas stärkstem Exportwein.

»In einer Stunde wird niemand mehr in der Lage sein, irgendwas zu merken«, sagte Brid und lief schneller. »Sie werden es nicht seltsam finden, wenn wir das Einhorn untersuchen, da sie ohne Zweifel selbst bald Erdkrumen oder Astlöcher im Tisch betrachten.«

Im Abendlicht war der Einhornkopf eine dunkelgraue Masse, und die schwarzen Augen waren kaum zu sehen. Stets hatte Caspar sich diese Tiere als sanft und traurig vorgestellt, doch der Bildhauer hatte ihm etwas Finsteres gegeben. Eine teuflische Macht sprach aus den Augen. Caspar hatte gedacht, daß ein Einhorn, vom Horn einmal abgesehen, einem Pferd wohl ähnlich sähe, aber hier sah er die durchdringenden Augen eines Raubtiers.

»Nicht einmal Feuerschweif sieht derart teuflisch aus«, sagte Cybillia nervös.

Zweifelnd betrachtete Caspar das Einhorn. »Es ist nur das Wappen von Camaalia. Es hat nichts Bedeutsames an sich. Wir mußten das Turnier nicht gewinnen, um es uns anzusehen, und außerdem können wir diesem Horn nicht ewig folgen.«

»Das Horn könnte sehr wohl einen Hinweis bergen. Etwas, das darauf geschrieben steht«, schlug Brid vor. »Etwas, das uns sagen könnte, wie weit ostwärts wir ziehen müssen. Das wäre hilfreich«, seufzte sie mit schwerer Untertreibung.

Stürmisch trat sie an die Kurbelanlage der Falltore und legte ihre Hand auf die Kette, wollte schon zu dem Einhorn zwanzig Fuß über ihren Köpfen hinaufklettern. »Wenn ich ans obere Ende der Kette komme, könnte ich mich unten an den Falltoren entlanghangeln und nachsehen.«

Caspar lachte. »Sie wären wohl ziemlich erschrocken, wenn sie sehen, wie ein Mädchen an den Falltoren hängt. Eine junge Dame müßte schon sehr betrunken sein, um so etwas zu tun. Nun, wir erregen weniger Aufmerksamkeit, wenn ich gehe. Falls mich jemand sieht, wird er es meiner guten Laune zuschreiben.«

Brid verzog ihr Gesicht. »Vermutlich hast du recht.«

Caspar hakte seine Beine durch die Streben der Falltore, kletterte hinauf und setzte sich rittlings auf den Hals der Figur. Etwa einen Fuß abseits des Kopfes entdeckte er ein winziges, perlweißes Etwas, das im Mauerwerk glitzerte. Stirnrunzelnd sah er es sich aus der Nähe an. Der Putz schien abzubröckeln. Mit Mühe langte er nach seinem Messer und schabte an der Stelle herum. Er legte eine glatte Oberfläche mit geheimnisvoller Patina von streifigem Weiß frei, die ihn an den Mondstein erinnerte. Er schabte noch etwas Putz ab und legte ein Stück von der Größe seiner Handfläche frei. Er starrte das spiralförmige Muster an. »Es ist echt«, flüsterte er staunend.

»Was?« rief Brid von unten herauf.

»Hier steht nichts geschrieben.« Er sprach mit lauter Stimme. »Hier ist nichts, aber das Horn ist echt. Es ist verputzt, damit es wie Stein aussieht. Aber es ist fast sicher echt.« Plötzlich spürte er eine Gefahr dort oben auf dem Tier. Es schien ihm unkontrollierbar wild.

»Komm herunter«, rief Brid, und in seiner Eile riß er sich die Hände auf, als er an der Kette hinabglitt.

»Es hat mich gespürt«, sagte er erschauernd.

»Aber es ist tot, Spar«, murmelte Cybillia. »Es muß tot sein. Es ist schon seit Tausenden von Jahren dort.«

»Es ist tot«, bestätigte Brid, »aber sein Geist schläft nur. Die Runen der Magie am Schwert haben seinen Geist geweckt.« Einen Moment lang sah sie tief besorgt aus, dann schien sie den Gedanken zu verwerfen, als sie in die Richtung sah, in welche das Einhorn deutete. Ein einzelner Abendstern blinkte über einem Kamm ferner Gipfel, die aus der Camaalischen Ebene aufragten.

»Ohne irgendeinen Hinweis auf die Entfernung können wir nichts weiter tun, als dem Blick des Einhorns zu folgen«, seufzte Brid, als sie eilig wieder dem Innenhof der Burg zustrebten.

Caspar hörte nicht zu. Er konnte dieses finstere Gefühl nicht abschütteln, das ihm das Einhorn aufgebürdet hatte. »Es war echt. Ein echtes Einhorn«, rief er aus, als er die Tür zu ihrer Kammer aufwarf.

Hal zeigte sich von ihrer fruchtlosen Suche unbeeindruckt. »Also folgen wir dem Horn, doch wie weit? Einen Tagesritt, bis wir in Lonis sind oder bis wir vom Rand der Welt fallen? Es ist ohne Bedeutung.«

Brid wirkte verletzt.

Ceowulf rührte sich unbeholfen, um den Druck auf seine Schulter zu entlasten. »Es ist ein gefährliches Terrain in jene Richtung. Die Gipfel sind ein grausiger Ort. Wir sollten nicht zwischen ihnen hindurchreiten, wenn das Druiden-Ei jenseits davon zu finden ist. Es könnte Tage dauern, allein die ersten Gipfel zu erklimmen, und was wäre, wenn uns der direkte Weg geradewegs über eine Steilkante führt? Was tun wir, wenn wir vom Weg abweichen müssen? Es könnte sein, daß wir das Druiden-Ei so übersehen. Es muß noch etwas geben, was wir übersehen haben.«

»Aber da ist nichts«, hielt Caspar dagegen. »Das einzig Bedeutsame war das dicke alte Buch mit all den Namen. Ach, hör doch auf damit!« schrie er Trund trotzig an, der den schweren Münzbeutel anknurrte. Statt sich zu fügen, sprang der Terrier seine Beute an und schloß seinen Kiefer klappend darum. Die scharfen Zähne bohrten sich direkt durch den Lederbeutel, und Goldmünzen rollten über den Boden. Ceowulf bückte sich, um mit seinem gesunden Arm eine davon aufzusammeln, und sah sie fragend an.

»Nun, König Valerius hat reichlich zugenommen, seit dieses Bild angefertigt wurde«, scherzte er und drehte die dünne Münze um. »Hallo, dieses Muster habe ich noch nie auf einer Rückseite gesehen. Ihr?«

»Nein«, gab Caspar ihm recht und betrachtete die Umrisse dreier Schützen, die ihre Bögen gezückt hatten und schußbereit waren. Trund lenkte ihn ab, da der weiße Terrier mit ihm um den Beutel rang, und ärgerlich merkte er, daß er den Kampf verlor. »König Valerius sagte, es sei eine alte Münze, die traditionell für die Zeremonie benutzt wird. Immer nehmen sie diese Münze, und zwar immer dieselbe Menge.«

Aller Blicke richteten sich auf die Münze in Ceowulfs Hand.

»Dann muß sie etwas Bedeutsames an sich haben«, verkündete Brid mit fester Stimme und hob eine der Münzen auf, die aus dem Beutel rollten, wenn Trund ihn in seinem mächtigen Kiefer schüttelte. Plötzlich war Hal wach und riß ihr die Münze aus der Hand.

»Laß mal sehen. Du kommst nie darauf.«

»Deinem Kopf geht es offensichtlich besser«, sagte sie spröde und nahm eine andere Münze. »Spar, kannst du diesen Hund nicht bändigen? So kann ich mich nicht konzentrieren.«

Folgsam zückte Cybillia einen Keks. »Hier, Trund«, sagte sie liebevoll.

Gierig richtete der Hund seinen Blick auf den Keks und ließ den Beutel fallen, sah Cybillia erwartungsvoll sabbernd an.

Caspar stellte den Beutel auf den Tisch und schüttelte den Inhalt vorsichtig heraus.

»Es muß das Bild auf der Rückseite sein«, beharrte Brid.

Caspar betrachtete die drei Schützen.

»Nur gibt es hier nichts, was mit Entfernungen zu tun hätte«, räumte er ein, aber er überlegte es sich, noch während er es sagte, anders. »Natürlich!«

»Ein Bogenschuß. Die Weite eines Pfeilfluges«, erklärte Hal und kam offensichtlich in genau demselben Augenblick wie sein Neffe darauf. »Drei Schützen bedeuten drei Bogenschüsse. Die multiplizieren wir einfach mit der Zahl der Münzen.«

Hastige Aktivitäten folgten, als sie sie sorgsam zu Haufen von zehn aufstapelten.

»Vierhundertundvierundzwanzig Münzen«, verkündete Hal beim dritten Nachzählen. »Wenn ich das nun mal drei nehme, bekommen wir die Anzahl der Bogenschüsse. Nun, das macht, mh ...« Mehrere Minuten lang kratzte er mit einer Feder herum und strich vieles aus, bevor er sein Vorgehen erklärte. »Das macht eintausendzweihundertzweiundsiebzig Bogenschußweiten. Und bei dreiundfünfzig Bogenschüssen pro Wegstunde habe ich am Ende vierundzwanzig Wegstunden.«

»Hmm.« Ceowulf klang unsicher.

»Es stimmt! Sieh doch! Du kannst meine Zahlen prüfen«, verteidigte er sich und schob das Blatt zu Ceowulf hinüber.

»Daran zweifle ich nicht«, murmelte der. »Aber sieh dir mal die Bögen auf der Münze an, Freund. Sehen die aus, als würden sie die üblichen hundert Meter schaffen?«

Hal knurrte bestätigend. »Nein, ich hatte an den Torra Altanischen Kriegsbogen gedacht. Du hast recht. Es sind altmodische Kurzbögen, die nur die halbe Entfernung schaffen. Wenn ich also das Endergebnis halbiere, müßte das stimmen: zwölf Wegstunden.«

Sorgsam entrollte Brid ein brüchiges Stück Pergament und legte auf der fleckigen Oberfläche die Mitteilungen frei, die sie vom Kessel, dem Steinkreis und dem Goldschild abgeschrieben hatte. Das alles hatte sie auf der Rückseite der alten Karte festgehalten, die Caspar heimlich aus der Bibliothek in Farana entwenden konnte, und vorsichtig drehte sie das Pergament, um sich die Karte anzusehen. Diese breitete sie auf dem Tisch aus, doch Hal schob sie beiseite.

»Wir sind hier«, verkündete er und markierte die Karte mit seinem Daumennagel, dann zog er eine gerade Linie ostwärts. »Und das wären ungefähr zwölf Wegstunden.« Er deutete ein kurzes Stück hinter den Eisigen Gipfeln auf die Karte.

Brid zog seinen Finger zurück und deutete damit direkt auf die Mitte der Bergkette. »Nein, du hast nicht richtig gemessen. Es ist hier bei diesem See.«

Als Brids Hand über die Buchstaben strich, welche sich über die Bergkette zogen, spürte Caspar, daß ihm ein Schauer über den Rücken fuhr. »Der Tränensee«, las er die verzierten Buchstaben laut vor. »Natürlich, der letzte Teil, den du vom Kessel entziffert hast! ›Erklimme die weinenden Steine, erhebe dich über die Trauer.‹ Jetzt wird alles klar.«

KAPITEL 8

Aus der Ferne sahen die Eisigen Gipfel aus, als wären sie an den Horizont gemalt. Es schien einfach unmöglich, daß sie derart abrupt und hoch aus der Camaalischen Ebene aufragten. Statt als sanfte, runde Hügel zu beginnen, standen sie wie umgedrehte Eiszapfen da, und ihre kahlen, drohenden Wände ragten immer weiter auf, bis die Gipfel in einem Wolkenschleier verschwanden.

Die Straße, die nach Osten führte, wurde nur wenig benutzt und versickerte zu Fächern von Hirsch- und Ziegenfährten, die bald von Schluchten und Felsspalten verschluckt wurden. Die Bergkette ragte weit höher als die höchsten belbidianischen Berge auf. Die nackten, windumtosten Seiten und schmalen, schattigen Täler gaben einem das Gefühl, in ihren Tiefen gefangen zu sein, eingekerkert zwischen den großen Pfählen aufragender Klippen, so daß man nicht weiter als bis zur nächsten Anhöhe sehen konnte. Caspar wäre gern aus dem Tal und auf die Gipfel geklettert, um die wilde Aussicht zu genießen.

Ceowulf war seltsam still. Caspar wußte, daß die Schulter des Ritters nach wie vor schmerzte, doch er vermutete, daß das eigentliche Problem darin bestand, daß sie Cybillia unter der Obhut von Kays Schwester zurückgelassen hatten. Der caldeanische Edelmann hatte beschlossen, daß die hohen Berge für sie zu gefährlich seien. Nun fehlte sie ihm offenbar.

Nach den Unbilden des Turniers waren sie gezwungen gewesen, darauf zu warten, daß Ceowulf und Hal gesund genug waren, um reisen zu können. Nun, da sie den harten Aufstieg zu den silbernen Spitzen der Eisigen Gipfel begannen, dachte Caspar reuig daran, daß ihnen bereits die langen Sonnentage des Brachmondes bevorstanden. Ihnen blieb nur noch sehr wenig Zeit, bis die Runen des Krieges, die in Torra Altas Herzstein eingraviert waren, schließlich verblassen würden. Er strich sein lockiges Stirnhaar zurück, als wollte er seinen Ärger fortwischen, und konzentrierte sich auf den beschwerlichen Aufstieg, der vor ihnen lag.

Die Bergluft machte ihm gute Laune, erinnerte ihn an die Heimat und die luftigen Höhen der Gelben Berge. Einen Moment lang, als er sich in der ungezähmten, wettergegerbten Landschaft umsah, vergaß er alles andere, sah nur noch die Zeitlosigkeit der Natur. Sein Freiheitssinn jedoch mußte bald dem Argwohn weichen, der seinen Geist verdunkelte. Ihm war, als lauerte etwas seinem Schatten auf, und das Gefühl schien sich allmählich zu verstärken. Er sagte sich, es sei nur seine Phantasie, doch seine Nerven waren vor düsteren Ahnungen gespannt.

Brid atmete inzwischen schwer, je weiter sie in die dünne Luft der hohen Berge aufstiegen. Angespannt lächelte Caspar sie an. Sie hatte ihr blaues Seidenkleid abgelegt und trug erneut ihre uralte Jagdjoppe und die abgewetzten Lederhosen. Ihr langes, kupferbraunes Haar wallte lose um ihre Schultern, als Komet nah bei Feuerschweif tänzelte und den Hengst neckend in den Hals kniff.

Hal warf ihnen einen finsteren Blick zu.

Brid sah sich unruhig um. »Die Kraft in den Gebeinen der Großen Mutter verstärkt sich. Wir scheinen uns einem Zusammenfluß von Kraftlinien zu nähern, an dem die Macht der Göttin am stärksten ist.«

»Das ist doch aber sicher ein gutes Omen.«

»Ja«, erwiderte die Priesterin unsicher. »Doch als Hal das Schwert im Steinkreis auf den Fernen Inseln blankgezogen hat, wurden die Runen der Magie freigesetzt. Der Bann ist entlang der Kraftlinien, die von diesem Punkt ausgehen, am stärksten.«

Trund blieb etwas zurück, als der Anstieg steiler wurde, und da die anderen vorausliefen, band Caspar ihn an der Hinterpausche seines Sattels fest. Die Landschaft um ihn war ohne Leben, und doch war er sicher, daß sich etwas gerührt hatte und ihn nun beobachtete.

Steil ragten die Talwände auf, von schwarzen Felsen und gelegentlichen Wasserfällen gesäumt, die aus höher gelegenen Tälern herabstürzten. Gesplitterter Fels, der von den Klippen gebrochen war, lag geborsten am Boden des Tales, und Risse im Grundgestein legten davon Zeugnis ab, wie die Erdkruste unter dem immensen Druck der Elemente arbeitete. Für Caspar sah es aus, als hätte irgendein wütender Riese mit einer großen Axt die camaalische Ebene aufgehackt und beiseite geschaufelt.

Ein Bussard ließ ihn aufblicken, als sich dieser in die Lüfte schwang, am Rand der Felsenwand entlangschwebte und mit seinem Schatten die Klippen verdunkelte. Vom Wind abgesehen, der um die Felsen rauschte, war kaum etwas zu hören, doch Caspar war sicher, daß er etwas anderes als den Vogel gehört oder gesehen hatte. Seit Brid ihren Finger auf die Karte gelegt und auf den Tränensee gedeutet hatte, standen ihm die Nackenhaare zu Berge. Er war überzeugt davon, daß ihnen jemand folgte.

Er trieb Feuerschweif an. Das scharfe Klappern der Hufe seines Hengstes hallte zwischen den engen Wänden des Tales hin und her. Die bedrückte Atmosphäre trieb ihn zu schnellerer Gangart. Je höher sie kletterten, desto kühler wurde die Luft, und schließlich nahm Caspar seinen Umhang und legte ihn um seine Schultern. Obwohl es später Frühling war, lag nach wie vor Schnee in den tiefen Höhlungen und dunklen Spalten der grauen Berge. Der Fluß zu ihrer Rechten war ein reißender

Strom aus Schmelzwasser vom Winterschnee hoch oben auf den höchsten Gipfeln. Eisbrocken wippten und tanzten auf dem kalten schäumenden Wasser, wenn es um die gezackten Felsen brodelte.

»Wir sind weiter südlich als Torra Alta, aber hier in den Bergen liegt noch immer Schnee«, bemerkte Hal. »Wir müssen hier wohl noch höher als auf den Gipfeln der Gelben Berge sein.«

»Sie wirken so alt«, murmelte Brid. Ihr Blick ging über den Talgrund, wanderte von einem Felsbrocken zum nächsten und sah nach jedem Wacholderbusch und jeder verwachsenen Birke, die wagte, in diesem feindseligen Land zu wachsen. »Ich glaube nicht, daß hier jemals ein Mensch gelebt hat. Es gibt keine Weiden, keine Bäume und nur sehr wenig Schutz. Es ist, als wäre dieses Land vom Rest Camaalias vergessen worden.«

Ceowulf reckte seinen Hals den kahlen Gipfeln entgegen. »Sie gefallen mir nicht. Sie sind zu hoch und sehen aus, als grübelten sie.«

Die anderen drei lachten. »Flachländer!« rief Hal verächtlich.

»Das meinte ich nicht«, wehrte sich der Ritter. »Hier gibt es zu viele Stellen, an denen sich jemand verstecken könnte.«

»Dann versteckt sich eben jemand«, gab Hal achselzuckend zurück. »Die werden sich kaum um uns kümmern. Außerdem haben wir Lord Caspar von Torra Alta unter uns, den tapfersten, unbesiegbaren und gewieftesten Ritter aller Länder am Caballischen Meer ... wenn nicht darüber hinaus.«

Caspar verzog sein Gesicht und protestierte gegen den Sarkasmus.

»Wir brauchen das Druiden-Ei nicht«, fuhr Hal fort. »Wir haben den großen Lord Caspar, der Torra Alta mit einer Hand retten kann. Nun, sein Pferd zumindest.«

»Ach, halt den Mund«, fuhr Brid ihn an. »Laß ihn in Frieden.

Hast du nichts anderes außer deinem Stolz, worum du dir Sorgen machen müßtest?«

»Ich schätze, du mußt wohl für ihn einstehen, was? Für deinen kleinen Schützling.«

Brid trat Komet an und ritt den anderen voraus.

»Habe ich etwas gesagt, was sie verletzt haben könnte?« fragte Hal unschuldig und warf einen düsteren Blick auf Caspar.

Die Spannung zwischen den beiden verflog durch ein Klappern von Steinen, als irgendwo hoch über ihnen Geröll eine Schlucht herunterrollte. Ceowulfs Hand ging zu seinem Schwert.

Hal lachte nur über das hohle Echo, das zwischen den Talwänden hin und her ging. »Sei nicht so nervös, alter Mann. Es wird ein Berghase sein oder ein Fuchs. Hier oben würde kein Mensch herumschleichen, es ist viel zu schwierig. Der Ziegenpfad, auf dem wir reiten, ist der einzig begehbare Weg, den ich hier bisher gesehen habe. Falls irgend jemand hier oben sein sollte, ist er auf dem Pfad oder ganz in der Nähe.«

»Was ist, wenn es kein Mensch wäre? Was ist, wenn es wieder dieses Ding wäre?« meinte Caspar erschauernd.

»Hm? Welches Ding?« fragte Caspar.

»Das Ding im Nebel von Caldea.« Caspar konnte nicht glauben, daß Hal es vergessen hatte.

»Ach, das. Das war nichts. Wir waren nach der Aufregung im Eibenwald so aufgeregt, daß uns wahrscheinlich nur unsere Phantasie einen Streich gespielt hat.« Hal winkte ab. Doch trotz seiner Verneinung zog der Junge mit dem rabenschwarzen Haar sein Schwert.

Brid drehte ihren Kopf herum, als der weiße Stahl der Klinge fauchend an die Luft kam. Die Klinge war derart fein gearbeitet, daß sie das Sonnenlicht einfing und spiegelte, als wäre das Schwert aus geschliffenem Diamant. Der Bussard über ihnen stieß ein hohes, schneidendes Kreischen aus, daß Caspar die Haare am Kopf zu Berge standen. Trund knurrte.

Argwöhnisch ritten sie nun weiter, allesamt mit der zunehmenden Ahnung, daß irgendwas nicht stimmte. Alles war zu still, zu leise, die Luft so voller Erwartung.

Die Pferde hatten langsam ihre Mühe, und je höher sie stiegen, desto dünner wurde die Luft um sie. Nach vielen Monaten auf Meereshöhe war Caspars Körper die Berge nicht mehr gewohnt. Sein Kopf schmerzte, sein Mund war trocken, und er wurde atemlos.

»Wir sollten die Pferde ruhen lassen«, erklärte er. Seine Stimme schnitt wie Eiswind in der Hitze einer stickigen Kammer mitten im Sommer durch die Luft. Das Echo rollte und rollte, und die ganze Welt schien die Luft anzuhalten und aufmerksam dem Klang seiner Stimme zu lauschen. Die Pferde knabberten am trockenen Gras, das nach dem langen Winter noch gelb und unter einer erst kürzlich geschmolzenen Schneeschicht vor dem Sonnenlicht versiegelt gewesen war. Stellenweise war der Boden unter ihren Füßen noch immer matschig.

Nachdem er Trund von Feuerschweifs Rücken befreit hatte, kaute Caspar nachdenklich auf einer dünnen Scheibe Brot mit dem traditionellen camaalischen Fleischkompott herum, doch er war nicht sicher, wie er den Geschmack fand. Offenbar war das Kompott aus Kamelfleisch zubereitet, und er konnte sich nicht recht an den Gedanken gewöhnen, ein derart stinkendes Tier zu essen. Eifrig beobachtete er Hal, der wiederum Brid beobachtete. Das nahm einen Großteil seiner Konzentration in Anspruch, und er nahm nur wenig von der ihn umgebenden Landschaft wahr, allein das besänftigende Rauschen eines nahen Flusses.

Wehmütig sah Brid zu den weißen Gipfeln hinüber, die so hoch am Himmel kratzten, daß ihre Gipfel in den grauen und weißen Wolken verschwanden, die sie umfingen. Sie hob ihre Hand, als wollte sie sprechen, als sie sich plötzlich duckte und ihren Kopf wie vor einem Angriff schützte. Trund sprang auf, knurrte wütend, und seine Nackenhaare waren steif wie eine Bürste. Hal sah verdutzt aus, doch er stand bereits schützend über Brid gebeugt, mit gezücktem Schwert.

»Was ist los?« wollte er wissen.

Brid hatte keine Zeit, sich zu erklären, und diesmal spürte es auch Caspar: einen Windhauch kalter Luft und das ohrenbetäubende Schlagen von Flügeln über ihm. Doch da war nichts in der Luft. Einen Moment lang hielten sie den Atem an, von der frostigen Luft gebannt, und starrten zum Himmel auf, als schwebte ein übelwollender Geist über ihren Köpfen.

Der Augenblick verstrich.

Brid schüttelte sich und stand trotzig auf. »Wir ziehen weiter«, sagte sie allzu entschlossen, als zwänge sie sich, ihre Ängste niederzuhalten. Ihre Hand lag an der Brust und tastete nach dem Mondstein. »Wir müssen schnell dorthin. Wir müssen das Druiden-Ei finden, bevor es einem anderen gelingt. Ich spüre ihre Geister. Ich spüre die Wesen aus der Anderwelt. Sie mögen die Kluft, welche die parallelen Universen trennt, vielleicht noch nicht überwunden haben, doch wie in einem Tagtraum sind sie ganz nah. Wie lange mag es dauern, bis ihre Manifestation real wird?«

»Die Tiere der Macht«, murmelte Caspar in ehrfürchtigem Flüsterton, zog seinen braunen Bärenfellumhang fest um sich, dann band er Trund hinten an Feuerschweifs Sattel fest.

»Ich rieche Wyvern«, meinte Ceowulf, als er aufsaß. »Ein ranziger, fischiger Gestank.« Angewidert rümpfte er die Nase.

Caspar fühlte, wie sein Herz ihm in der Brust pochte. Scheuend und schlitternd wurde Feuerschweif unter ihm zunehmend unruhig, so daß Trund zappelte und jaulte. Er machte den Hund los und ließ ihn auf den Boden. Der Terrier legte die

Ohren an und lief zum Schutz steifbeinig neben Komet. Selbst Elster war unsicher auf den Beinen.

Caspar klopfte seinem Pferd an den Hals. »Ganz ruhig, Feuerschweif. Du mußt dir keine Sorgen machen.« Aber er spürte es selbst. Als der Wind dann durch das Tal ging, hörte er ein leises Echo von etwas, das er für einen wilden Schrei hielt, der auf dem Atem der Berge schwebte, dann donnernde Hufe. Er konnte galoppierende Pferde hören! Feuerschweif hob den Kopf und wieherte, dann sprang er seitwärts und warf die Hufe in die Luft.

Es stürmte heran, das Trappeln schnellen, wilden Galopps. Ein Schatten ging zwischen ihnen hindurch, und der Trommelwirbel galoppierender Hufe donnerte in ihren Köpfen. Die Pferde schrien vor Entsetzen. Komet bäumte sich auf und riß an ihrem Zaumzeug, und Caspar war nicht schnell genug, sich ihr in den Weg zu stellen. Plötzlich stürmte die cremefarbene Stute mit der rohen Energie eines Orkans voran, der durch ihre Mitte fegte.

Caspar stieß seine Fersen in Feuerschweifs Flanken, doch der Rotschimmel wollte nicht weitergehen, fürchtete die atmosphärischen Kräfte, die ihn von beiden Seiten bedrängten. Vor ihm bockte und sprang die junge, kaum ausgebildete Stute den schmalen Pfad entlang, da die Geister sie erschreckten. Caspar sah, daß die Stute hin und her gestoßen wurde, doch wovon? Immer wieder trat er Feuerschweif die Fersen in die Seiten, denn er wußte, was geschehen würde, wenn Brid stürzte. Plötzlich, wie von Riesenhand gelöst, sprang der Hengst voran.

Feuerschweifs Hals war gereckt, und seine langen, schlanken Beine streckten sich wie die eines Hasen, fegten mit eleganten Schritten über den Boden. Bald war Caspar mit der verschreckten Stute auf gleicher Höhe. Ihr Kopf ging zwischen ihren Knien, als sie die Hinterbeine in die Lüfte trat. Caspar verwarf die Idee, die Zügel der Stute an sich zu nehmen, und tat das einzige, was ihm blieb, und griff nach Brid. Die Jungfrau klammerte sich an seinen ausgestreckten Arm und zog sich athletisch hinter ihn. Komet schrie wie ein Tier, das von einem Bienenschwarm gepeinigt wird, und galoppierte davon, wobei das unsichtbare Etwas noch immer um sie war.

Caspar konnte nicht umkehren. Unsichtbare Mächte stießen ihn hin und her, doch sein ausgebildetes Roß blieb ruhig und galoppierte geradeaus, statt zu bocken wie die junge Stute. Etwas Hartes und Spitzes stach nach seiner Hand, und Brid stieß einen unterdrückten Schrei aus. Fest riß er an Feuerschweifs Zügeln, und allmählich konnte er seinen Hengst bremsen.

Der wütende Sturm tobte vor ihnen. Das Tal wurde schmaler, und der Pfad wand sich durch einen tiefen, schattigen Felsspalt, wo zerklüftete Überhänge verächtlich von den Klippen zu beiden Seiten lugten. Als sie den schattigen Durchgang betraten, sah Caspar den Sturm zum ersten Mal. Feine Umrisse galoppierten vor ihnen, wie große, schlanke Pferde, silbrig in der Farbe, doch mit gespaltenen Hufen. Ein einzelnes gedrehtes Horn ragte von den Stirnen der majestätischen Tiere auf.

Die Silberschatten trieben Komet an. Caspar brachte sein Pferd zum Stehen, um es nicht nur Komet nachzutun, die in ihrem Schrecken blindlings in die Schlucht galoppiert war, wo eine Mauer schwarzer Felsen ihr den Weg versperrte. Der Schrecken, der in der Luft lag, verflog. Der Donner der Hufe wurde vom Wind verweht, und eine Wolke gab das Antlitz der Sonne frei. Helleres Licht fiel in die Schlucht, und die Geister waren fort.

Brids Atem ging schnell und aufgeregt.

»Wir sollten sie uns lieber ansehen«, sagte sie voller Zweifel und hielt ihren Arm.

»Bist du verletzt?« wollte der Junge wissen.

Sie schüttelte den Kopf. »Es war nur eine Schürfung.«

Komets Schädel war gebrochen. Ein Knochensplitter ragte aus ihrer Stirn und ließ Blut auf ihr makellos beige-graues Fell tropfen. Sie hatte aus mehreren Rissen in ihrer Flanke geblutet, und ihre Augen waren vor Entsetzen groß und starr, doch Furcht würde sie nun nie mehr kennen. Brid glitt von Feuerschweifs Rücken und sah sich traurig Komets Flanken an.

»Sie gewinnen an Macht. Wir müssen das Druiden-Ei vor ihnen finden.« Tief und bebend atmete sie ein.

»Was waren sie?« fragte Caspar nervös, verbannte die Trauer aus seinen Gedanken und streckte Brid eine Hand entgegen, um ihr auf sein Pferd zu helfen.

»Die Geister von Einhörnern.«

»Ich habe solche Bosheit gespürt. Solche Niedertracht.« Ein Schauer durchfuhr ihn bei der Erinnerung.

»Nein, nicht Bosheit. Sie sind nur ungezähmt, ganz wie die Kraft, die dem Druiden-Ei innewohnt«, erklärte sie, als sie wieder dorthin eilten, wo sie die anderen zurückgelassen hatten.

Caspar war verdutzt. Ceowulf und Hal hätten ihnen entgegengaloppieren sollen, als sie wieder aus dem Felsspalt ins breitere Tal kamen … doch so war es nicht. Ein Stück weit abseits standen Elster und Hexer an einen Vogelbeerbusch gebunden, doch war weder von Hal noch von Ceowulf etwas zu sehen. Trund stand an einem Felsen und bellte wütend den steilen Geröllhang auf der anderen Seite des Tales an.

Immer wieder riß Caspar Feuerschweif herum, suchte die Felsen und Schluchten ab. »Hal!« schrie er, doch er wurde nur von seinem eigenen schrillen Echo bombardiert. »Wenn sie am Talgrund weitergezogen wären, hätten sie die Pferde genommen«, rief Brid über Trunds Bellen hinweg. »Sie müssen dort oben sein.« Sie sah den nackten Hang hinauf.

Caspar blickte auf, sah aber nur einen Hirschen, der oben am Rande des Tales entlanglief. Da sie voller Geröll und von tiefen Schluchten durchzogen waren, erwiesen sich die Wände des Tales als viel zu steil, daß ein Pferd sie hätte erklimmen können. Irgendwie hatten die Steine und die karge Vegetation, die sich gefährlich an die steilen Hänge klammerte, ihre Gefährten verschluckt. Caspar fürchtete um Hal und fühlte sich gleichzeitig von ihm verraten. Warum hatten Ceowulf und er sie im Stich gelassen? Brid hielt sich an seinem Rücken fest. Er spürte ihre Anspannung.

»Irgend etwas anderes muß sie angegriffen haben«, vermutete sie. »Doch wieso hatten sie noch Zeit, die Pferde anzubinden?«

»Mmmh.« Caspar machte sich Sorgen. »Es sei denn, sie würden etwas verfolgen.« Es machte keinen Sinn, und er starrte die beiden schweren Schlachtrösser an, die zufrieden den Boden nach Grasbüscheln absuchten.

»Wir haben keine Zeit zu warten. Dann müssen wir eben ohne sie weiter«, beschloß Brid.

»Aber das können wir nicht.«

»Wir müssen. Es gibt dort oben in diesen wilden Bergen zu vieles, das wir nicht erklären können, zu viele Kreaturen. Die Runen der Magie haben manchen Geist geweckt, und sie alle suchen das Druiden-Ei. Wenn sie es finden, werden ihre Kräfte freigesetzt, und die Erde wird ein weiteres Mal von den Ungeheuern der Legenden beherrscht. Es sind wilde Kreaturen, welche die Existenz des Menschen nicht dulden.«

Caspar nickte und wandte Feuerschweifs Gesicht in den kalten Ostwind. Die steilen Talwände und zerklüfteten Überhänge machten es unmöglich, zu sehen, was voraus lag. Sie wußten nur, daß sie stetig höher stiegen. Achtsam trottete Trund an Feuerschweifs Fersen, und Caspar gab sich alle Mühe, die anderen mit Plaudereien aufzuheitern, doch Brid hörte nicht zu.

Der Schatten einer Wolke zog über den Boden, und Caspar

glaubte, Flügel schlagen zu hören. Der Wind formte die Wolke, bis sie zwei mächtigen, fledermausartigen Flügeln glich, die über ihnen schwebten. Dann ließ der Wind kurz nach, und das Bild verflog. Feuerschweif wollte sich fast aufbäumen und schnaubte unruhig.

»Ein Drache?« flüsterte Caspar. »Ich konnte seinen Blick spüren.«

Brid zuckte mit den Achseln und suchte den schmalen Himmelsstreifen über dem Tal ab.

Feuerschweif ließ seinen Kopf zwischen die Knie sinken, um den stetig steiler werdenden Pfad zu bewältigen. Trund blieb weit zurück, und jedesmal, wenn Caspar sich umsah, setzte sich der Hund und sah sie flehentlich an, neigte seinen Kopf und ließ die Zunge aus dem Maul hängen.

Schließlich kamen sie ans Ende des Tales und blickten über die weite Landschaft, wo Reihe auf Reihe von Gipfeln in der malvenfarbenen Ferne verschwanden. Im dunklen Vordergrund zur einen Seite ragte ein kegelförmiger Gipfel in den blauen Himmel auf. Auf der anderen Seite überschattete ein solider Felsbrocken mit glatten Wänden und flachem Plateau den Eingang zum Tal. Fast sah er wie der rechteckige Bergfried einer Burg aus. Mit einem Flügelschlag hob sich ein Adler von einem Basaltbrocken, der wie eine Zunge aus den Schichten der luftigen Höhen herausragte. Mühelos glitt der Vogel durch die Lüfte dem kegelförmigen Gipfel entgegen, der über den Paß auf der gegenüberliegenden Seite des Tales wachte.

Der Wind rauschte durch den Paß, und Caspar spürte den plötzlichen Wandel im Klima, als sie von einem Tal zum nächsten kamen. Sein Haar wurde ihm aus dem Gesicht geweht, als er die Szenerie wirken ließ, die sich ihm eröffnete. Ein rundes Nest aus Felsen ragte wie die Spitzen einer Krone um einen See auf, dessen tiefe, dunkle Fluten nur die eisigen Spitzen der schneebedeckten Gipfel über ihnen spiegelten.

Weißes Wasser stürzte von den Höhen und rann die unteren Hügel hinab, um den See zu füllen. Es war ein einsamer, öder Anblick. Die Stille ließ nichts Gutes ahnen.

Auch daheim in den Gelben Bergen herrschte Stille, doch das war ein ruhiger Frieden, der den Geist beflügelte. Die gebückten Schultern der Gelben Berge waren wie die dösender alter Männer, der Wind, der sie umwehte, wie ihr seufzender Atem. Hier war es eine Stille der Trauer, die stille Trauer einer lang vergangenen Tragödie. Es war, als weinten die Berge und sandten ihre Tränen von Stein zu Stein, um den schwarzen See mit ihnen anzufüllen.

»Der Tränensee?«

»Ja! Der Tränensee!« rief Brid aus. »Das war das letzte Stück auf dem Kessel. ›Erklimme die weinenden Steine, erhebe dich über die Trauer‹«, zitierte sie. »Im Moment sehen wir gerade über den See hinweg, also müssen wir weiter hinauf.«

Sie deutete über das Wasser zu einem hohen Felsen, einem spitzen Gipfel, der wie ein Ochsenhorn über dem Bergsee aufragte. Nebel umhüllte seine Schultern, und Windböen wehten den Schnee von seiner linken Flanke zu Wirbeln auf, wie weiße Federn seitlich an einem Hexenhut. Sorgsam suchten sie sich einen Weg um das morastige Sumpfland am See. Das dicke, schwammige Moos bot Feuerschweifs flinken Hufen ein weiches Kissen.

»Wir nähern uns einem Zusammenfluß von Kräften. Ich spüre, daß sich die Energielinien in der Hülle der Mutter verdichten. Wir sind bald da«, sagte Brid aufgeregt.

»Ich hoffe, daß in diesem Sumpf nichts ist wie dieser Lindwurm in Caldea«, merkte Caspar nüchtern an. »Wenn wir den Energielinien so nah sind, könnten die Runen der Magie sie aufgeschreckt haben.«

Brid antwortete nicht. Sie war viel zu sehr auf den Gipfel vor ihnen konzentriert. Als sie das moosbewachsene Plateau überquert hatten, das sie von dem hornähnlichen Gipfel trennte, verlief sich der letzte, verschlungene Ziegenpfad in der Wildnis. Vor ihnen lagen Brocken geborstener Felsen am Fuß einer Schlucht.

»Wir werden Feuerschweif zurücklassen müssen«, sagte Caspar unnötigerweise, als sich Brid vom Pferderücken gleiten ließ. Mit einem Blick auf den steilen Anstieg beschloß er, auch sein Schwert zurückzulassen. Er wußte, daß er kein Meister mit der Waffe war, und sein leichter Bogen aus Stechpalmenholz und Hirschknochen würde ihm weit besser dienen. Er wußte aus Erfahrung, daß der Aufstieg mühsam werden würde. Die Brocken rollten unter ihren Füßen, als sie atemlos darüberstiegen. Zum ersten Mal lief Trund voraus und sprang leichtfüßig von einem Stein zum nächsten, wie er es auch auf den Steinen am Strand getan hatte.

Caspars Beine schmerzten, und das Blut in seinem Kopf pochte gegen seine Schläfen. Dieser Anstieg schien seine Muskeln härter als jeder andere zu belasten, den er je bewältigt hatte, und zum ersten Mal wurde ihm bewußt, wie es war, wenn man plötzlich der Höhenluft ausgesetzt war. Schuldbewußt erinnerte er sich, wie Hal und er Flachländer oft für ihre Hinfälligkeit verlacht hatten, wenn diese Torra Alta besuchten. Doch nun, nach so langer Zeit auf Meereshöhe, war auch er atemlos schwach und benommen, angestrengt von der dünnen Luft. Anfangs machten sie alle hundert Meter Rast, doch bald schon kamen ihre Pausen öfter.

»Es ist fürchterlich«, stöhnte Brid, als sie sich gegen einen Felsen lehnte und ihre Hand an die Brust drückte, in dem vergeblichen Versuch, ihr rasendes Herz zu bremsen.

»Ja, das ist es, nicht wahr?« gab ihr eine Stimme recht.

Caspar riß den Kopf hoch und sah staunend hinauf. Anfangs dachte er, die Höhenluft spiele ihm einen Streich, doch auch Brid sah hinauf.

»Du hast dich verändert, kleiner Neffe.«

»Wer … wie …?« stotterte Caspar, als er zu der koboldhaften Gestalt eines Mannes aufsah, der schwarze Lederhosen trug, eine Wolfpelzjacke und einen braunen Bärenumhang. Sein Haar war kurzgeschoren, doch vom gleichen Feuerrot wie seines. In einer Hand hielt er einen schmalen Säbel mit gezackter Schneide. Höhnisch lachend und mit übertriebener Geste warf er etwas Rotes, Funkelndes in die Luft und fing es wieder auf.

Caspar sah das schmale Gesicht des Mannes und die großen, gespenstisch blauen, lieblosen Augen. Da das mattbraune Haar nun rot war, er weder eine Tonsur noch seine schwarze Amtstracht trug, konnte man ihn kaum erkennen.

»Onkel Gwion?« murmelte Caspar zu verblüfft, um denken zu können. »Was machst du hier?«

Der Mann lachte ein freudloses Gackern, aus dem lang schon schwelender Haß sprach.

»Du weißt nicht, wie lange ich mich schon danach sehne.« Gwions Miene verzog sich zu Falten reinen Hasses. »Wie lange warte ich schon darauf, den kostbaren kleinen Sohn meiner Schwester zu vernichten. Natürlich hast du den Mondstein.« Harsches Lachen krächzte aus seiner trockenen Kehle hervor. »Ich werde dich dazu bringen, sie zu rufen. Und dann, mein lieber Anverwandter, o großer und mächtiger Edelmann, wird sie deinem Tod beiwohnen.« Seine dunkelrote Zunge labte sich an den Worten. »Denk nur an ihre Qualen! Und dann endlich werde ich das Druiden-Ei besitzen. Ich werde es besitzen, hörst du?«

Caspar konnte die Worte nicht begreifen. Was um alles in der Welt sollte Gwion mit dem Druiden-Ei wollen? Er war ein Mann des Neuen Glaubens, ein Mann des Einzig Wahren Gottes. Eifrig hatte er das gnadenreiche Wesen der Vergebung und des Friedens gepredigt, welche die Grundlage der Zivilisation darstellten, doch nun keifte er ihn an, als hätte er den Verstand verloren.

»Aber dein Haar«, sagte Caspar, verstand nach wie vor nicht, was geschah.

»Mein Haar?« wiederholte der Priester. »Es hatte immer schon diese Farbe, doch für einen Priester schickt sie sich nicht.«

»Schwarzwurz«, murmelte Brid. »Er hatte es mit Schwarzwurz gefärbt, mehr nicht.« Sie sah sich um. Caspar war nach wie vor derart von Gwions unerklärlicher Anwesenheit verblüfft, daß er nicht denken konnte.

»Hat Vater dich geschickt, daß du uns hilfst?« fragte er unschuldig.

Brid zupfte an seinem Arm. »Spar, du denkst nicht nach. Dieser Mann ist böse. Und Branwolf kann ihn unmöglich geschickt haben, weil er keine Ahnung hat, wo das Druiden-Ei ist. Mach deinen Bogen bereit.«

»Hörst du auf das Schlangenzischen einer Hexe oder deinen leiblichen Onkel?« fuhr Gwion sanfter fort. »Nun komm zu mir, mein Junge, bringen wir es zu Ende.«

Besorgt nahm Caspar mehrere gehörnte Helme wahr, die aus den Spalten der geborstenen Landschaft um sie herum aufragten. Gwion war nicht allein. Von den acht Mann, die sich ihnen näherten, konzentrierte sich Caspar auf einen einzigen. Er war von bärenhafter Gestalt, und seine bösen Wolfsaugen zeigten nur kalten Haß. Sein weißblondes Haar trug er zu Zöpfen geflochten, und eine ganze Reihe Wieselschädel hingen von einem Band um seine Schultern, als er seine schwere Streitaxt in die Hand nahm. Die oberen Hälften beider Ohren fehlten. Dieses Gesicht würde Caspar nie vergessen. Benommen starrte er den vaalakischen Krieger Scragg an.

»Meister«, sprach der blonde Krieger Gwion mit harschen, gutturalen Lauten an. »Ich ihn nun töten?«

»Nein! Nein, noch nicht. Ich will das Gesicht meiner Schwester noch ein letztes Mal sehen, und nur der Junge kann sie rufen. Bringt sie mir.«

Mehr als acht Vaalaker kamen heran. Caspar griff nach seinem Bogen, sammelte sich eine Sekunde, dann ließ er in schneller Folge drei Pfeile los. Einen Nordmann traf er im Mund, zerschlug ihm die Zähne, bevor der Widerhaken sich ihm ins Hirn bohrte, einen anderen in die Lunge, und einen traf er in den Bauch. Der letzte schrie und stöhnte noch vor Schmerz, als Caspar gezwungen war, seinen Bogen sinken zu lassen. Ein knurrender Vaalaker hatte sich über Brid hergemacht, hielt ihr ein Messer an die Kehle. Er war kleiner und dunkler als die anderen, und sofort erkannte Caspar in ihm den Schamanen Kullak.

Weder schrie noch trat die Priesterin, sondern blieb still, als Caspar seine Waffe sinken ließ. Kullak riß das Hemd des Mädchens auf und nahm ihr den Mondstein vom Hals. Er reichte die Kugel dem schlangenäugigen Priester und warf den Salamander beiseite, während dieser zischte und biß. Sehnsüchtig sah Gwion die leuchtende Kugel an.

»Meine geliebte Keridwen«, zischte er mit eisigem Haß in der Stimme. »Endlich nun deine letzte Niederlage.« Er schob seine Ärmel hoch, und Caspar hielt beim Anblick der schwarzen Narben an den Armen seines Onkels die Luft an. Manche waren neu und noch rot und wund, doch andere waren viel älter, vom Frost geschwärzt, wo Fingernägel an seinen Armen gerissen hatten … wo die Hände seiner Mutter ums nackte Überleben gekämpft hatten.

Gwion war es gewesen, der sie in die eisigen Fluten gedrückt hatte, die aus der vaalakischen Tundra kamen. Es war der Bruder seiner Mutter gewesen, der ihren halb ertränkten Leib in die eisigen Fluten gedrückt hatte, als diese gefroren und den vaalakischen Gletscher bildeten. Doch wozu? Er konnte es nicht glauben. Er konnte es nicht verstehen. Gwion war ihr Bruder. Wie konnte er etwas derart Abscheuliches tun?

»Onkel Gwion«, rief er, »aber du hast sie doch geliebt. Zwölf Jahre lang hast du um sie getrauert. Neben mir war sie deine einzige Blutsverwandte.«

Das Gesicht des Mannes lief rot an. Caspar sah, wie die Zornesadern an seinem Hals wütend Blut in die angespannten Muskeln pumpten.

»Ich habe Keridwen vom ersten Augenblick an gehaßt, als sie geboren wurde«, zischte er zwischen zusammengebissenen Zähnen hindurch. »Sie hat meine Mutter getötet. Sie hat sie mit Hexerei getötet. Sie mußte sie töten, um selbst Hohepriesterin zu werden. Nur ein Waisenkind kann eine der Drei Ergebenen Dienerinnen werden, und deshalb hat sie sie getötet. Und weißt du, wieso sie eine der Drei Ergebenen Dienerinnen sein wollte?«

Caspar konnte nicht glauben, was er da hörte.

»Sie wollte mächtiger sein als ich. Alles, um mächtiger als ihr Bruder zu sein, und deshalb hat sie unsere Mutter getötet. Dann hat sie mich von oben herab behandelt, indem sie großzügigerweise für mich gesorgt hat. Ich bin ihr großer Bruder, und ich bin ein Mann, und sie hat sich ihrer Macht über mich gebrüstet. Sie hat diesen höhnischen, selbstzufriedenen Branwolf geheiratet und wurde das Weib eines Barons und dann Mutter des zukünftigen Barons, nur um ihre Macht über mich auszubauen.« Gwions durchdringende Stimme wurde zu einem Kreischen, und Zornesröte stieg wie eine rote Flut von seinem Hals auf, verfinsterte sein Gesicht. »Ich habe versucht hochzukommen, doch selbst als ich die Welt von ihrem Übel befreien konnte, indem ich sie im Gletscher begraben habe, hat sie mich noch immer klein gemacht. Nicht einmal im Neuen Glauben wollte man mich anerkennen, wegen des Stigmas, der Bruder einer Hexe zu sein. Verstehst du nicht? Sie muß bestraft werden. Sie wollte nur sündige Macht. Sie hat meine Mutter getötet, um mächtiger als ich zu sein.«

»Gwion, Eure Mutter ist im Kindbett gestorben«, sagte Brid kurz, sanft und freundlich. »Morrigwen hat es mir erzählt. Keridwen hat sie nicht getötet. Das konnte sie nicht. Sie war kaum eine halbe Stunde alt.«

»Sie hat sie getötet! Sie hat sie getötet, um Macht über mich zu bekommen! Sie hat meine Mutter getötet, und nun werde ich sie strafen, indem ich ihr Kind töte!« Gwion schluchzte. Zornige Tränen des Wahnsinns rannen heiß über seine roten Wangen. Mit rollenden Augen blitzte er den großen vaalakischen Krieger an. »Zwinge ihn, seine böse Hexenmutter zu rufen. Zwinge ihn dazu.«

Scragg nahm Caspars Hände und hob sie an den Mondstein, preßte seine Handflächen an die Oberfläche der weißen Kugel. Der sengend weiße Schmerz der Energie zuckte durch die Hände des Jungen. Er versuchte sie zurückzureißen, aber es war ihm unmöglich, sich dem hünenhaften Krieger zu widersetzen.

»Wehr dich! Ruf sie nicht herbei«, kreischte Brid, aber ihre Worte wurden von einem schweren Hieb über den Mund erstickt. Gwions Hand blutete, nachdem er zugeschlagen hatte.

Irrwitzig lachend riß sich der Priester von ihr los und fuhr zu dem Jungen mit dem kastanienbraunen Haar herum, grub dem Kind seine scharfen Nägel in die Handgelenke und drückte Caspars Hände fester an das Druidenauge. »Ich werde dich töten, Junge, aber nur vor den hübschen Augen deiner Mutter, und wenn du tot bist, wird mich das Mädchen zu dem Druiden-Ei führen. Ich weiß, daß es ganz in der Nähe ist.«

»Es ist nicht in der Nähe«, schrie Caspar. »Brid kennt nur die halbe Wegbeschreibung und ich die andere.« Er wollte Zeit gewinnen, überlegte krampfhaft, was er sagen konnte, um sie zu retten. »Wenn du einen von uns beiden tötest, wirst du es niemals finden«, schrie er, konzentrierte seine Energie auf Gwion, nicht auf das bohrende Licht aus weißer Energie, das sein Gehirn umhüllte.

Der Priester kicherte. »Ach, ich weiß doch, daß es hier ist, ganz genau hier. Wir sind an einem Knotenpunkt der Kräfte. Das schändliche Blut der Alten Stämme rinnt unverdünnt durch meine Adern, und ich kann die Kraft spüren. Es ist ganz in der Nähe, fast sicher auf jenem Gipfel über uns, und da ihr dorthin wolltet, spüre ich, daß meine Theorie bereits bewiesen ist.«

»Der Gipfel ist nur Teil der Wegbeschreibung. Wir müssen noch viel weiter ziehen«, sagte Brid mit fester Stimme, als Caspar gequält sein Gesicht verzog. Er versuchte, die Kraft der Kugel zu bekämpfen, doch sie zog ihn unausweichlich ins Denken seiner Mutter. Er versuchte, sich davon loszureißen. Er durfte Keridwen nicht rufen. Er durfte sie nicht noch mehr leiden lassen.

Plötzlich ließ Gwion Caspar los, und seine Miene verzerrte sich zu einem bösen Grinsen. »Deine Lügen sind vergeudet. Ihr habt das Caballische Meer umrundet, auf der Suche nach dem Druiden-Ei, während Branwolf die Antwort längst schon in der Hand hielt.« Der Priester griff in seiner Tasche nach dem leuchtend roten Edelstein und legte ihn auf seine Handfläche.

Caspar erbleichte. Es war der Rubin, den Branwolf in Torra Altas Herzstein gesetzt hatte. In diesem Stein konnte er ein Muster aus Silberfäden erkennen, das die Rune der Mutter darstellte.

»Der hätte Euch nichts gesagt«, spottete Brid.

»Ach nein? Anfangs habe ich eine Weile gebraucht, aber als die alte Vettel Morrigwen sagte, meine geliebte Schwester hätte überlebt, weil sie an einem Knotenpunkt der Kräfte begraben wurde … nun, da habe ich das Muster erkannt. Und Keridwen war der erste Punkt darin.«

Ein Muster. Caspars Gedanken standen kopf. Auch er hatte geahnt, daß dort ein Muster zu finden war, doch er hatte es nicht entdecken können.

Gwions Schmährede ging weiter. Er schien sich an den bestürzten Mienen zu freuen, welche die Mundwinkel seiner Gefangenen zu Boden zogen. »Natürlich war der Kessel von zentraler Bedeutung für den Hinweis. Er war derart wesentlich für die Suche nach dem Druiden-Ei, daß er im Zentrum des Musters liegen mußte. Das habt ihr in Ildros gefunden. Kullak und Scragg warteten auf mich und zeigten mir die Stelle, und schon hatte ich meinen zweiten Punkt im Muster. Dann habt ihr mir freundlicherweise den nächsten Punkt des Musters aufgezeigt. Ihr habt eine solche Spur von Ereignissen hinterlassen, mit dermaßen unübersehbaren Geschichten über mythische Kraken von Caldea bis Ophidia, daß nur ein Narr sie hätte übersehen können.«

Er holte Luft und lächelte selbstverliebt, sah, daß seine Enthüllungen dem Jungen und der Jungfrau die Sprache verschlugen. »Und ihr dachtet, ihr wärt so schlau«, höhnte er. »Die Geschichten über Kraken führten mich zu dem kleinen ophidianischen Hafen Muschelsand. Als ich eintraf, rankten sich allerlei Geschichten um einen eitlen jungen Mann mit Namen Pellam. Er war ausgesprochen mitteilungsbedürftig.«

»Aber Pellam würde nie …«, stammelte Caspar. Er konnte nicht glauben, daß Pellam sie verraten hatte.

»Ach, klage nicht, kostbarer Neffe.« Aus Gwions Stimme sprach gespielte Sorge. »Der Junge hat euch mit keinem Wort belastet, doch er sprach ahnungslos von einem feuerroten Pferd, und jeder, der Feuerschweif kennt, weiß, wann von ihm die Rede ist. Er sagte, er sei mit seinen Freunden zu den Fernen Inseln gesegelt und ihr wäret dann gen Osten weitergezogen.

Aber ich wußte bereits, daß ihr auf den Fernen Inseln wart. Am Mittwintertag spürte ich, wie eine mächtige Woge der Energie durch die Erdkrume ging, die von jenen Inseln ausging. Ihr müßt dort am Knotenpunkt der Macht einen sehr mächtigen Runenzauber ausgelöst haben. Das war sehr dumm von euch. Der Zusammenfluß der Kräfte auf den Fernen Inseln hat mir den dritten Punkt beschert, und ich mußte nicht einmal dorthin reisen.«

Caspar betrachtete Gwions geballte Faust und sah das Funkeln des Rubins. Verzweifelt biß er sich auf seine Lippe. Allmählich wurde das Muster deutlich.

Der Priester folgte dem Blick des Jungen und lachte, warf den Rubin noch einmal in die Luft. »Es ist so schön, wenn man endlich die Antwort weiß, aber seid nicht allzu traurig. Ich habe sie am Anfang auch nicht erkannt. Ich war verwirrt, weil ich den Mittelpunkt des Musters in Ildros vermutet hatte, wo der Kessel stand, aber natürlich war der Kessel aus Farona, der alten heiligen Stadt, entfernt worden. Farona, nicht Ildros, war der Mittelpunkt. Ich hatte drei der vier Punkte, die ich brauchte, um das Muster zu vervollständigen. Mit diesen ersten drei Punkten – Keridwen, Farona und den Fernen Inseln – konnte ich den letzten Punkt ausmachen, indem ich nur dem Rest des Musters auf einer Karte folgte. Ich brauchte nur eine Karte.«

Er suchte in seinem Umhang herum und zog ein ordentlich gerolltes Pergament hervor, das er entrollte. »Seht doch. Wenn Farona der Mittelpunkt ist, Keridwen im Norden und die Fernen Inseln im Südwesten, habe ich drei von vier Punkten, mit denen ich die Rune der Mutter bilden kann.« Er kreiste sie ein, um seine Worte zu untermauern. »Um die heilige Rune zu vervollständigen, muß der letzte Punkt hier bei den Eisigen Gipfeln sein.« Fast klang seine Stimme schon vernünftig, als er gelassen auf die verschiedenen Orte deutete. »Und ich weiß, daß ich recht habe, denn da ich nun hier bin, fühle ich die zunehmende Energie in den Knochen der Erde. Es hat mir große Befriedigung verschafft, etwas entdeckt zu haben, was ihr anderen offenbar nicht finden konntet«, brüstete er sich mit einer feierlichen Stimme, die seine verdrehte Seele aber nicht übertünchen konnte.

Brid war sprachlos.

Caspars Gedanken drehten sich.

Sie hatten zwei Monate vergeudet. Welches Leid mochte die Menschen auf Torra Alta heimgesucht haben, während sie sich in Sequicornum aufgehalten hatten? Sie hätten schon vor Monaten hier sein können, wenn sie nur an den Rubin gedacht hätten. Die Große Mutter hatte ihnen die Antwort förmlich in den Schoß gelegt, und doch hatten sie sie nicht gesehen.

Gwion schob die Gemme wieder in seine Tasche und ergriff Caspars Hand. Dem Jungen war hilflos und niedergeschlagen zumute, denn er konnte sich dem Willen des Mondsteins nicht widersetzen, als dieser sein Denken übers Meer schickte. Seine Gedanken fegten über die weite Ödnis der Drachenwüste zur weißen, kristallinen Ebene der vaalakischen Tundra.

Ein schreiendes Gesicht sprang ihn aus dem Eis an, die Augen matt und tot, mit tödlich blauweißer Farbe auf verzerrten Wangen. Caspar wollte ihr die Wärme seines Körpers geben. Sie war dem Tode nah. In diesen langen Monaten hatten sie ihr nicht genügend Wärme gespendet, und nun war ihr Leib geschrumpft.

»Nicht mehr viel übrig von der Priesterin, was?« Gwion spähte in den Kristall. »Kleine Schwester, wach auf, kleine Schwester. Keridwen, hör mich an. Ich bin es, Gwion, dein dich liebender Bruder.«

Zuckend schlug sie die Augen auf, und wenn sie auch nach wie vor lila leuchteten wie das Zwielicht einer Mittsommernacht, fehlte ihnen doch nun das Leuchten und die Kraft, die sie noch vor Monaten besessen hatten.

»Du stirbst, kleine Schwester«, lachte Gwion freudig. »Endlich liegst du im Sterben. Doch bevor es soweit ist, sollst du deinen kleinen Sohn sterben sehen und wissen, daß ich bald das Druiden-Ei besitzen werde. Schon führt Morbak seine Armee über den Paß und nach Belbidia hinein, und wenn ich das Ei besitze, werde ich sie weiterführen. Bald werden alle Menschen am Caballischen Meer Vaal-Peor verehren, und ich werde Sein oberster Priester sein. Die Große Mutter und der Neue Glaube haben mich verschmäht, doch Vaal-Peor heißt mich als geistigen Führer seines Volkes willkommen. Wenn Lord Morbak sich vor mir verneigt, habe ich Macht über die ganze Welt. Ich bin der Meister.« Speichel sprühte aus seinem Mund. »Ich bin der Meister.«

»Du lügst! Morbak kann Torra Alta nie passieren. Branwolf wird ihn aufhalten. Die Runen des Krieges werden ihn aufhalten! Ihre Wirkung bleibt bis zum Ende des Brachmondes bestehen«, schrie Caspar.

»Die Runen des Krieges!« Gwion warf seinen dünnen Hals zurück und krähte wie ein junger Hahn. »Armes, ahnungsloses Kind, hast du wirklich geglaubt, sie könnten wirken, solange ich im Herzen der Burg weilte? Hast du wirklich gehofft, ihr hättet Zeit, das Druiden-Ei aufzuspüren und euer kostbares Heimatland zu retten? Ach, lieber Neffe, es tut mir leid, nur kommt ihr viel, viel zu spät. Ich habe die Runen des Krieges vor Monaten schon zerstört. Nun steht mir nichts mehr im Wege, nicht einmal Torra Alta.«

»Er lügt«, sagte Brid kalt. »Der Mann hat den Verstand verloren. Die Große Mutter hat ihren Schutz durch die Runen des Krieges für neun Monate versprochen, und das wird auch so sein.«

»Welche Unschuld«, schalt Gwion sie. »Die Große Göttin sagte nur, sie würden wirken, bis sie abgewetzt wären, was ganz natürlich mit dem Frühlingsregen einherging. Aber natürlich lassen sie sich auch mit einem Maurermeißel schleifen. Ich habe sie zerstört!« verkündete er triumphierend.

Scragg würgte Caspar so fest, daß er die Worte kaum noch hören konnte, als Gwion seine Hände packte und sie auf den Mondstein preßte. Während der bärengleiche Krieger Caspar hielt, warf der Schamane Brid in den Würgegriff eines weiteren Vaalakers und trat an den Jungen heran. Er zischte seinen Singsang und murmelte den Namen seines Eisgottes, als er mit eiskalten Augen vor den erstickenden Jungen trat.

»Tu es, Kullak. Während meine Schwester zusieht«, befahl Gwion. »Tu es. Ich weiß, daß du schon lange darauf wartest.« Gwion fuhr mit seiner Zunge über seine Lippen, wobei sich seine Augen vor Mordlust weiteten. »Tu es langsam, damit er es auch fühlt und Vaal-Peor an diesem Opfer seine Freude hat.«

Als sie nur noch die schimmernde Messerklinge sahen, quollen Caspars Augen hervor. Scraggs eisige Hände schnürten seinen Hals zu, und Kullaks Klinge drückte sich fest an seine Kehle.

»Im Namen Vaal-Peors«, sang der Schamane.

Caspar spürte, wie die ersten Blutstropfen an seinem Hals herunterrannen.

»Mutter«, flehte er. »Mutter.« Er wußte nicht, ob er um sein eigenes Leben oder um das Ende der Qualen seiner Mutter betete, die dort gepeinigt lag und ihn mit starrem Blick betrachtete. Verzweifelt streckte sie ihm die Hände entgegen, um ihn an sich zu ziehen.

Seine Gedanken tauchten tief in den Mondstein ein. Als er in Ohnmacht fiel, wandte sich sein Denken in Spiralen einwärts. Sein Leib fühlte sich tödlich kalt an, aber glühender Schmerz brannte an seinem Hals, wo die Klinge seine Haut durchdrang. In seinem Kopf war nur der Ruf nach Vaal-Peor.

KAPITEL 9

Brid!« Hal zerrte abrupt an Elsters Zaumzeug und riß die gelbe Stute herum.

Der Schwung schüttelte ihn durch und beutelte ihn, doch seine Gedanken galten einzig Brid. Gemeinsam rangen sie mit Komets wilder Panik. Die Furcht hatte größeren Einfluß auf das Pferd als seine Ausbildung, und ruckartig riß es ihm die Zügel aus der Hand und floh.

Augenblicklich sah Hal die zerklüfteten Felsen am Grund des Tales, und in seiner Phantasie sah er, wie Brid von der bockenden Stute abgeworfen, auf die Feuersteine geschleudert und niedergetrampelt wurde. Caspar war ihr bereits auf den Fersen, daß Erdklumpen von den Hufen des Rotschimmels flogen. Elster reagierte langsamer, und als Hal ihren Kopf umwandte, um ihm zu folgen, nahm Ceowulf ihre Zügel.

»Da oben«, rief der Ritter über den Donner der Hufe hinweg, deutete nachdrücklich an den steilen Wänden des Tales hinauf, welche die Schlucht in Schatten legten.

»Ich muß Brid holen«, protestierte Hal zornig.

»Laß Spar es tun. Du würdest sie nie einholen, und ich habe da oben etwas gesehen.« Die Dringlichkeit in Ceowulfs Stimme ließ Hal innehalten und nachsehen. Ein paar Wacholderzweige und Myrtenbüsche schwankten im Wind, doch rührte sich sonst nichts. »Da oben!« Ceowulf deutete hinauf.

Hal sah etwas, das sich bewegte. Noch einmal rührte es sich, und er sah zwei Hörner, die hinter einem Felsen aufragten. »Es ist nur ein Steinbock«, murmelte er, doch dann sah er wieder, wie es sich bewegte. Die Bewegung war für Hirsch oder Steinbock untypisch. Sie kam zu schnell, zu ruckartig. Augenblicklich verstand er Ceowulfs Anspannung. »Haben sie uns gesehen?«

Der Ritter trat näher an den Rand der Schlucht, wo sie nicht zu sehen waren. »Sie beobachten Spar und Brid«, vermutete Ceowulf. »Ich denke, wir sollten hinaufschleichen und sie von hinten angreifen, bevor sie es mit uns versuchen.«

Sie ließen sich von ihren Pferden gleiten und banden sie an einen Vogelbeerbusch, dann begannen sie ihren Aufstieg. Hal hangelte sich von einer Baumwurzel zur nächsten, dankbar für die kräftigen Wacholderstämme, die ihm seine Kletterpartie erleichterten, doch die frischen Frühlingstriebe kratzten über seine Arme. Er war bestürzt, wie bald er müde wurde. Wenn er bedachte, wie hart er in den vergangenen Monaten trainiert hatte, konnte er seine Schwäche nicht begreifen. Sein Herz hämmerte wild vor Anstrengung, das dünne Blut durch seinen Körper zu pumpen. Da er in den Bergen geboren und aufgewachsen war, erschreckte es ihn, daß er die Höhe als derart lähmend empfand.

Schließlich erklommen sie die Talwand, aber es ragten nur weitere Berge vor ihnen auf. Eine Reihe sägezahnbewehrter Gipfel nach der anderen war zu sehen, ganze Täler, die hinter der riesenhaften Wiege aus gezackten Gipfeln verborgen lagen. Er hob den Kopf, um ängstlich in die Wolken zu blicken. Hier in den unteren Tälern war der Wind kaum mehr als eine sanft erfrischende Brise, doch die höher gelegenen Schluchten waren von Wolken umgeben. Wogende Büschel von Weiß strömten auf der windabgewandten Seite aus den Gipfeln, wie die gefiederten Helme einer Armee von Riesen, die in die Schlacht zogen. Das Wetter war dort oben bereits wütender, und er hoffte, daß es nicht zu ihnen herunterkommen und sie auf den unteren Hängen halten würde.

Noch wartete er, daß Ceowulf ihn einholte. Da er leichter und das Klettern eher gewohnt war, hatte Hal den älteren Mann bald hinter sich gelassen, doch hielt er es für unklug, ohne ihn weiterzuziehen. Er schlich voran und kauerte sich hinter einen Felsen, um das Terrain zu überblicken.

»Was glaubst du, in welche Richtung sie gezogen sind?« flüsterte Ceowulf, als er hinter ihm hockte. Seine Stimme krächzte.

»Ich bin nicht sicher.« Hal zuckte mit den Achseln. »Sie waren verschwunden, als ich hier oben ankam.«

Ceowulf deutete voraus. »Sie sind in diese Richtung dort gezogen.«

Das Kettenhemd des Ritters klirrte und knarrte, wenn er sich bewegte, doch der Wind wehte ihnen ins Gesicht, und Hal war sicher, daß der Lärm hinter ihnen verflog. Nur langsam kamen sie an der Steilkante über dem Tal voran, aber es strengte ihre Muskeln nicht so sehr an wie der Aufstieg. Er konnte bis zur gegenüberliegenden Seite des Tales sehen, jedoch nicht mehr dorthin, wo die Pferde standen. Als der Talgrund langsam in grauem Dunst verschwand, schien es ihm, als sei er in eine andere Welt geklettert. Nun waren sie vom zahmen Erdenrund der Menschen abgeschnitten und den Bergen mit ihrem launischen Klima ausgeliefert. Er wagte es, auf einen Felsen zu steigen, um besseren Überblick zu bekommen, und einen kurzen Augenblick lang sah er Brid und Spar, die beide auf Feuerschweif ritten. Sein Herz schlug etwas leichter. Es kümmerte ihn nicht, was mit Komet geschehen war. Wenigstens war Brid in Sicherheit.

Er fühlte, daß ihn der Gedanke erschreckte. Wie konnte er sich um Brid mehr Sorgen als um Spar machen? Noch immer war er ihr wegen ihres Verhaltens in Sequicornum gram, wo sie nur um seinen Neffen herumscharwenzelt war. Nur konnte er jemandem, der so lebendig war, nicht böse bleiben. Er mußte sich eingestehen, daß die Welt – wenn Brid nicht da war, ihm ganz nah war – plötzlich flach wurde, die Farben des Lebens matt und tot waren, als machten sich graue Wolken am Sommerhimmel breit.

Und doch konnte er ihr all das nicht sagen. Sie war zu stark, zu kraftvoll, und wenn er seine Haltung preisgab, würde er zu ihrer Puppe. Hal als Puppe eines Mädchens: Es war undenkbar!

Er lachte und dachte an Caspars hilflose Zuneigung zur schönen Priesterin. Brid war viel zu stark für seinen kleinen Neffen und Spar viel zu sehr wie ein treuer Hund. Hal fürchtete, ebenso zu werden, wenn er seine Gefühle verriet. Er hatte sich damit zufriedengegeben, abzuwarten, bis sie nachgab. Aber sie hatte nicht klein beigegeben. Nein, sie hatte die letzten Monate Spar angehimmelt und sogar ihm und nur ihm ihre Schleife im Turnier gegeben. Das wurmte ihn mächtig. In der ganzen Zeit hatte sie ihm nicht die geringste Beachtung geschenkt.

Und nun fürchtete er um sie.

»Fußabdrücke«, verkündete Ceowulf, als der Boden abschüssig und morastiger wurde. »Wir müssen ganz in der Nähe sein.«

Sie hielten sich gebückt, bis sie schließlich erneut die gehörnten Helme sahen. Erschauernd erkannte Hal die blonden Zöpfe, die aus den spitzen Helmen baumelten. Schwarze Bärenfelle umhüllten nackte, muskulöse Oberkörper. Rentierfelle waren um ihre Beine gebunden, und Lederhäute mit weichen Sohlen mußten an den Füßen genügen.

»Sie haben ihre Verkleidung abgelegt und tragen ihre Kampftracht«, warnte Hal. »Sie erwarten Ärger.«

»Aber uns können sie unmöglich erwarten.« Ceowulf klang verdutzt. »Niemand kann wissen, daß wir hier sind. Das ist unvorstellbar.«

»Das wäre aber ein grausamer Zufall«, meinte Hal. »Ich meine, Vaalaker hier auf den Eisigen Gipfeln! Dafür muß es einen Grund geben.« Sein Atem kühlte seine Kehle, und er schwieg, während die Nordmänner über eine Bodensenke im unebenen Terrain stiegen. »Ich zähle zehn«, murmelte er. »Aber es könnten auch mehr sein.«

»Wir folgen ihnen, bis wir eine passende Stelle finden, an der wir einen oder zwei von hinten überfallen können«, erklärte ihm Ceowulf.

Die Gefahr, gehört zu werden, war in den Bergen nur gering. Aller Lärm wurde von Schluchten und Rinnen geschluckt, und jeder Fels und jede Windung verzerrte das Geräusch. Die Vaalaker blickten ins Tal hinab und ahnten offensichtlich nicht, daß ihnen jemand folgte. Hal fragte sich, ob sie Spar und Brid beobachteten. Allmählich verteilten sich die Nordmänner, und Ceowulf zeigte mit den Händen, daß sie nach rechts auf höheres Gelände klettern sollten.

Schließlich trennte sich ein Vaalaker von den anderen, blieb ein Stück weit zurück. Er überblickte die halbmondförmige Formation spitzer Gipfel, die senkrecht vor ihnen aufragte.

Ceowulf winkte den Jungen herunter und deutete dann auf sich selbst, zeigte ihm mit einer Geste, daß er als erster zuschlagen würde. Hal nickte zustimmend. Der ehemalige Söldner hatte mit diesen verstohlenen Formen der Kriegskunst mehr Erfahrung, und er wollte dem Mann nicht widersprechen. Eilig lief der Caldeaner bergaufwärts und sprang. Der Schnitt über die Kehle erstickte einen Schrei des Vaalakers, doch er wehrte sich schier endlos. Schließlich ließ Ceowulf den schlaffen Körper zu Boden gleiten und winkte Hal, daß er ihm folgen sollte.

»Gute Arbeit«, murmelte der Junge, als sie hinter einem Felsen kauerten und darauf warteten, daß zwei weitere Vaalaker in Sicht kamen. Hal haßte die weißen Gesichter der Nordmänner und das verwaschene Blau ihrer kalten Augen. Erleichtert war er nur, daß weder Kullak noch Scragg unter ihnen waren.

»Bereit?« zischte Ceowulf.

Hal blieb keine Zeit mehr nachzudenken. Mit gezücktem Breitschwert lief er geradewegs auf den nächststehenden Mann zu. Der Schwung seines Angriffs trieb das Runenschwert dem Mann glatt durch den Bauch. Hal riß die Klinge aufwärts, spaltete den Brustkorb bis zum Herz. Dickes, rötliches Blut und weiße Eingeweide quollen aus der klaffenden Wunde, als Hal die Klinge drehte. Ungläubig standen Mund und Augen des Vaalakers offen. Erst starrte er Hal an, dann seine offene Brust. Gurgelnd fiel er auf die Knie.

Ceowulfs erster Hieb hatte die Schulter des Mannes verfehlt, doch der zweite schnitt dem Nordmann durchs Gesicht und hackte in seinen oberen Brustkorb. Der nächste kurze Hieb bohrte sich ihm glatt durchs Herz, doch erst nachdem der Barbar einen gequälten Schrei von sich gegeben hatte. Über ihnen neigte ein kreisender Adler seine Schwingen und schwebte der frischen Beute entgegen.

»Schnell!« drängte er, während der Ritter darum rang, seine Klinge wieder herauszuziehen. »Es wird leichter sein, sie zu erwischen, wenn wir über ihnen sind.«

Geduckt eilte Hal davon, und seine Oberschenkelmuskeln protestierten, als er vor Ceowulf den Hang erklomm. Atemlos erreichte er den Kamm und spähte darüber hinweg. Sieben Vaalaker kletterten ihnen entgegen.

»Ich werde sie ablenken«, erklärte Ceowulf, ohne auf Gegenrede zu warten. Gebückt lief der Caldeaner am Kamm entlang, bis er etwa hundert Meter von Hal entfernt war. Absichtlich warf er einen Stein, so daß dieser einen Felsen traf, dann ließ er seinen Kopf sehen. Die Vaalaker fuhren zu ihm herum, und Hal näherte sich ihnen von hinten.

Während Ceowulf den Vaalakern schreiend entgegenlief, griff Hal leise von hinten an. Zwei von ihnen standen etwas abseits ihrer Gefährten, und geschickt machte er sie nieder. Ein seitlicher Hieb trennte dem ersten so leicht den Kopf ab, als schnitt er durch eine weiche Birne, und hackte dem nächsten noch in die Schulter. Der Mann fuhr herum, wobei sein Arm nur noch an einer Sehne hing, da das Runenschwert den Knochen durchschlagen hatte. Bevor der verwundete Vaalaker noch seinen Säbel heben konnte, bohrte ihm Hal die Klinge durch die Brust, fühlte, wie das Schwert scharrte und sich bog, als es sich durch die Rippen bohrte und in das weiche Gewebe darunter stach. Das Runenschwert schien sich an seinem Ruhm zu laben. Zum ersten Mal glaubte er, sein Siegeslied zu hören, wie es durch die Kanäle der Magie heulte. Ein grandioses Gefühl der Zufriedenheit machte sich in seinem Herzen breit.

Er fühlte sich unbesiegbar, göttergleich. Die Welt verneigte sich zu seinen Füßen. Er konnte alles und jeden vernichten, der sich ihm in den Weg stellte. Nun hatte er nur noch fünf Vaalaker vor sich. Zwei wandten sich ihm zu. Zuversichtlich trat er ihnen entgegen, während die anderen mit Ceowulf die Waffen kreuzten, der von der Macht ihrer Streitäxte zurückgetrieben wurde.

Mordlust wallte in ihm auf. Er fuhr herum, hackte wahllos links und rechts, doch dann hörte er eine Stimme in seinem Ohr. Es war Tancred, der ihn warnte, er solle seinen Zorn beherrschen, da der ihm die Niederlage bringen würde, indem er seinen Verstand vernebelte. Er trat einen Schritt zurück und holte tief und gleichmäßig Luft. Da erst bemerkte er einen achten Vaalaker, der ihnen bisher nicht aufgefallen war und sich nun von hinten anschlich. Er machte auf dem Absatz kehrt und hielt sich bereit, eben noch rechtzeitig, um einem Hieb auszuweichen, der ihn glatt die linke Hand gekostet hätte. So aber zog ihm die Klinge nur die Haut von der Hand.

Hal geriet leicht aus dem Gleichgewicht und ließ das Runenschwert zu Boden fallen, um sich zu fangen. Als der Vaalaker seine Axt hob, um auf ihn einzuschlagen, riß er seine Klinge mit aller Macht in die Höhe. Sie traf den Mann im

Unterleib und schnitt ihn bis zum Bauchnabel auf. Eingeweide sackten aus dem tiefen Schnitt wie stinkende Schlangen.

Wieder fuhr Hal herum, diesmal vorsichtiger, was seine Gefühle anging. *Bleib langsam und bewahr die Ruhe,* hörte er Tancreds Worte in seinem Kopf. Kühl täuschte er links an, bückte sich, und als er das Runenschwert im weiten Bogen schwang, hackte er den beiden letzten Angreifern die Beine unter den Leibern weg. Ceowulf hatte bereits zwei Männer niedergemacht und entledigte sich nun des letzten Kriegers mit einem schrägen Hieb über die Brust. Eine Blutlache voll dickem Gewebe lag feucht um ihre Füße. Ungerührt betrachtete der caldeanische Edelmann die verstümmelten Leichen auf dem morastigen Boden. Ein Schwarm schwarzer Raben sank vom Himmel herab und flatterte neidisch um das Aas.

Ceowulf stützte sich auf sein Schwert und holte tief Luft. Unwillkürlich langte seine Hand nach der verwundeten Schulter, als nagte der Schmerz noch immer an ihm. Wiederum sah er die zerhauenen Leichen an. »Ich weiß noch immer nicht, wie sie hierhergekommen sind. Sie können uns nur gefolgt sein«, entschied er.

»Den ganzen Weg von Caldea hierher?« Hal hatte seine Zweifel. »Das scheint mir unmöglich. Es fuhren keine anderen Schiffe als die *Mondschatten* durch die Zähne, als wir Muschelsand verlassen haben.«

Ceowulf erstarrte und hielt seine Hände an die Ohren. »Hör doch, da sind noch mehr!« Er deutete auf einen Kreis scharfzahniger Berge, die wie eine Riesenklaue aus der Erdkruste ragten. Die spitzen Nägel, zerklüftet und gespalten wie die einer alten Vettel, kratzten am Himmel.

»Wie viele dieser teuflischen Bastarde sind hier?« fluchte Hal und folgte Ceowulf. Kaum nahm er den gräßlichen Aufstieg wahr. Mit gezücktem Schwert war er von wilder Mordlust getrieben.

Ein trüber Bach wand sich ihnen über eine freie Ebene am Fuß der Berge entgegen, die nach wie vor, Gipfel auf Gipfel, über ihnen aufragten. Sie folgten dem Verlauf des Baches in ein Talbecken, das im Schutz einer hufeisenförmigen Formation zerklüfteter Felsen lag, die von einem Schleier bläulich weißen Schnees gekrönt war. Hal sah, daß auf der anderen Seite des Sees ein weiterer Haufen Vaalaker war und daß diese Brid und Hal bei sich führten!

Seine Kehle war trocken. Ceowulf packte den impulsiven Jungen, als Hal den Nordmännern entgegenschlich. Der Ritter nahm sein Handgelenk und riß ihn zurück.

»Ganz ruhig, Freund, wir müssen jetzt vorsichtig sein. Eine falsche Bewegung und …«

Es war unsagbar. Selbst von hier aus konnte er sehen, daß sowohl Caspar als auch Brid Messer an ihren Kehlen hatten. Trund war nirgendwo zu sehen. Hal konnte kaum noch denken, da das Blut in seinem Kopf hämmerte. Er wollte angreifen, doch er wußte, daß Ceowulf recht hatte. Er biß auf seine Lippe und versuchte, sich etwas einfallen zu lassen.

Caspar wehrte sich reflexhaft, als sich seine Mutter ihm entgegenreckte, ihn in ihren Armen wiegen, ihn mit ihrem Leib beschützen wollte. Er wußte, daß es nur ihr Geist war, der über den seinen wachte. Körperlich konnte sie durch den Mondstein nicht nach ihm greifen. Was seine Mutter auch tun mochte, das Messer würde doch ungehindert in seine Halsschlagader schneiden. Alle Geräusche um ihn wurden undeutlich. Nur ein seltsames Dröhnen drang an seine Ohren, als er am Rande der Bewußtlosigkeit balancierte, in strahlend weißes Licht getaucht.

Sein Geist sank tiefer in das magische, körperlose Universum des Mondsteins, spürte, wie Gwions Geist dem seinen im Nacken saß. Das Wesen seiner Mutter war überall um ihn herum, ihre Stimme deutlich, und als ihre Worte durch die gespenstische Welt der Kugel drangen, war es, als hätten die Berge selbst gesprochen.

»Gwion, laß meinen Sohn. Er hat dir nie etwas getan.«

»Nein?« Die Stimme des Priesters war entsetzlich kalt. »Sein Gesicht hat mir zwölf Jahre lang täglich Schmerzen zugefügt und mich an dich erinnert.«

»Gwion, ich verzeihe dir. Nur laß meinen Sohn gehen. Du bist mein Bruder, und ich verzeihe dir.«

»Wer bist du, daß du mir verzeihen willst? Ich bin jetzt der Meister. Dein Tod bedeutet, daß ich nun Meister bin. Ich habe alle Macht. Die Verehrung der Großen Mutter wird für alle Zeiten ausgelöscht, und nie wieder wird sich eine Frau über ihre Anverwandten erheben.«

»Ich habe dich niemals erniedrigt. Ich habe versucht, dir alles zu beschaffen«, protestierte sie.

Caspar fühlte sich, als ruhte er an ihrer Brust. Zwar fürchtete er nach wie vor den wütenden Wahn seines verbitterten Onkels, doch tröstete ihn die Umarmung seiner Mutter. Wie ein kleines Kind labte er sich an der unendlichen Sicherheit ihres Trostes.

Sie stritten weiter, und ganz allmählich wurde dem Jungen deutlich, daß Keridwen den Priester ablenkte, ihm sein Vorhaben austrieb, aber Kullaks Messer drückte nach wie vor gegen seine Kehle.

Er war nicht mehr sicher, ob es Teil der Magie war oder nicht, als er bestialisches Gebrüll um sich hörte. Speichelfeuchtes Zähneknirschen und wildes Knurren aus tiefer Brust drangen an seine Ohren. Überall war Blut. Wegen des Messers an seiner Kehle konnte sich Caspar nicht rühren, doch er fühlte, wie die frische, heiße Flüssigkeit über sein Gesicht rann. Er wußte nicht, ob es seines oder das eines anderen war, nur daß es ihm in die Augen lief und um seinen Mund rann, was einen salzigen, metallischen Geschmack mit sich brachte. Er mußte würgen, konnte nicht richtig atmen, und dann warf man ihn beiseite. Er taumelte und taumelte, rang nach Luft. Nach wie vor hielt er den Mondstein in Händen.

»Lauf, lauf!« Jemand rief ihm zu, er solle rennen, aber er konnte nicht. Er konnte Brid nicht allein lassen. Die Stimme klang zwingend. Er wußte nicht, woher sie kam, bis er in die Kugel blickte, die er noch immer in der Hand hielt. »Lauf, Kind, lauf. Du mußt. Du mußt das Druiden-Ei finden, bevor sie dich daran hindern können.« Es war seine Mutter. Er durfte sich ihr nicht widersetzen, und doch konnte er Brid nicht zurücklassen.

Er hielt inne und wandte sich um. Brid war nicht mehr da. Inmitten des Gemetzels sah er nur das Blitzen weißer Zähne und einen wirbelnden Hund, der jaulte und heulte, während er Fleisch zerfetzte. Mit dem gleichen Geschick, das es ihm ermöglicht hatte, die Sandvipern am Strand zu töten, schnappte das Tier nun nach Armen und zermalmte Knochen zwischen seinen knirschenden Kiefern.

Brid war fort. Er konnte sie vor den trüben, gelblichbraunen Farben der Berge nicht sehen. Er nahm nur Kullak wahr, der sich auf dem Boden rollte und seinen Arm hielt, wo Trund ihm glatt das Fleisch vom Knochen gerissen hatte.

Mitten in der Luft fuhr der ophidianische Schlangenfänger herum und sprang die Vaalaker nochmals an. Sie schlugen ihre Klingen hin und her, doch waren sie für ihn zu langsam. Zwar mochte er ein plumpes Tier mit nur geringer Ausdauer auf langen Strecken sein, aber Trund war eine Mordmaschine, seit Generationen auf Schnelligkeit bei der Vernichtung der Sandschlangen gezüchtet, welche die Küste Ophidias heimsuchten. Wenn er einer zuckenden Schlange entkommen konnte, dann ohne weiteres auch einer Menschenhand.

Plötzlich stand Brid neben ihm. Mit der geübten Leichtigkeit eines Menschen, der mit der Natur in Einklang steht, war sie den Nordmännern entkommen, um mit den Farben und Falten der Berglandschaft eins zu werden. Als sie ihre Kapuze zurückstrich, sah er, daß ihr Gesicht zerkratzt und sie von Blut beschmiert war, doch ansonsten unversehrt.

»Lauf«, rief sie, als wiederholte sie Keridwens Befehl.

Sie hetzten den höher gelegenen Hängen entgegen, und Caspar schlang den Mondstein um seinen Hals.

Als Trund sprang, griff auch Hal an, stürmte in das Getümmel vor ihm. Erschrocken über die Wildheit des Hundes wandten sich die Vaalaker vor Entsetzen um. Brid war bereits frei und auf ihre unheimliche Art und Weise mit der Landschaft verschmolzen, war zu einem Schatten um den Fuß eines Felsens geworden. Als Gwion aufsah, ließ er den Mondstein los. Erleichtert sah Hal, wie Caspar seine Arme zurückriß, sich duckte und wie eine zappelnde Echse aus dem Griff des Feindes löste.

Da Caspar nun aus dem Weg war, trat Hal vor, um auf den Rücken des nächststehenden Vaalakers einzuschlagen. Der Mann duckte sich, wich dem Hieb aus und trat nach hinten, traf ihn mit dem Fuß hart an den Rippen. Hal spürte, wie ihm die Luft ausging, und als er die kalte Bergluft einsog, bohrte sich ein weit heftigerer Hieb in das weiche Gewebe seines Magens. Ein kleines, rattengleiches Gesicht mit leeren, blauen Augen spähte in die seinen, und noch im selben Moment wußte er, daß es Gwion war.

Hal konnte es nicht glauben ... ebensowenig wie die Kraft des Hiebes. Noch einmal schlug der Priester ihn, diesmal an die Schläfe, und der dunkle Junge spürte, wie sich seine Hand um das Heft des Schwertes löste. Plötzlich hatte er seine Waffe verloren. Sprachlos glotzte er in Gwions höhnisches Gesicht. Der Mann öffnete seine Faust, und Hal blickte in die offene

Hand und sah eine Scherbe aus weißem Stahl. Augenblicklich wußte er, daß es sich um den Splitter handelte, der vom Runenschwert gebrochen war, als er auf den Kessel eingeprügelt hatte.

Gwion schlug ihn ein letztes Mal. Die Kraft, die von der Energie des Stahls herrührte, warf den Jungen zu Boden. Als er wieder zu Atem kam, fühlte er sich benebelt und schwach und verletzlich, als wäre er nackt. Sein Schwert war fort. Ohne sein Schwert war er hilflos.

»Steh auf, Hal!« rief jemand, als er auf dem schlammigen Moos zappelte. Ein Paar schwarzer Stiefel stand breitbeinig über ihm, und wütendes Klirren von Stahl auf Stahl klingelte in seinen Ohren. »Steh auf! Wir müssen diese Barbaren aufhalten, damit Brid und Spar freikommen.« Es war Ceowulfs Stimme, und Erleichterung durchflutete Hal. Der große Ritter ragte über ihm auf, während er um Atem rang. Spar und Brid müssen entkommen sein, dachte er kurz, doch seine Erleichterung verflog schnell. Sein Schwert war fort.

Blut spritzte im Schwall von oben.

»Hal, nimm dir ein Schwert, irgendein Schwert«, rief Ceowulf.

Der Torra Altaner mit dem rabenschwarzen Haar suchte zwischen den Leichen und entwand dem verkrampften Griff eines Nordmannes einen Krummsäbel. Nie zuvor hatte er einen solchen benutzt, doch bald stand er auf den Beinen, versuchte einen klaren Kopf zu bekommen und sich sein Training in Erinnerung zu rufen. Stechen, parieren, schlagen und blocken.

Die beiden Belbidianer waren umzingelt. Hal war sich der wilden Macht der vaalakischen Äxte bewußt, die er abblockte, wobei es Arme und Handgelenke bei jedem massiven Aufprall durchzuckte. Wo war sein Schwert? Sein Schwert war nicht mehr da.

Er brauchte es. Wie konnte er gegen diese riesigen, bärengleichen Männer ohne sein Schwert antreten?

Instinktiv sprang er in die Luft, während eine Axt unter seinen Füßen hindurchfuhr. Seine Beine zitterten. Er wurde müde, er wußte, daß er müde wurde, und da er allzusehr die Doppelklinge seines Schwerts gewohnt war, mußte er nachdenken, damit er seinen Säbel mit der scharfen, einseitigen Klinge schlug. Fast mußte er über sein mangelndes Geschick schon lachen. Er hatte sich für unbezwingbar gehalten. Doch er war es nicht. Er war es ganz und gar nicht: Es war das Schwert. Nun war es fort, doch wo?

Keinen Augenblick konnte er sich vom Feind abwenden. Scragg hackte sich ihm entschlossen entgegen, wobei die Zöpfe um seinen blonden Schädel klapperten. Ohne sein Schwert würde ihn der mächtige, axtschwingende Krieger in Stücke hauen. *Laß ihn sich ermüden,* drängte eine ruhige Stimme in seinem Kopf. Wieder war es Tancred. *Wenn dein Gegner größer und stärker ist als du, nutze deine Energie, seinen Schlägen auszuweichen. Denk nur daran, dich zu verteidigen, und versuche erst, seine Kraft herauszufordern, wenn er erste Ermüdungserscheinungen zeigt.*

Hal biß die Zähne zusammen und blieb bei dieser Taktik. Nichts anderes ließ er in seine Gedanken. Die Konzentration wurde derart intensiv, daß alle ablenkenden Geräusche ausgeblendet wurden, und er sperrte auch den Blick auf die anderen Vaalaker aus, konzentrierte sich einzig und allein auf Scragg. Der Barbar wollte ihn töten, das und nichts sonst.

»Belbidianisch Schwächling, du sterben. Wir haben Macht von Meister, und du sterben. Ich hacken dir die Ohren ab, dann Nase, dann Finger, dann Hände und du sterben. Sterben langsam. Meister hat absolute Macht.«

Die Worte störten Hals Konzentration, als sein Denken an dem Wort Meister hängenblieb.

Was tat Gwion hier? War es tatsächlich Gwion, der ihn mit derart monumentaler Kraft, der Kraft eines wütenden Bullen, in den Bauch geschlagen hatte?

Sengender Schmerz ließ ihn herumfahren. Feuchtigkeit leckte von seinem linken Arm. Einen Augenblick lang hatte er seine Konzentration eingebüßt. Sein Arm … Er wußte, daß etwas nicht stimmte. Scraggs Miene hatte sich zu höhnischer Verachtung gewandelt.

»Ich schneide dich langsam, Stück für Stück.«

Während seine Hand kraftlos an der Seite hing, kämpfte Hal mit neuerlicher Zielstrebigkeit, dachte nur noch an sein eigenes Vorgehen und die Kriegskunst. Er spürte den Schmerz in seinem linken Arm nicht mehr. Er sperrte ihn aus. Er mußte an alle Hiebe denken, die man ihn je gelehrt hatte, und alles andere von seiner Wahrnehmung fernhalten.

Nur in seinem Hinterkopf hörte er die Schreie der Sterbenden. Er hackte und hackte, merkte, daß er immer weiter rückwärts ging, bis er an Ceowulfs Rücken stieß.

»Gut gemacht, Freund«, knurrte der große Ritter und hob seinen Arm zu einem weiteren Schlag. »Wir müssen durchhalten.« Seine Worte wurden von mühevollem Ächzen und dem Klirren von Stahl unterbrochen. »Wir müssen ihnen Zeit geben.«

Hal spürte, daß Ceowulf hinter ihm in die Knie ging, doch er konnte nichts dagegen tun. Seine ganze Kraft war darauf ausgerichtet, Scragg zurückzuhalten. Einen Moment lang war Ceowulf wieder auf, preßte seine Schulter gegen Hal, doch dann schwankte er wieder und sank auf seine Knie.

KAPITEL 10

Seite an Seite liefen Brid und Caspar bergauf. Nach fünfzig Schritten zögerte der Baronensohn einen Moment und riß seinen Bogen hervor, doch es war ihm unmöglich, einen sicheren Schuß zu plazieren. Er konnte Hal oder Ceowulf ebenso leicht treffen wie einen der Feinde. Die anderen waren in der Überzahl, aber Hal hatte das Runenschwert und würde sich zu wehren wissen. Es gab keinen Grund zur Sorge. Er fügte sich dem Befehl des Mondsteins und stürzte hinter Brid den Hang hinauf in den Nebel, der auf sie herniedersank.

»Lauf! Lauf!« schrie der Stein ihn an. *»Hol das Druiden-Ei, bevor es zu spät ist!«*

Brid packte seinen Arm, und gemeinsam kletterten sie voran. Bald schon waren sie außer Atem, und als der Berg nun steiler wurde, nahmen sie die Hände zu Hilfe. Irgendwo weit hinter ihnen kämpfte sich Trund den Hang hinauf.

Geröll machte den Anstieg schwierig, und instinktiv scherte Caspar zum plätschernden Wasser hin aus, wohl wissend, daß sich der Bach den direktesten Weg gegraben haben würde. Er hielt sich am Rand des Baches, nutzte die natürlichen Stufen und kletterte dem nächsten Kamm entgegen.

Der Bach stürzte von einem schmalen Felsspalt, und die Wände des Tales schlossen sich immer enger um die beiden, die wie durch einen Trichter zu dessen Eingang geführt wurden. Der Boden wurde steiler, zeigte weniger Vegetation und zunehmend nackten Fels. Sie sahen sich gezwungen, von einem Vorsprung zum nächsten zu klettern, wobei Caspar eine Hand hinabreichte, um Brid auf die nächsthöhere Stufe zu heben.

»Es ist wie die Treppe eines Riesen«, klagte sie, als sie

stehenblieben, um Luft zu holen. Caspar wußte nicht, wie weit ihn seine Beine noch tragen würden.

Eis, das in den Felsspalten gefangen war, machte das Vorankommen tückisch, und ihre Hände wurden dunkelrot von der Kälte und vom Klettern über scharfe Felsen. Die Talwände um sie wurden enger, hielten sie in dieser Schlucht gefangen, und nun war der Bach kaum mehr als ein Rinnsal, als er über die glatten Stufen eines gefrorenen Wasserfalls plätscherte. Die schrägen Felsen zu beiden Seiten wurden zu einer fast senkrechten Basaltwand. Der Junge sah sich nach einer anderen Route um.

»Wir werden wieder absteigen und uns dann für die eine oder andere Seite entscheiden müssen«, stöhnte er. »Es könnte länger dauern, ist aber nicht so steil.«

Brid legte eine Hand an ihre Brust, die sich vom scharfen Atmen hob und senkte. Da sie puterrot und außer Atem war, winkte sie ihn herauf. Einen Moment später rang sie um Worte. »Ich steige nicht wieder hinunter. Es war zu anstrengend, so weit hinaufzukommen. Wir schaffen es schon. Schließlich sind wir Torra Altaner.«

Caspar lächelte angesichts ihrer Zuversicht, wandte sich um und betrachtete den glatten Felsen. Nur ein kleines Büschel Heidekraut durchbrach die öde Gleichförmigkeit, aber es war außer Reichweite.

»Ich schiebe dich hinauf«, schlug Brid vor. »Wenn ich dich oben habe, kannst du mich hinaufziehen. Unsere Gürtel müßten als Seil lang genug sein, daß du mich erreichen kannst.«

Zweifelnd sah Caspar sie an, als sie ihm ihren Gürtel reichte und niederkniete, um ihm ihre Schulter anzubieten.

»Aber …«, wollte der Junge einwenden, doch ein Blick in ihr entschlossenes Gesicht ließ ihn es sich anders überlegen. Ohne weiter nachzudenken, stellte er seinen Stiefel auf ihre Schultern und tastete nach einem Halt im Fels. Der Heidebusch war ihm ein Stück zu weit, doch als Brid stöhnte und ihren Rücken gerade machte, um ihn anzuheben, konnte er seine Fingernägel endlich in einen Spalt im Felsen schieben.

»Entschuldigung«, rief er, als er spürte, daß sein Stiefel auf ihre Hand glitt, doch sie knurrte nur.

Als er mit seiner anderen Hand nach oben langte, merkte er, wie er mit den Wurzeln des Heidekrauts um Platz kämpfen mußte, aber schließlich waren seine Finger fest im Felsen verhakt. Die obere Basaltplatte wäre nur knapp außer Reichweite seiner ausgestreckten Finger gewesen, doch als Brid stand, war sie in der Lage, ihn ein Stück weit höher anzuheben. Nun konnte er an die Spitzen der rauhen Frühlingsheide heranreichen, die vom oberen Sims herabhing. Die grobe Pflanze glitt ihm durch die Fingerspitzen, als er danach griff. Er warf seine andere Hand aufwärts und fand genügend Halt, ein Bein auf den Sims zu schwingen. Er schob seine Brust auf den flachen Stein, schwang das andere Bein über den Rand und drehte sich auf den Bauch herum, um die Gürtel für Brid hinunterzulassen. Atemlos hob er sie die wenigen Fußbreit an, die nötig waren, damit sie den Riß im Basalt erreichen konnte, während sie mit den Händen nach Halt suchte. Schließlich zerrte er sie grunzend vor Anstrengung über den scharfen Überhang, bis sie neben ihm zusammensank. Schwer atmend sahen sich beide auf dem Plateau vor ihnen um.

Das Land erstreckte sich über mehrere hundert Meter in einer Unmenge von Sumpflöchern und Torfmooren, bis es wieder zu einer Reihe von Felsspalten anstieg, die bis in die Wolken führten.

Wenn sie dorthin sahen, woher sie gekommen waren, konnten sie über das Vorgebirge hinaus sehen, das bisher den Blick auf die camaalische Tiefebene verstellt hatte. Die Perspektive schien sich verschoben zu haben, denn sie vermittelte den Eindruck, daß sie, falls sie ausrutschen sollten, direkt vom

Berg in die Miniaturwelt der Ebene dort unten stürzen würden. Der Überhang unter ihren Füßen verbarg alle Hügel und Senken, und sie konnten bis auf Meereshöhe blicken.

Weit unten konnten sie den weißen Fleck ausmachen, wo Trund ihnen zu folgen suchte. Von überall her konnten sie das Klirren von Metall hören, das zwischen den Schluchten widerhallte, die den Schlachtenlärm von einem Gipfel zum nächsten trugen, als würden zwei ganze Armeen zwischen den Eisigen Gipfeln aufeinandertreffen. Sie konnten weder Hal noch Ceowulf sehen.

Caspar keuchte so heftig, daß er Zeit brauchte, um wieder zu Atem zu kommen. Trotz des eiskalten Windes war ihm heiß, aber sie durften nicht rasten. Es blieb nur herzlich wenig Zeit. Sowohl Gwion als auch die körperlosen Geister der Untiere suchten das Druiden-Ei. Er mußte als erster dort sein.

Es kam als Erleichterung, das Plateau der hohen Weide zu überqueren, da es ihm Zeit gab, seiner Atemlosigkeit Herr zu werden. Vor ihnen lag ein Pfad, wahrscheinlich von Steinböcken ausgetreten, deren scharfe Paarhufe in die Heide schnitten und durch die dünne Krume bis auf den nackten Fels darunter scharrten. Caspar hielt Brid bei der Hand und zog sie voran.

»Schnell.«

Sie schien abgelenkt. »Hal«, murmelte sie. »Das Runenschwert ... Ich höre sein Lied nicht mehr, und doch kann ich den Kampflärm noch hören.« Sie wandte sich um und eilte mit wachsender Entschlossenheit dem nächsten Anstieg entgegen. »Wir müssen das Druiden-Ei finden, bevor es für Hal zu spät ist.«

Der Nebel war erdrückend, und schnell verlor Caspar die Orientierung. Viele Male hatte er diese unheimliche Situation durchlebt und war sich des verwirrenden Gefühls der Isolation sehr wohl bewußt, das Bergnebel auslöste, doch das war auf

Terrain geschehen, das er gut kannte. Hier, auf diesen hohen, zerklüfteten Felsen, war er fremd. Bald war der Dunst zu dickem, lastendem Nebel geworden, schwer und drückend, eine Suppe aus gerührtem Grau, das die Umrisse vor ihnen verwischte. Caspar wußte, daß es jeden Augenblick schneien würde. Er blieb stehen und wartete auf Brid, nahm sie beim Arm, als sie näher kam.

»Bleib bei mir«, warnte er sie.

Der Pfad unter ihren Füßen verschwand in gelblichem Grau, und nur die schwarzen Punkte der nächsten Felsen waren auszumachen. Sie bückten sich tief, folgten dem Pfad, hofften, ihre Instinkte würden sie aufwärts führen. Caspar fühlte, wie die erste feuchte Schneeflocke auf seiner Wange landete und schmolz. Anfangs fiel der Schnee in sanft treibenden Flocken wie weiche Daunenfedern, die vom Himmel schwebten, doch je höher sie stiegen, desto beißender machte der Wind sie. Bald schon kamen die Flocken dick und schnell, brannten auf seinen Lippen und schlugen ihm ins Gesicht, fielen schließlich als harte Kügelchen und schnitten ihm in die brennenden Augen und die nackte Haut.

Sorgenvoll sah Brid ihn an. »Ich hoffe, wir müssen nicht noch höher.«

Caspar gab ihr recht. Sie waren Bergbewohner, und jeder, der etwas von Bergen verstand, wußte, daß das Wetter auf den Gipfeln, verglichen mit dem Klima unten in den Tälern, stets gefährlich und unberechenbar war. Als sie höher stiegen, schien es ihm, als stünden sie auf der Schwelle zu den Göttern. Dieser Ort war allzu groß, allzu immens, zu unermeßlich für bloße Sterbliche. Es war das Wetter der Giganten.

Er zog seinen Umhang über den Kopf und hielt ihn fest, aber die Kälte schnitt ihm nach wie vor in seine Stirn. Die Kopfhaut spannte sich und krampfte die Adern an seinen Schläfen zusammen. Sein Kopf tat weh, seine Finger waren geschwollen, sein Gesicht brannte, seine Augen juckten … alles schmerzte. Der Wind trieb ihm den feuchten Schnee durch die zerfetzten Hosen, und seine Beine waren wundgescheuert, wo das feuchte, kalte Leder an seinen Schenkeln klebte.

Er versuchte, das Unwohlsein aus seinen Gedanken zu vertreiben, und konzentrierte sich auf den Anstieg. Sie schienen sich einem Paß zu nähern. Dessen war er sicher, da ihnen der Wind entgegenfegte, sich durch den natürlichen Pfad drehte und verwirbelte.

Er beugte sich vor und schob sich durch den Wind, doch hatte Brid, die leichter und kleiner war, schwer zu kämpfen. Mit tauben Fingern nahm er ihre Hand und schob sie hinter sich, während er sich weiterkämpfte. Der Wind nahm zu, peitschte ihm den Schnee waagerecht ins Gesicht, und er konnte nicht mehr als ein paar Schritte sehen. Schlimmer noch war, daß er nicht atmen konnte. Schnee erstickte ihn, ließ ihn spucken und husten. Die schiere Wildheit der beißenden Böen nahm ihm den Atem, und er fühlte, wie sich seine Lungen gegen die eisige Kälte verschlossen. Seine Hände waren nun zwei Kugeln schmerzlich geballter Knochen, und es war nur ein Segen, daß sie langsam taub wurden. Er senkte den Kopf, um sein Gesicht zu schützen, und bedeckte den Mund mit seinem Umhang, damit er durch die schützenden Schichten Luft einatmen konnte.

Der Boden wurde eben und zu einem schmalen Pfad, der nach links ausscherte, gefährlich nah am Rand des Berges. Hier war die Sicht nun besser, und sie konnten sehen, daß der Pfad die Kante eines steilen Abgrundes einfaßte, der tausend Fuß tief war und die Rückseite eines weiteren Gebirgssees darstellte. Sorgsam suchte sich Caspar einen Weg und streckte stets eine Hand nach Brid aus.

Er wußte, daß sie ihm etwas zurief, doch der Wind zerstreute ihre Worte. Der Weg wurde breiter, führte sie fort von der

Steilkante in flacheres Gelände, wo der Wind den Schnee verwehte. Er zerrte an ihren Füßen, und bald watete Caspar durch dicke Schichten, die ihm zunehmend die Kräfte raubten. Wieder winkte Brid voraus, rief etwas, und Caspar blickte auf, blinzelte, um seine Augen vor dem beißenden Schnee zu schützen.

Vor ihnen war ein Licht zu sehen. Es schien unmöglich. Doch es war da, ein schmaler Stab aus weißem Licht, das durch den Schnee glimmte. Mit neuerlicher Energie stürmte Caspar voran, zerrte Brid mit sich. Bis zu seinem Oberschenkel stand der Schnee, und er kämpfte sich hindurch, hob erst den einen Fuß, dann den anderen aus den Kratern, die seine Stiefel verursacht hatten. Das mußte es sein. Wenn es das nicht wäre, würden sie bald an Kälte und Erschöpfung sterben. Niemand konnte unter derart unwirtlichen Umständen überleben, nicht in den Bergen.

Eine Form, schwarz vor dem Sturmgrau der Schneewolken, verdichtete sich zu einer menschlichen Gestalt, die das Licht hielt. Caspar streckte seine erfrorenen Hände aus und versuchte, sich an einem Felsen festzuhalten, als er sich dieser Gestalt entgegenschleppte. War es ein wachender Druide oder eine Statue, die ein Licht trug, um sie auf dem letzten Stück ihrer Suche zu leiten? Er war nicht sicher, aber in ihm wuchs die Hoffnung. Sie mußten ganz in der Nähe sein.

Der Wind heulte und wehte ihm wütend entgegen, und einen Augenblick später wußte Caspar, daß er sich täuschte. Die Gestalt stürmte auf sie zu, schwenkte ein helles Schwert. Caspar konzentrierte sich auf das Schwert. Es war nicht irgendein Schwert. Das kalte Summen des großen Runenschwertes war nicht zu überhören, wie es heulte und die dicke Luft zerschnitt.

Hal! dachte Caspar verblüfft und ungläubig. In Gedanken ging er die Möglichkeiten durch. Was tat Hal hier? Warum griff er ihn an? Doch dieser Mann war zu klein und schmal, und seine Stimme war zu hoch und angestrengt vom Schrekken des Wahns, der sein Hirn zerfraß. Mit wachsender Erleichterung – und dann Entsetzen – merkte er, daß es nicht Hal war, sondern Gwion. Doch was war mit Hal? Wenn Gwion sein Schwert hatte, war Hal dann tot?

Erschöpft und erfroren wie er war, blieb dem Jungen keine Zeit, darüber nachzudenken. Sein irrer Onkel war zu schnell, und seine eigenen Hände waren zu steif vom Schmerz der Kälte, als daß er nach seinem Bogen hätte greifen können. Er ließ Brid los und fühlte, wie sie rückwärts gegen den Stein taumelte, als der Wind ihren zarten Leib mit sich riß.

Da er nichts hatte, womit er sich hätte wehren können, blickte er erschrocken auf die Klinge aus weißem Stahl, die auf seinen Kopf zu ruckte. Er wußte, daß sie Fleisch so leicht durchschnitt wie Schweineschmalz. Es war eine grausig harte Waffe, die allein zum Töten geschmiedet war ... und nun lag sie in Händen eines Wahnsinnigen. Den Tod vor Augen, wurden Caspars Gedanken derart schnell, daß es ihm minutenlang zu dauern schien, bis die Klinge auf ihn niederging.

Ohne zu wissen wie oder wieso, griff er instinktiv nach dem Mondstein um seinen Hals. Er warf ihn aufwärts, um den Schlag abzublocken, und duckte sich hinter den Schild der leuchtenden Kugel.

Ihm war, als müßten seine Arme brechen, als der mächtige Hieb des Runenschwertes den Kristall zerschnitt. Und dann schwamm er durch den Raum, wand sich in blendend weißem Licht, als wäre er in einen Sturm wirbelnder Kometen gefangen. Eine fürchterliche Energie brannte um ihn, sog seine Gedanken in einen magischen Mahlstrom von grenzenloser Macht.

Dann hörte er Brids Stimme und fühlte ihre Hand an seiner.

»Große Mutter, führe uns. Keridwen, Morrigwen, helft uns«, flehte sie.

Caspar biß die Zähne zusammen, verneigte sich und warf den Mondstein gegen das Schwert. Er spürte den Aufprall, als die Klinge die Hülle der Kugel zerschlug, doch statt abwärts auf seinen Kopf einzuschlagen, steckte es fest. Energie stürmte aus der Erde auf, durch seinen Körper und fuhr durch seine Hände. Die Kraft drang in den Mondstein, dann konzentrierte sie sich kurz, bevor sie sich in einem Ausbruch übernatürlicher Gewalt entlud.

Er lag auf den Knien. Die Macht des Runenschwertes hatte ihn zu Boden gestreckt. Die Klinge steckte fest, ins Herz des Mondsteins eingegraben.

Fäden von weißen Blitzen leckten an der Klinge entlang zum Heft und zu Gwions Händen. Das Lauffeuer zog sengend über die Unterarme des Priesters und blitzte über seinen drahtigen Leib. Er schrie vor Pein. Seine quellenden Augen wurden zu grellen Bällen weißer Energie. Die Macht der Magie, die sich durch die beiden großen Talismane konzentrierte, schnitt in sein Hirn, erfüllte ihn mit gräßlichen Dämonen, die seinen kranken Geist zerrissen und marterten. Sengende Hitze umwehte seinen Körper, sammelte Kraft, dann brach sie aus ihm hervor. Die vereinigten Kräfte von Schwert und Mondstein gaben ihre wilde Energie in die Welt.

»Der Runenzauber! Nein!« rief Brid verzweifelt aus. »Die Runen der Magie! Es setzt die Runen der Magie frei!«

Caspar spürte, wie die tosende Energie des Zaubers vom Schwert ausging, als die Runen ins Universum ausgestoßen wurden und ihre Macht freisetzten.

»Die Schattenwesen werden sich den Zauber zu eigen machen und Leben daraus schöpfen!« schrie Brid entsetzt.

Gwion rieb seine Augen, und ein glitzernd rotes Ding entglitt ihm. Wahnsinnig vor Schmerz entfloh Gwion und wurde vom Sturm verschluckt. Einmal noch hörten sie sein Heulen, einen Entsetzensschrei. Er heulte und heulte, bis er nur noch die Spitze eines Flüsterns war, dann Stille.

»Der Abgrund!« murmelte Brid. Mehr mußte sie nicht sagen.

Sie waren allein im Schneesturm. Sprachlos starrte Caspar die Schneedecke an und bückte sich, um den Rubin aufzusammeln, der im feinen Schnee versank. Er spürte ein warmes Leuchten, als er ihn nahm. Feierlich reichte er ihn Brid. Ein Lächeln zuckte über ihre erschöpfte Miene. Dann wandte sich Caspar wieder dem Mondstein zu, der auf dem Runenschwert steckte. Er versuchte, ihn davon zu befreien, doch es wollte ihm nicht gelingen, und ihm blieb nur, sich die schwere Waffe auf den Rücken zu schnallen. Er war benommen, aber er mußte nachdenken. Gwion! Sein Onkel Gwion. Der Bruder seiner Mutter. Immer schon hatte er gegen sie gearbeitet, getrieben von dem irren Glauben, daß Keridwen allein dafür existierte, ihn zu unterdrücken. Gwion hatte der Herr der Welt sein wollen, nur um sich an seiner Schwester zu rächen.

Offenbar hatte Brid den gleichen Gedanken. »Er war nur eifersüchtig auf seine jüngere Schwester. Er konnte ihren Erfolg nicht ertragen.«

Caspar lehnte sich in den Wind und zwang seine erschöpften Beine, ihn immer höher zu tragen. Der Weg vor ihnen wurde schmal, und wieder waren sie auf einem Steinbockpfad. Er wand sich um den Rand des Gipfels, der wie ein Horn aufragte. Brids Fingernägel bohrten sich in seine Haut, als sie ihn bei der Hand hielt, und er stampfte weiter, betete darum, daß dieses Wetter, wenn sie auf der anderen Seite des Gipfels wären, besser würde.

Frierend und zu erschöpft, um weiterzuziehen, kauerten sie hinter einem überhängenden Felsen und zogen ihre Umhänge über ihre Köpfe, um so ein Zelt zu haben, und sie atmeten in der Wärme des anderen. Caspar blickte in Brids gerötete Augen und sah den Widerhall seiner eigenen Empfindungen.

»Hal«, stieß sie erstickt hervor, konnte nichts weiter sagen und sank schluchzend an Caspars Schulter. Er hielt sie fest, teilte ihre Trauer und freute sich an ihrer Körperwärme. Wenn Gwion ihnen mit Hals Schwert entgegengetreten war, wie konnte Hal dann noch leben? Ohne das Runenschwert hatten Hal und Ceowulf kaum Chancen, gegen einen Trupp barbarischer Vaalaker zu bestehen. Zwei Belbidianer allein gegen wohl ein halbes Dutzend muskulöser Nordmänner ... Die Chancen standen schlecht. Caspar wollte die Hoffnung für seinen Onkel nicht aufgeben, und nach dem, wie Brid ihre Tränen fortwischte und sich aufrichtete, vermutete er, daß es ihr ebenso erging.

Sie warteten über eine Stunde im Schutz des Felsens, bis der Wind nachließ. Caspar wollte nur noch schlafen, aber sie mußten weiterziehen. Die Luft war zu dünn, und wenn die Nacht kam, würde die Kälte sie umbringen. Sie durften nicht mehr rasten. Als der Sturm nachließ, ragte ein ödes Felsenhorn vor ihnen in den klaren, blauen Himmel auf.

Von Trauer bedrückt kämpften sie sich aufwärts, und Brid begann zu singen, als versuchte sie, ihnen Mut zu machen. Sie mochte traurig sein, doch ihre Stimme klang süß und wärmend wie die Sonne, so voller Leben und Energie, daß sie selbst die Felsen um sich zu bezaubern und die Welt zu drängen schien, damit diese sie beschützte.

»Auf, auf zum Bergesgipfel,
Wo die Adler ziehn und Falken schreien.
Auf, auf zum Bergesgipfel,
Wo der Schnee brennt und die Winde beißen.«

Sie hielt inne, und Caspar flüsterte den Rest.

*»Auf, auf in grausam eisige Lüfte,
Fürchte den Dolch der Kälte, fürchte das
Drachennest.«*

Böses ahnend sahen sie einander an.

»Es ist nur ein Lied«, sagte Brid und versuchte dabei, unbeschwert zu klingen. »Nur ein albernes Lied.«

Nichtsdestoweniger war Caspar nervös. Er wünschte, er hätte das Runenschwert schwingen können, doch er wußte, daß es als Waffe nun nicht zu gebrauchen war. Statt dessen löste er eilig seinen Bogen vom Rücken.

»Schscht«, forderte Brid.

Caspar sah sich um. »Was?«

Dringend winkte sie, er solle leise sein, und hielt sich eine Hand ans Ohr, um ihm zu zeigen, daß sie zu lauschen versuchte. Auch er konnte es hören: ein seltsames Schnüffeln.

Caspar spürte, wie sich die Härchen in seinem Nacken aufrichteten. Fraglos stammte das Geräusch von einem Raubtier, das nach seiner Beute suchte. Dann plötzlich entspannte er sich und lachte, als Trund schnaufend um die Ecke kam.

Anfangs dachte er, der Hund sei ihnen mit der Nase am Boden nachgelaufen, ihrer Fährte gefolgt. Doch nachdem er sie begeistert begrüßt hatte, blieb Trund ungewöhnlich abgelenkt, und seine Nase schnupperte noch immer in der Luft.

Fragend sah Caspar Brid an. »Was glaubst du, was er hier riechen könnte?«

»Nun, ich habe ihn bisher nur so gesehen, wenn er Schlangen witterte«, merkte Brid mit abschätzigem Blick an.

Bei der Erwähnung des Wortes *Schlangen* drehte sich Trund im Kreis, schnüffelte aufgeregt am Boden und erstarrte wiederum, wobei seine Nase auf den Gipfel gerichtet blieb.

Caspar lachte unruhig. »Na, eines ist sicher, hier oben kann er ganz bestimmt keine Du-weißt-schon-was wittern.« Trund sank zu Boden und schlich voran wie ein Wolf, der seiner Beute auflauert. »Es könnte etwas Ähnliches sein, Echsen vielleicht ... oder Wyvern«, meinte der Junge.

Sie folgten dem Pfad auf seinem Weg nach oben, manövrierten sich mit einigen Schwierigkeiten von einem Felsensims zum nächsten, bis sie merkten, daß sie über die Wolken stiegen, unter einen fast vertikalen Flöz im Fels. Trund jaulte und schnüffelte um die Felsenplatte, bis er eine farnumwachsene Schlucht fand, die sie wie eine Treppe durchschnitt. Sie folgten dem Hund, kletterten und krabbelten die rutschige Schlucht hinauf. Caspar spürte, wie ihm der Schweiß vor Anstrengung von der Stirn lief, als er immer wieder nach dem nächsten Halt suchte, und er blieb eine Sekunde lang stehen, um Luft zu holen. Er stand über dem Felsen, und die Berge schienen in endlose Tiefen zu führen.

Er blickte auf den schäumenden Rand einer Schneewolke hinab, die den Tränensee verhüllte. Vom Nebel abgesehen, der noch immer im schüsselförmigen Tal unter ihnen gefangen war, zeigte sich die Luft um die Felsen als klar. Er konnte bis weit über die schneebedeckten Gipfel hinaus sehen. Wie ein Adler konnte er alles erkennen: das aufgewühlte Dach der Wolken, die dunklen, prallen Farben der unteren Berge, das Rot, Gold und Schwarz der Heide, die buschigen Bäume, den kahlen Fels und die silbernen Girlanden des Flusses, die wie weiße Schärpen weit, weit unten in die Tiefebene stürzten. Camaalia erstreckte sich unter ihnen wie ein goldener Teppich, das verdorrte Land allein vom Schmelzwasser der Eisigen Gipfel gespeist. Als er in die Ferne blinzelte, konnte er eben die graue Weite des Meeres ausmachen. Jenseits davon lag Torra Alta, Tausende von Wegstunden weit.

Trund löste einen losen Feuerstein aus einem Spalt im Stein, und Caspar riß seinen Kopf zur Seite, um den Stein an ihm vorüberfliegen zu lassen, als dieser herabfiel. Hier oben fühlte er sich fast schon heimisch, sehr lebendig, atmete die Luft, die niemand sonst einatmen konnte. Als er seinen Kopf umwandte, wurde er irgendwo zu seiner Linken einer Bewegung gewahr.

»Brid«, flüsterte er, »irgend etwas folgt uns.« Er blickte in ihr gerötetes Gesicht, ihr Haar, vom Sturm zerzaust und aufgeweicht, das an ihren Wangen klebte. Ihre großen, leuchtend grünen Augen sahen sich dringlich um.

»Ich kann nichts sehen«, flüsterte sie unsicher, »aber ...«

»Da ist etwas«, beendete Caspar ihren Satz. »Die Schatten haben Augen. Ich kann ihre Blicke spüren.«

Ein Schauer durchfuhr ihn, und er zog das schwere Gewicht seines feuchten Umhangs fest um sich. Er konnte spüren, daß etwas atmete, etwas Großes und Mächtiges. Einen Moment lang sah sich Trund um, und seine kleinen, schwarzen Augen waren auf denselben leeren Fleck wie Caspars gerichtet. Er wimmerte leise und wandte sich dem spitzen Gipfel zu, der vor ihnen lag, konzentrierte sich auf seine Beute.

Fünfzig Meter über ihnen wurde der Hang steil und bildete ein Horn, und an dessen Fuß sah Caspar etwas Weißes, ein wunderschönes Silberweiß, das sich mit der kraftvollen Anmut eines paradierenden Pferdes bewegte. Eine Sekunde lang sah er den Schatten des Kopfes und ein langes, dünnes Horn. »Das Einhorn«, murmelte er. Es trat vor und scharrte mit seinem gespaltenen Huf am Boden. Ein Tier, das so schön und doch derart von Bosheit getrieben war!

»Sie nehmen Gestalt an«, flüsterte Brid. »Als das Schwert den Mondstein getroffen hat, wurden die Runen der Magie in die Lüfte freigesetzt. Wir müssen uns beeilen.«

Ein Schatten fegte über sie hinweg, stürzte sie in Finsternis, als zehn Meter Flügelspanne den Himmel verdunkelten. Ein gräßlicher Schrei wie das Krächzen eines monströsen Raben erfüllte den Himmel, und einen Moment lang spürte Caspar sengende Hitze. Er sah nichts, doch er wußte, was es war.

Brids Mund formte sich um das Wort *Drache*; sie schien es nicht aussprechen zu wollen. »Spute dich«, flehte sie. »Wir müssen dort sein, bevor sie gänzlich Gestalt angenommen haben.«

Caspar kletterte aufwärts.

Am Fuß des Horns fanden sich ein schmaler Sims und der schwarze Schlund einer Höhle. Trund hockte mit starren Nackenhaaren und gefletschten Zähnen vor der Höhle. Er schlich voran, jaulte, und dann floh er wieder zu Brid und stand zitternd zwischen ihren Beinen.

»Mutter, steh uns bei«, murmelte sie.

KAPITEL 11

Die Spitze von Hals Säbel brach unter der Gewalt von Kullaks Axt. Die Folge von Schlägen ließ den Torra Altaner auf ein Knie sinken, und der große vaalakische Krieger zeigte keinerlei Ermüdung.

Ceowulf ächzte unter der Anstrengung jedes einzelnen Schlages. Hal hörte den heftigen Hieb und Stich der ritterlichen Klinge, als sie Boden gutmachte, doch dann wurde der Caldeaner zurückgetrieben, als ein weiterer Vaalaker kreischend zum Angriff überging. Ein ersticktes Stöhnen war zu hören, als der große Ritter einen Schlag an seine linke Seite erhielt. Er kämpfte weiter, aber er hielt sein Schwert nicht mehr so fest, weil Blut über den Griff rann.

Hal wußte, daß sie nicht mehr nur um ihr Leben kämpften: Ihr Leben war bereits verloren. Sie konnten nicht hoffen, sieben Männer niederzukämpfen, die mit zunehmender Wucht auf sie einschlugen. Sie kämpften nur um Zeit, kämpften darum, daß Caspar das Druiden-Ei fand. Hal war bereit, das Opfer zu bringen. Er bedauerte nur, seinem Neffen nie gesagt zu haben, daß er es ihm nicht mehr übelnahm, Erbe von Torra Alta zu sein. Inzwischen war ihm klar, daß es andere Dinge gab, die wichtiger waren … Brid etwa.

Er war so eifersüchtig gewesen, als Brid ihm beim Turnier ihre Schleife gegeben hatte. Er war deshalb so zornig auf Caspar gewesen, obwohl er wußte, daß es nicht seine Schuld war. Er wußte, daß er das Band nicht als Liebespfand bekommen hatte, sondern um Caspar mit Kraft zum Sieg zu versehen. Jetzt tat es ihm leid, daß er so ungehobelt gewesen war.

Er wünschte, er hätte Brid einmal wenigstens geküßt und ihr gesagt, daß er sie liebte. Unerfüllt, wie er nun war, blieb ihm als Trost nur, daß er zumindest als Held sterben und so viele dieser üblen Barbaren wie möglich mit sich reißen würde. Solange Spar und Brid das Druiden-Ei fanden, hatten sie noch Zeit. Wenn er nur etwas länger aushielt, konnten sie die Burg und ganz Belbidia retten.

Kullak ragte über ihm auf, hackte und schwenkte seine Doppelklinge, zielte deutlich auf Hals Kopf. Er brauchte nur einen einzigen richtigen Treffer, und die weiche Hülle an Hals Schädel wäre so sauber aufgespalten wie ein Stück Holz auf einem Hackblock.

In diesem Augenblick hörte er es. Durch das wahnsinnige Geschrei des Kampfes hörte man das Lied von Kriegern, die in die Schlacht ritten. Der ermutigende Lärm wurde vom wilden Gellen einer Fanfare und dem Schnauben stampfender Pferde begleitet. Mit neuerlicher Kraft kämpfte Hal, als er die Farben der nahenden Ritter erkannte. Kay, Grinwal und Tylot ritten einem Trupp von acht Männern voraus. Zwischen den edlen Standarten und grellen Farben sah er rosenfarbenen Satin aufblitzen, von dem er wußte, daß kein Ritter ihn je tragen würde.

Grinwal, der vorausritt, ließ seine Lanze zugunsten des schwarzmetallenen Schwertes fallen, da ihm die lange Waffe offenbar im Wege war. Er stürmte geradewegs auf den nächsten Vaalaker zu, der herumfuhr, um sich ihm zu stellen, und spaltete dem Nordmann das Gesicht mit einem sauberen Hieb.

Tylot schwang seine Keule in Scraggs Rücken. Zwar trug der ungeschlachte Krieger keine tödliche Verletzung davon, doch er taumelte und stürzte auf Hal, drückte ihn in den blutgetränkten Morast, so daß die Klinge seiner Axt über dem ungeschützten Nacken des Belbidianers hing. Hal kämpfte einen Arm unter Scraggs malmendem Gewicht frei, rang verzweifelt darum, den Mann von sich zu halten, doch er war dafür zu schwach. Während er gegen die Kraft des Vaalakers kämpfte, zuckte die Klinge ruckend seiner Halsschlagader entgegen.

Er drehte seinen anderen Arm unter dem Gewicht, fand seinen Dolch und rammte ihn aufwärts, bis die Klinge derart tief im Bauch des Barbaren steckte, daß er spürte, wie die Spitze an das Rückgrat des Mannes stieß. Als Hal fühlte, wie das warme Gewebe über seine Hand rann, quollen die Augen des Nordmannes hervor, seine Lippen riefen nach der Umarmung seines Gottes, und in seinem letzten Atemzug flüsterte er: »Vaal-Peor.«

Die Gebete der sterbenden Krieger lagen in der Luft, als sein Geist Abschied nahm und dem Eisgott zustrebte. Plötzlich war die Luft vom Gifthauch der Bosheit erfüllt.

Als der belbidianische Junge wieder auf die Beine kam, wurde der letzte Vaalaker mit einem wohlplazierten Hieb und Stich von Kays Klinge niedergemäht. Sein Vater klopfte ihm stolz auf die Schulter, und dann richteten sich die Augen der camaalischen Ritter auf die beiden Belbidianer. Hals linker Arm war aufgeschnitten, und schützend hielt er ihn an seinen Leib. Ceowulf war noch auf den Knien, blutete aus Schnitten an Oberschenkel und Gesicht. Er versuchte zu stehen, stolperte aber und sank erneut zu Boden.

Cybillia, die in ihrem Wust aus rosenfarbenem Satin hier vollkommen fehl am Platze schien, stürzte von irgendwo hinter den Rittern hervor und warf sich neben dem großen Caldeaner zu Boden, fetzte Bandagen von ihren Unterröcken und machte sich an Ceowulfs Wunden zu schaffen.

»Du bist verletzt. Oh, Ceowulf, du bist verletzt«, schluchzte sie.

Er lachte aus tiefer Kehle. »Es ist nicht so schlimm, Frau. Trockne deine Augen. Ich bin nur erschöpft.«

Er sank in ihre Arme, während Hal sich auf dem rauhen Leder zurücklegte und sich fragte, ob ihm seine Muskeln jemals wieder dienen würden. Er wußte nicht, wie lange sie gekämpft hatten, aber es war ihm wie Stunden vorgekommen, und in dieser Höhe hatte er nun keine Kraft mehr, sich zu wehren. Er neidete Ceowulf die stärkenden Küsse, mit denen Cybillia ihn nun überhäufte, doch er lächelte über ihr Glück. Sie verdienten einander.

Hal blickte in Kays Gesicht auf.

Der junge Lonisianer sah besorgt aus. »Lebst du noch?«

»Mein Verstand ja, nur mit meinem Körper bin ich nicht so sicher.« Er nahm Kays Hand entgegen und zog sich auf die Beine, wobei er unter seinem eigenen Gewicht fast wieder in sich zusammensank. »Wie um alles in der Welt kommt ihr hierher?« fragte er, während Grinwal seinen linken Arm fachmännisch mit einem Feldverband versah.

Kay nickte zu Cybillia hinüber. »Sie kam und hämmerte an unsere Türen und forderte freundlich unsere Hilfe. Anfangs dachten wir, sie wollte uns einen Bären aufbinden, weißt du, eine Art Streich. Sie sagte, sie mache sich Sorgen um euch, weil ihr ganz allein in die Berge geritten wäret, und fühlte sich hilflos, so ganz allein. Wir wußten nicht, welchen Schaden ihr wohl nehmen könntet, doch sie blieb beharrlich. Sie konnte nicht sagen, daß irgendwas im Schwange war, nur daß sie dieses Gefühl hatte. Jedenfalls schien uns ein Ritt in die Berge eine gute Idee zu sein. Erst als wir hoch oben auf den Eisigen Gipfeln waren, wo eine junge Dame allerdings zu ihrer eigenen Sicherheit in Sorge sein sollte, wurde uns klar, daß es ihr wirklich ernst war. Furchtlos ritt sie durch schwieriges Gelände, peitschte ihr Pferd voran, als sei sie von einem Dämon besessen. Echter Einsatz.«

Hal lachte. »Hast du das gehört, Cybillia? Kay sagt, du seist eine echte Belbidianerin.« Er bewunderte das Mädchen für seine Courage und Entschlossenheit, und doch waren es die beiden Qualitäten, die er bei Frauen erst kürzlich noch verabscheut hatte. Nun wurde ihm bewußt, daß es noch ein anderes Mädchen gab, die diese Qualitäten hatte … und hundertmal mehr noch. Er wandte sich um und sah zum großen Horn des Felsens auf, der seinen Schatten auf den Bergsee warf. »Brid«, flüsterte er.

Von Anbeginn war es Gwion gewesen, der sie betrogen hatte. Irgendwie konnte es ihn nicht überraschen … er hatte die Augen des Mannes noch nie gemocht. Er betrachtete die Leichen um sie herum. Gwion war nicht unter ihnen. Der verräterische Priester war Caspar und seiner Brid auf den Fersen.

Er wandte sich den anderen zu und deutete wild auf den spitzen Gipfel, der in den Himmel stach. »Spar und Brid! Sie sind noch in Gefahr!«

Um den Schlund der Höhle lagen die Reste frisch geschlagener Beute, und aus dem dunklen Schlund drang ein vertrautes Zischen, wie das Rauschen der See auf Felsen, laut, beharrlich und zwingend. Das Zischen kam von Schlangen, und er haßte Schlangen.

Der Ort stank nach Tod, und Caspars Haut wurde feucht vor Angst. Er hatte eine Todesangst vor Schlangen, seit Cailleach ihn im Keilerwald gefangen und mit ihren gierigen Armen umschlungen hatte, um ihm lüsterne Worte ins Gesicht zu hauchen.

In der Höhle wimmelte es vor sich windenden Gestalten, Hunderte davon. Nur wieso fürchtete sich Trund? Normalerweise mochte das Tier nichts lieber, als diese beinlosen Reptilien aufzuspüren und zu vernichten, doch nun kauerte der furchtlose Terrier hinter Brid.

Caspar riß seinen Blick von der Finsternis der Höhle los und sah die Jungfrau an. Sie schluckte fest und lächelte tapfer. »Nun, wer sieht zuerst nach, du oder ich?«

Caspar schluckte. Seine Beine fühlten sich weich an. Er konnte nicht in diese Höhle gehen. Der bloße Gedanke an Schlangen ließ ihn erstarren, aber er konnte Brid unmöglich zuerst gehen lassen. Er mußte sie beschützen. Als Brid vortrat und sich die Frage selbst beantwortete, hielt er sie beim Arm und zog sie zurück. »Nein, ich gehe.«

»Wir gehen gemeinsam«, schlug sie vor und betrachtete die Schwelle des Todes, die dort vor ihnen lag. Sie traten nur einen Schritt vor, als eine lange Schlange wie eine Bullenpeitsche herausschoß und ihr Maul aufriß, bereit zuzuschlagen. Wäre da nicht Trund gewesen, hätte sie Brids Bein erwischt.

Wie der Vorbote eines Blitzes schoß der Hund hinter ihren Knöcheln hervor und schnappte nach dem Hals der mächtigen, fünfzehn Fuß langen, schwarzgelben Viper, bevor diese ihren Angriff noch halbwegs ausgeführt hatte. Der Hund wurde in die Luft geschleudert, hin und her gepeitscht, gegen die Höhlenwand geworfen, doch er hielt unbarmherzig fest, und eine rote Kapuze lag ihm um Hals und Schultern. Caspar konnte nicht sagen, ob es Trunds Blut oder das der Schlange war. Trotz Brids entsetzten Schreien, als sie sah, wie der Hund an die Felsen geschlagen wurde, konnte Caspar nichts tun. Ein schriller Aufschrei war zu hören, als die Hundezähne schließlich die Schuppen der Schlange durchschnitten und sich in ihre Wirbelsäule bohrten. Leblos sank das Schlangentier in sich zusammen. Taumelnd kam Trund hoch und humpelte zu Brid, wedelte mit seinem Schwanz.

Caspar konnte das allgegenwärtige Zischen der Schlangen nicht mehr hören und fragte sich, ob der immense Lärm nicht nur das Echo dieser einen, riesenhaften Schlange gewesen war, das durch die Höhle hallte. Doch als er vortrat und sich seine Augen an die Dunkelheit gewöhnten, merkte er, daß er sich irrte.

Das Zischen kam wieder. Direkt vor ihm schienen etwa

hundert Schlangen auf seinen nächsten Schritt zu warten. Ihre großen, fesselnden Augen blickten ihn an, und ihre gespaltenen Zungen bebten vor freudiger Erwartung, die Hälse zurückgebogen, bereit zuzuschlagen. Hinter der ersten Reihe kampfbereiter Schlangen schwankten zahllose weitere, deren Hälse in die Luft aufragten und wie hohe Gräser schwankten. Ihr gemeinsamer Atem streichelte ein ovales Ding, das in der Mitte der Kammer in der Luft schwebte wie getragen vom Atemkissen ihres gemeinsamen Zischens. Beigefarben war es, von blauer Äderung durchzogen, nicht größer als eine Faust. Trotz der Schlangen merkte Caspar, daß sein Blick der ovalen Kugel galt, denn die Magie hielt ihn in ihrem Bann. Er zweifelte keinen Moment daran, daß er das Druiden-Ei vor sich sah.

Die nächste Schlange fauchte, und erschrocken trat Caspar ein Stück zurück. Er wollte fliehen, stolperte aber. Als er stürzte, schlug die Viper nach ihm aus, doch Trund war da, warf sich an Caspar vorbei, den Panik ergriff.

Der Hund war zu langsam, um die Schlange mit seinen Kiefern zu packen, und die gebogenen Fangzähne der Schlange durchbohrten seine Haut kurz unterhalb der Kehle. Trund stieß ein gequältes Heulen aus, taumelte gefährlich aus dem Schlund der Höhle und brach zusammen

Sein edles Opfer hatte Caspar genügend Zeit gegeben, sich zurückzuziehen. »Es müssen noch Tausende sein«, stöhnte er und griff verzweifelt nach dem Schlangenfänger.

Brid hielt den Hund in ihren Armen und versuchte, ihn zu trösten. »Ach, Trund«, murmelte sie. »Ich habe nichts gegen Schlangenbisse bei mir.« Sie schloß den Hund in ihre Arme, während sie aufblickte, um die Höhle und das Druiden-Ei zu betrachten.

Caspar folgte ihrem Blick. »Sieh doch « Er deutete auf den steinernen Bogen über dem Höhleneingang. »Dort steht etwas geschrieben.« Sein Blick strich über die wettergegerbten Runen, die dort in den Stein gehauen waren.

Brid trat näher heran und las laut.

»Dieses ist die Schwelle. Weise ist jener, der so weit gekommen ist, weiser noch jener, der nun kehrtmacht. Was herinnen liegt, wurde mit vereinter Kraft von tausend Schlangen gezeugt. Es ist die Saat übernatürlicher Macht, und solcherart Macht ist ein übler Schoß, aus welchem Freunde zu Feinden geboren werden.«

»Aber wir müssen diese Macht nutzen«, sagte Caspar gewichtig, und seine Gedanken standen angesichts der phantastischen Fähigkeiten dieses Artefakts kopf. Plötzlich bemerkte er mächtige Schwingenschläge über ihnen. Ein großes schwarzes Wesen nahm Gestalt an.

»Als das Schwert in den Mondstein drang, hat es den Runenzauber freigesetzt und die Tiere der Legenden angelockt, ihnen Gestalt gegeben. Wir haben ihre Geister aus der Anderwelt gerufen. Wenn sie das Druiden-Ei vor uns erreichen, steht es ihnen wieder frei, die Erde zu beherrschen.« Brid stand auf, zitterte. »Hilf mir, das Schwert zu heben.«

Caspar stolperte zu ihr und legte seine Hand ans Heft. In jenem Augenblick, als er die Waffe berührte, spürte er die bebende Energie des Mondsteins, die sie in Wellen durchfuhr.

»Große Mutter, hilf uns«, flehte Brid.

Der Mondstein, der etwa auf der Mitte des Schwertes steckte, blitzte und flimmerte vor blauweißer Energie. Als die Jungfrau die Göttin rief, spürte Caspar, wie ihre Kräfte wuchsen. Obwohl er sie nicht sehen konnte, war Caspar sicher, daß er die Gegenwart der anderen beiden Priesterinnen der Trinität spüren konnte, als Brids zarter, schlanker Arm das schwere Schwert ohne seine Hilfe heben konnte.

»Spar, laß los und hol das Druiden-Ei«, befahl sie und biß

furchtsam die Zähne zusammen, während ihr Blick auf die schwarz schimmernde Erscheinung gerichtet war, die über ihr schwebte. Dürre Krallen waren zu erkennen, und eine lange Warzenschnauze schob sich ihnen aus der trüben Wolke entgegen.

Caspar trat zurück und starrte die schimmernde Luft um Brid an. Wie die des Drachen formten sich auch die dunklen Auren Morrigwens und Keridwens in der aufgeladenen Atmosphäre aus. Sie gaben Brid ihre Kraft, als sie das Schwert anhob, um sie vor dem Untier zu beschützen, das wie ein Riesengeier über ihnen schwebte.

Brid wandte sich um, wollte etwas sagen, und Caspar hörte eine Trinität von Stimmen, als sich ihre Worte mit denen der anderen Priesterinnen mischten. »Vollende deine Suche. Jetzt ist deine Zeit gekommen. Nimm das Druiden-Ei. Du bist der Suchende. Tu es gleich!«

Pralles Rot und Gold färbte die Umrisse des Drachen ein. Die matten Konturen kristallisierten sich zu Einzelheiten: Schuppen, ein Stachelschwanz, lange Reihen gebogener Reißzähne und ein mächtiges Maul, das tief einatmete, um den Ofen in seinem Bauch zu füllen. Eine Stichflamme schoß aus dem schimmernden Maul des Drachen. Zwar war er noch nicht gänzlich ausgeformt, doch hatten die Flammen Leben und Energie. Caspar konnte ihre sengende Hitze spüren. Als der Feuerstrahl das Runenschwert traf, teilte sich das Feuer. Eine Flut von roten, orangen und blauen Flammen wurde seitlich abgelenkt, wie die strudelnden Fluten eines reißenden Flusses, die sich um einen Felsen teilten.

Er stand im schützenden Schatten des Schwertes, während das Feuer abgelenkt und in den Höhlenschlund geleitet wurde, wo es die ersten Reihen der Schlangen bei lebendigem Leib verbrannte. Caspars Herz erschauerte, als er sah, wie die Vipern in den knisternden Flammen schrumpften. Plötzlich war er wie elektrisiert, besorgt, daß das Feuer das Druiden-Ei zerstören könnte. Oder wenn es brechen würde …

Alles war verloren, wenn das Druiden-Ei brach. Er mußte den Drachen aufhalten. Er nahm seinen Bogen, zielte und schoß einen Pfeil ab. Er wußte nicht, was er sonst tun sollte. Er brauchte nur einen wohlplazierten Schuß, doch der mußte akkurat sein, da der Schuppenpanzer des Drachen undurchdringlich war, nur an seiner Kehle nicht, die das Wesen stets geschützt hielt. Brid hob das Runenschwert wie einen Schild, und er schoß immer wieder, aber seine Pfeile waren unwirksam und prallten an den Drachenschuppen ab.

Nun konnte er das Untier besser sehen. Seine Flügelspanne maß dreißig bis vierzig Fuß, sein Körper war von einem hellen, lederigen Grün mit langem, eingerolltem Schwanz. Das Vieh war noch immer nicht ganz wirklich. Seine durchscheinende Gestalt schimmerte und schwankte zwischen den beiden Welten. Allein das Feuer war real, als es die Luft versengte und ihnen den Atem raubte.

Caspars Köcher leerte sich rapide. Die dunklen Krallen scharrten durch den Himmel, und Caspar fühlte die aufgewühlte Luft. Einen kurzen Augenblick wurde der Strom von roten und goldenen Flammen, die aus dem Maul des Drachen brüllten, wieder in dessen Bauch gesogen, als das Untier atmete. Caspar nutzte die Gelegenheit und stürmte vor, bis er unter der aufgeblähten Kehle stand. Er atmete ganz ruhig, zog die Bogensehne so stramm wie möglich, dann holte er tief Luft, um größtmögliche Spannung in die Sehne zu bekommen.

Sein Vater wäre stolz, das wußte er. Schließlich ließ er den Pfeil fliegen, und in dem Moment, als die Sehne an sein linkes Handgelenk schlug und der Bogen summte, wußte er, daß es genügte. Die Spitze spaltete den weichen Gaumen des Drachen, und die Luft um Caspar heizte sich auf, als das körperlose Untier wieder in die Anderwelt gesogen wurde.

Plötzlich war die Luft dann kalt, und wieder hörte er das Zischen der Schlangen. Caspar wandte sich jedoch nicht um, sah sie nicht an, sondern blickte zum fernen Horizont hinüber. Wütende Gewitterwolken verfinsterten den Himmel, und anfangs glaubte er, es braue sich ein Sturm zusammen, doch als die düster rollende Masse näher kam, formten sich drei weitere feuerspeiende Viecher aus der Wolke.

»Uns bleibt nur wenig Zeit«, erklärte Brid mit beherrschter Ruhe. Morrigwen und seine Mutter waren nun kaum noch zu hören. »Wir mögen einen Drachen vernichtet haben, doch drei sind unmöglich, und wenn sie das Druiden-Ei zerbrechen und den Zauber in die Atmosphäre geben, werden auch die restlichen Tiere der Macht real. Du mußt das Druiden-Ei jetzt holen.«

»Aber wie komme ich heran, Brid?«

Verzweifelt blickte Caspar zu den Schlangen. Das Drachenfeuer hatte eine ganze Menge von ihnen verbrannt. Ihre schwarzen, geschrumpften Kadaver lagen auf dem Höhlenboden wie verkohlte Zweige aus einem erloschenen Feuer. Doch fast hundert blieben noch und schwankten über ihren toten Gefährten. Ihre Zungen zuckten aufwärts, und ihr gemeinsamer Atem hielt den kostbaren Talisman in der Luft.

Es war das makellos geformteste Ding, das er je gesehen hatte, und trotz der schrecklichen Angst, die er vor den abscheulichen Reptilien hatte, fühlte er sich zu ihm doch hingezogen.

Das Ei war das wahre Symbol des Lebens, eins mit sich, perfekt geformt und doch so zerbrechlich. Seine Oberfläche war von weichem Perlweiß, durchzogen von feiner, blauer Maserung. Es war so wenig bemerkenswert wie jedes andere Ei, doch er spürte das Potential seiner Kraft, wußte, daß er einen Talisman vor sich sah, der das Schicksal der ganzen Welt verändern konnte. Und doch war das Ding so makellos und zart wie ein neugeborenes Kind … und ebenso verletzlich.

»Ich kann dorthin nicht gehen, Brid«, rief er hilflos. »Ich weiß nicht, wie ich es machen soll. Die Schlangen ...«

Er fürchtete sich weit mehr vor den sich windenden, beinlosen Kreaturen als vor den schimmernden Gestalten der Drachen, wenn diese auch tausendmal gefährlicher sein mochten. Die Schlangen konnten nicht herauskommen und ihn angreifen, da es bedeuten würde, daß sie das Druiden-Ei zurücklassen mußten, und doch hatte er schreckliche Angst vor ihnen. Sein ganzes Denken war von dem Bild Cailleachs erfüllt, die ihn in ihre Schlangenarme nahm und ihm den Atem raubte.

»Du mußt«, schrie Brid ihn an, bevor ihre Stimme im Tosen der Flügelschläge unterging.

Einer der Drachen war fast bei ihnen, doch statt über Brid und Caspar hinwegzustreichen, ließ er sich unter den Rand der Klippe sinken und flatterte mit den Flügeln, blieb wie ein Raubvogel mitten in der Luft stehen. Er stieß einen grauenvollen Schrei aus, als ein Hagel von Speeren von unten heraufgeschleudert wurde und die Luft um das Untier durchlöcherte. Das unverkennbare Klirren einer Rüstung kündete vom Auftauchen einer gepanzerten Hand am Rand des Felsens, auf dem Brid und Caspar standen. Ceowulf hielt einen Speer und warf ihn nach der Drachenkehle. Weitere Männer kletterten herauf, schleuderten Speere nach den körperlosen Kreaturen, bis acht Ritter Seite an Seite vor ihnen standen und die Drachen abwehrten.

Und dann war auch Hal da. Er sah erschöpft aus, und seine Arme hingen schlaff herunter, doch seine Augen waren voller Leben. Zu Caspars Erleichterung brauchte sein Onkel nur einen Augenblick, um die Lage zu erkennen.

»Brid, das Schwert«, befahl er. Kurz sah er stirnrunzelnd den Mondstein an, der nah am Heft der Waffe steckte, dann stieß er Brid grob beiseite. »Bleib zurück, damit dir nichts geschieht«, knurrte er. Caspar wußte, daß der harsche Ton seines Onkels nicht dem Wunsch zu kommandieren entsprang, sondern seiner Sorge und Liebe zu dem Mädchen.

Der Junge mit dem rabenschwarzen Haar hielt das Schwert seitwärts und vollführte einige Übungsschwünge. Er verzog das Gesicht vor Schmerz und zuckte, als die Bewegung seinen linken Arm belastete. Blut sickerte durch den weißen Verband oberhalb des Ellenbogens.

»Der Mondstein verändert das Gefühl ein wenig, aber ich glaube nicht, daß es etwas ausmacht«, verkündete Hal hinter zusammengebissenen Zähnen hervor. Seine schwarzen Brauen schoben sich herab, bis die Augen im Dunkel seiner Miene kaum noch zu erkennen waren. »Ich werde es mit einem Hieb tun müssen, und, Spar, du mußt da sein, bevor das Druiden-Ei herunterfällt.«

Caspar versuchte trotz des Gebrülls der Drachen zu denken, während Ceowulf, Grinwal und die anderen Ritter sie zurückhielten. Kraftlos nickte er dem Onkel zu. Er gab sich alle Mühe, einzig und allein an das Druiden-Ei zu denken, doch er mußte das Abbild seiner Mutter in seine Gedanken zwingen, um das Entsetzen vor den Schlangen fortzuwischen.

»Ich bin bereit«, rief Hal ungeduldig, während er sein Schwert seitlich zurückzog, so daß er die Klinge parallel zum Boden hielt.

Caspar glaubte nicht, daß er jemals bereit wäre, aber er nickte. Wenn Hal sagte, daß er es tun konnte, konnte auch er es tun. Einen kurzen Moment lang war es, als hätte sich nie etwas verändert und sie wären wieder in den Gelben Bergen von Torra Alta und Hal führte ihn ins nächste hasenhirnige Abenteuer, für das Branwolf sie später tadeln würde. Doch blieb der Augenblick nur flüchtig, und die grimmige Wirklichkeit stand ihm bevor. Das war wichtig, wichtiger, als irgend etwas je gewesen war.

Caspar hockte auf gespannten Muskeln, bereit, gleich hinter der Schneide des Schwertes vorzuspringen. Sein Onkel trat vor, schwang das Runenschwert mit kraftvoller Bewegung. Caspar sah die Schlangen und erstarrte. Er konnte es einfach nicht.

»Spar«, flehte Brids Stimme. »Um Torra Altas willen, Spar, lauf!«

Das Bild seiner Heimat füllte Caspar aus, und die Angst wurde von seinem Pflichtgefühl hinfortgeschwemmt. Er stieß den Torra Altanischen Kriegsschrei aus, um seine Furcht zu vertreiben und seinen Mut zu stählen, und stürmte der mähenden Klinge nach. Das Schwert pfiff, als es in Hals Händen kreiste und in einer Reihe flacher, ovaler Schwünge seitwärts schnitt. Die stählerne Klinge durchtrennte Schlangenhälse und fällte sie vor seinen Augen wie Weizenähren. Dann fiel das Druiden-Ei. Caspar sprang vor, mit ausgestreckten Armen, hielt seinen Blick starr auf das zarte Ding gerichtet, als es dem harten Felsenboden entgegenfiel. Er konnte das triumphierende Gebrüll der Drachen hören, als diese die Freiheit ahnten, die mit der Zerstörung des Eies für sie einherging.

Er schob sich durch die stürzenden Schlangen, und Blutfontänen spritzten zur Decke auf, während die Leiber der enthaupteten Biester noch aufrecht schwankten. Er streckte seine Arme aus, als das Druiden-Ei zu Boden taumelte, schaffte es eben noch, seine Hände darunter zu bringen, während er selbst auf Felsen fiel und dabei die kopflosen Schlangenkadaver unter sich begrub.

Er hatte es. Er hielt das Druiden-Ei in Händen. Er fühlte, wie die pulsierende Kraft durch seinen Körper fuhr. Er hielt das Druiden-Ei mit beiden Händen, blickte tief in seine wundersamen Muster, staunte über die makellos ovale, zarte Form. Dann fühlte er, wie sich quälender Schmerz in seinen Nacken bohrte. Erst kamen die nadelspitzen Stiche, als Zähne seine Haut durchbohrten, dann der peitschengleiche Stich von Gift, das in seine Adern injiziert wurde. Er spürte, wie er schwächer wurde, und er sank mitten im Gemetzel auf die Knie, konzentrierte sein Denken darauf, die Hände unter dem Ei zu halten, und wiegte es bis zum letzten Augenblick wie einen Säugling.

Gleichzeitig stürmten Hal und Brid voran, knirschten über die trockenen, verkohlten Leichen und rutschten auf den Kadavern jener aus, die ein Hieb des Runenschwertes getötet hatte. Durch den Dunst vor seinen Augen sah Caspar, wie Hal die letzte Schlange niedermachte und dann vorsichtig neben ihm kniete. Jemand bog behutsam seine Finger auf, befreite ihn vom Druiden-Ei, und obwohl er nicht mehr sehen konnte, wußte er, daß es Brid sein mußte.

Hal hob ihn auf, und kraftlos lag er in seinen Armen. »Nur eine Schlange. Es muß der Mondstein gewesen sein, der verhindert hat, daß das Schwert diese letzte Schlange tötet, doch die hat genügt.«

Caspars Verstand arbeitete, doch er konnte sich in seiner Benommenheit weder rühren noch sprechen oder reagieren. Vage nahm er hallende Worte und unscharfe Umrisse von Menschen um ihn wahr. Er spürte eine Kraft an seiner Seite. Anfangs dachte er, es sei der Mondstein, doch wurde ihm allmählich klar, daß es das Druiden-Ei war. Er entspannte sich: Sie hatten das Druiden-Ei, das allein war wichtig. Nun konnte er sterben, in Frieden sterben, zufrieden, daß die Macht in ihren Händen lag.

»Legt ihn neben den Hund und haltet ihn warm«, befahl Brid mit unnachgiebiger Stimme.

Zutiefst erschöpft konnte Caspar nur noch seinen trüben Blick heben und zusehen, wie er auf der Seite lag und aus dem Schlund der Höhle blickte. Auf dem Sims vor ihm saß ein riesenhaftes Ungetier mit krummen Schultern und langem Hals wie von einem Geier. Seine grüne Schuppenschnauze ragte vor und spreizte sich mit zwei mächtigen Nüstern. Weiße Zähne, so lang wie Walroßhauer, schoben sich zwischen gezackten Lippen hervor. Mit sauber gefalteten Flügeln kauerte das Vieh auf eckigen Beinen, hockte gänzlich reglos da … abgesehen vom langen Stachelschwanz, der wie bei einer Katze hin und her peitschte. Seine Haut war von schimmerndem Grün, mit glitzernden Punkten von Silber und Gold, und in seinen smaragdenen Augen schien uralte Weisheit zu ruhen.

Seltsam, dachte Caspar träumerisch, daß diese strahlenden Augen denen Brids so ähnlich sein sollten. Am Rücken des Drachen ragten stachelige Schuppenplatten auf, und er stank. Faulige Magensäfte, die in seinem Bauch brodelten, stanken wie verkohlter und verwester Fisch. Caspar fragte sich, ob es wohl der ranzige Gestank war, der verhinderte, daß er komplett das Bewußtsein verlor. Selbst von dort aus konnte er den Doppelschlag der Drachenherzen spüren. Vage wunderte er sich, wieso er nicht angriff, doch bald schon wurde ihm die Mühe zuviel. Er schloß die Augen und ließ sich wie eine Feder treiben, die auf stiller Luft von einem hohen Turm schwebte … sinkend, taumelnd, gleitend in den Abgrund einer unbekannten Welt, die gleich jenseits der Träume lag.

»Ist er tot?«

Caspar konnte die Stimme seines Onkels hören. Sie war knapp und angespannt. Er fragte sich, ob Hal wohl von ihm sprach, und versuchte die Augen aufzuschlagen, um seinen Anverwandten zu beruhigen, aber er konnte es nicht.

»Nein, aber er macht sich nicht so gut wie der Hund. Fühl nur Trunds Herzschlag. Der ist jetzt stark und gleichmäßig.« Es war Brids Stimme, weich und voller Liebe und Sorge, jene Stimme, mit der sie stets sprach, wenn sie sich um Kranke kümmerte. »Trund wird genesen, aber es könnte sein, daß er keine Schlangen mehr töten will.« Sie sprach mit ruhiger Stimme. »Ich würde meinen Lederbeutel verwetten, daß ophidianische Schlangenfänger eine natürliche Immunität gegen

Schlangenbisse in sich tragen. Ich vermute, daß ihnen die Widerstandskraft gegen Schlangenbisse angezüchtet wurde. Sie liegt ihnen im Blut.«

»Nur Spar nicht.« Die Worte wollten Hal kaum über seine Lippen kommen.

Caspar wußte, daß Hals Worte von Bedeutung waren, doch er konnte nicht recht umreißen, was er damit meinte. War es wichtig, daß es ihm, im Gegensatz zum Hund, an Widerstandskraft gegen Schlangenbisse mangelte? Er wußte es nicht und interessierte sich auch nicht mehr sonderlich dafür. Er wollte nur, daß ihm bald wieder warm wurde.

»Wird er ...?« Hals Satz blieb unvollendet.

»Halte ihn warm«, befahl Brid lakonisch, während Caspar das charakteristische Rascheln hörte, das er damit verband, daß die Priesterin in ihrem kostbaren Kräuterbeutel wühlte. »Ich glaube nicht, daß ich etwas habe, was als Gegenmittel dienen könnte«, stieß sie verzweifelt hervor.

Caspar hörte ein Scharren, das er nicht einordnen konnte, und dann spürte er prickelnde Energie ganz in der Nähe. Es war der Mondstein. Brid schien das Runenschwert über den Steinboden zu ziehen, um die Kugel näher an ihn heranzubringen. Er fühlte, wie ihre Hände nach den seinen griffen, und seine Gedanken glitten in die grellweiße Welt des Druidenauges.

Es linderte den schrecklich würgenden Schmerz in seinem Blut. Er fühlte sich im Dunst verloren, aber Brid leitete ihn, führte ihn ans Licht. Überall um ihn zischten und wanden sich Schlangen im großen Knoten, Tausende sündiger Kreaturen, die ihn anfauchten. Eine schien sein ganzes Bein zu verschlingen, eine andere seinen Arm. Die Kiefer klappten auf, und er sah, wie der schuppige Leib sich streckte und sich sein Fuß im Maul des Tieres wölbte. Er würde bei lebendigem Leib verschlungen.

Dann blickte Brid in seine Augen, und die Schlange war fort. Er stolperte, aber Brids lenkende Hand hielt ihn auf den Beinen. Sie schien zu kämpfen. Mit beiden Händen zog sie ihn, und Tränen glitzerten auf ihren Wangen, als sie sich gegen sein Gewicht stemmte. Ächzend schleppte sie ihn mit sich, immer dem Licht entgegen.

Dann war *sie* da. Er fühlte sich wie ein Säugling, der geschaukelt wird. Riesenhafte Arme hielten ihn, und ihm war selig und glücklich zumute. Er mußte die Augen nicht aufschlagen, erkannte den Trost seiner Mutter auch so. Er spürte, wie ihre sanfte, honigsüße Stimme seine Ohren liebkoste, während sie ihn wiegte und dabei süß wie der Sommerwind auf einer Lichtung sang, wie eine Lerche, die auf den Tönen ihres Liedes zum Himmel aufsteigt.

»Er stirbt«, sagte Brid nur, »und ich kann ihm nicht helfen.« Sie schluchzte. »Ich bringe ihn zu dir.«

»Ich danke dir.« Keridwens Stimme war von Schmerz erfüllt, doch sie weinte nicht wie Brid. Sie sang nur weiter, gab ihm die Gewißheit ihrer Liebe, wärmte und tröstete ihn bis zum bitteren Ende, erleichterte seine Reise zur anderen Seite.

»Es ist Teil des Kreislaufs.« Keridwens Stimme klang sanft und tröstend, obwohl die Trauer so tief ging, daß sie fast schön war. Caspar hätte um sie weinen können. »Der Tod ist Teil des Kreislaufs, da es ohne ihn keine Wiedergeburt geben kann.«

Der Junge lag da, sperrte alles aus seinen Gedanken aus, nur nicht die wohltuende Berührung seiner Mutter. Das war es, was ihm sein Leben lang gefehlt hatte. Sie war ihm schon länger genommen, als er sich erinnern konnte, doch irgendwo tief in seinem Unterbewußtsein erkannte er die Freude über ihre Umarmung.

Er nahm einen Wandel in den Gefühlen seiner Mutter wahr, und sie blickte auf. Er wandte seinen Kopf, um ihrem Blick zu folgen. Durch die Fäden weißer Gaze, welche die Traumwelt seiner Trance zu verhüllen schienen, sah er eine Gestalt, die sich ihnen sehr langsam, sehr schmerzhaft näherte, mit ungleichmäßigen, humpelnden Schritten.

Das verfilzte Haar fiel in Strähnen um ihre Schultern, und die Kleider hingen wie eine zerfetzte Standarte von ihrem ausgezehrten Leib. Ihr Gesicht erkannte er nicht. Es war kaum mehr als ein Totenschädel. Sie stützte sich auf jemanden, ein Mädchen, das noch klein war, doch von einer Sorge getrieben, die ihre Kraft verstärkte. Einen Augenblick lang meinte er, einen Wust von kastanienbraunen Locken und große, flehende Haselnußaugen zu erkennen. May, dachte er, überrascht von seinem plötzlichen Gefühl hoffnungsfroher Erwartung, doch dann verblaßte ihr trübes Bild, konnte diesen Teil seines Unterbewußten nicht erreichen. Die eingefallene Gestalt hinkte ihnen allein entgegen.

Als sie sprach, erkannte er sie sofort. Morrigwens Augen waren matt und blind, doch er wußte, daß sie hinter ihrer durchscheinenden Oberfläche nach wie vor leuchtend blau glitzerten, von silberweißen Flecken durchzogen. Er spürte die Liebe der Großen Mutter, die lichterloh in ihnen brannte und ihnen Farbe und Leben gab. Anfangs wirkte sie seltsam wirr, als sei sie eben aus tiefem Schlaf erwacht. Einen Moment lang starrte sie die Mutter unverständig an.

»Ich muß Torra Alta retten. Laß es mich tun«, begann sie. »Laß mich nicht schlafen.« Doch als ihr Blick auf Caspar fiel, wurden die Augen plötzlich klar, und es war, als würden ihre anderen Gedanken von einer Woge dringender Sorge fortgespült. Sie streckte eine knochige Hand aus und legte sie dem Jungen an die Stirn, zeichnete ihn mit den Runen der Heilung.

»Dafür ist es zu spät«, seufzte Keridwen. »Laß ihn in Frieden gehen.«

»Habe ich dich nichts gelehrt?« schleuderte die Greisin Keridwen ihre Worte ins Gesicht. »Muß ich mich von meiner

Bettstatt holen lassen, kaum in der Lage, meine Augenlider selbst zu heben, nur um Brid und dich an eure Lektionen zu erinnern? Ist meine Lehre denn vergebens gewesen? Wenn ich fort bin, werdet nur noch ihr zwei dasein, die das Wissen um die alten Traditionen kennen, und wenn ich denke, daß ich euch so wenig gelehrt habe ... Der Junge muß leben. Er ist es, nicht wir, der das Druiden-Ei handhaben muß. Die Göttin hat bestimmt, daß das Schwert für Hal ist und das Ei für Spar. Er ist der Erbe Torra Altas und muß die Entschlossenheit der Burg, sie in Zukunft zu verehren, beweisen.«

Zorn und Verachtung sprachen aus der Stimme der Alten, doch spürte Caspar keinerlei Widerwillen bei den anderen beiden Frauen. Bestürzt sahen sie die Greisin an.

»Laß mich dir helfen.« Brid lief, um die Greisin aufzufangen, als diese stolperte.

»Mir könnt ihr nicht mehr helfen«, seufzte Morrigwen. »Meine Wunde ist nicht mehr zu heilen. Es ist das Alter, und ich habe es so lange bekämpft, bis ich die Zeitenwende erlebte, und muß nun doch länger ausharren. Meine einzige Pflicht besteht nun noch darin, euch junge Narren anzuleiten.« Hustend und keuchend beugte sie sich vor, dann zog sie ihre Knochenhand über die Falten auf ihrer Stirn.

»Ich kann nicht klar denken«, stöhnte sie, wiegte ihren Kopf hin und her, als wollte sie die tiefe Lethargie abschütteln, die an ihren Kräften zehrte. »Ich bin unnatürlich müde. Man hat mich schlafen lassen.« Sorgenvoll sah sie den Jungen einen Moment lang an, während sie ihre Gedanken sammelte. Plötzlich erstarrte sie vor Entschlossenheit. »Schneidet dem Hund eine Ader auf, eine große, dicke, tiefe Ader«, befahl sie. »Und, Brid, nimm einen Schilfhalm und schieb ihn in die Ader. Dann verschließe das Ende des Halmes mit einer kleinen Blase. Du mußt etwas in deinem Beutel haben.«

»Eine Krötenhaut?« fragte das Mädchen.

»Ja, sammle das Blut des Hundes und schneide dem Jungen dann eine große Vene auf, führe den Halm hinein und drück das Hundeblut in ihn.«

Caspars Gedanken wirbelten herum. Die Benommenheit verflog, und er spürte, wie ein tiefer, angsteinflößender Schmerz durch seinen Körper fuhr. Er wollte schreien, doch fehlte ihm die Kraft. Er spürte, wie seine Mutter von ihm fortgezogen wurde. Eben waren ihre Arme noch fest um ihn geschlungen, dann entglitt er ihr, und sie streckte sich ihm verzweifelt entgegen, wobei ein Wust von feuerrotem Haar um ihre Schultern fiel. Ihre Augen, von dunklem Violett, groß und forschend, waren voll schützender Liebe.

Dann wurde sie grau und überfror. Ihre Muskeln zuckten krampfartig, spannten die Sehnen an ihrem Handrükken, bis sie wie Klauen waren, die um Hilfe flehten. Ihre Augäpfel waren wie kalte, harte Saphire, von einem eisigen Film überzogen. Ihre straffen Lippen verblaßten vom dunklen Rosa zu fahlem Weiß, dann zu tödlichem Blau, und ihr Mund öffnete sich zu einem Schrei, einem Schrei unerträglicher Qualen.

»Mutter«, brach es aus Caspar hervor, der sie verzweifelt retten wollte. »Mutter!« Er wehrte sich und wollte nach ihr greifen, doch sie sank erneut in die eisige Qual des Gletschers zurück. Caspar spürte, daß er wieder aufwärts in den Schmerz der Lebenden gezogen wurde.

Noch krallten sich seine Hände um den Mondstein. In seinem verzweifelten Bemühen, die Mutter aus den Klauen des Gletschers zu befreien, hatte er die Kugel irgendwie vom Schaft der Klinge befreit.

»Ich bin nicht überzeugt davon, daß es gesund ist, so etwas zu tun«, murmelte jemand, doch Caspar konnte die Stimme nicht recht einordnen. »Das Hundeblut könnte ihn töten. Es ist nicht gut, Mensch und Tier zu mischen.«

»Misch dich nicht in Dinge ein, von denen du nichts verstehst.« Brids Stimme klang barsch.

Caspar nahm das Gemurmel wahr, auch wenn es ihm inzwischen etwas ferner war. »Und ich glaube meinen Augen nicht. Ich kann meinen Augen nicht trauen. Da sitzt ein Drache hinter uns, und ich wage gar nicht hinzusehen.«

»Ich sehe nicht hin.«

Caspar erkannte die letzte Stimme. Es war Kay. Was machte Kay hier? Er stöhnte und versuchte, seinen Kopf zu heben.

»Wie fühlst du dich?« flüsterte jemand ganz nah an seinem Ohr. Caspar blinzelte und blickte in die vertrauten olivgrünen Augen und das Grinsen seines Onkels.

Caspar versuchte zu sprechen, aber es kam nur kraftloses Stottern heraus. Hal nahm seine Hand, dann drückte er sie fest. Er schlug die Augen wieder auf und sah Hal ins Gesicht, merkte, daß sein Onkel geweint hatte.

Etwas Feuchtes, Schlabberndes störte ihn an seinem rechten Ohr. Langsam drehte Caspar seinen Kopf und sah Trunds mächtige weiße Schnauze direkt vor seiner Nase. »Ich dachte, er wäre tot.«

»Glück für dich, daß er es nicht ist«, bemerkte Brid sanft. »Wir haben etwas von seinem Blut in deine Venen gegeben, damit es mit dir gemeinsam das Gift bekämpfen konnte.«

»Oh.« Caspar zuckte mit den Schultern, kümmerte sich nur wenig um die Einzelheiten. Er fühlte sich schrecklich, und die Sorge um seine Mutter überschwemmte alles andere. Noch immer hörte er ihre Schreie, sie suchten ihn heim, flehten, er möge sie retten. Er versuchte sich aufzusetzen, aber Brid schob ihn wieder zurück und befahl ihm zu ruhen.

»Du wirst dich bald schon wieder besser fühlen«, erklärte sie ihm. »Trund ist wieder fast bei Kräften, und es ist erst ein paar Stunden her.«

»Ein paar Stunden!« Caspar hatte gedacht, es seien nur Minuten verstrichen.

»Wir werden heute nacht hierbleiben. Morgen wirst du dich um einiges kräftiger fühlen und ...«

»Wir können unmöglich hierbleiben. Wenn der Abend dämmert, wird es kalt. Wir werden erfrieren«, wandte der Mann ein, den Caspar schon hatte sprechen hören, und diesmal erkannte er Grinwals Stimme. »Ceowulf, willst du hier nicht lieber das Kommando übernehmen, bevor wir uns von einem kleinen Mädchen herumkommandieren lassen? Wir sollten den Jungen jetzt bewegen, solange wir noch etwas Licht haben.«

Ceowulf lachte wegwerfend. »Brid hatte das Kommando von Anfang an. Sie ist die Jungfrau.«

Es lag etwas in seinen Worten, das Caspar nicht verstand, obwohl er wußte, was der Ritter meinte. Brid stand für die Große Mutter, und, ja, in gewisser Weise hatte sie von Anfang an das Kommando gehabt. Sie war so vieles mehr als nur ein kleines Mädchen.

Brid zeigte keinerlei Reaktion auf das Gespräch der Ritter, während sie weiterhin für Caspar sorgte. Es lag ein schwermütiger Blick in ihren Augen, als machte sie sich um etwas anderes Gedanken. »Wir werden nicht erfrieren.« Sie nickte zum Drachen hinüber, dessen Schnauze auf gleicher Höhe mit ihren Köpfen war. Mit dem Druiden-Ei in der Hand trat sie hinüber und tätschelte seine Nase. Das Monstrum zuckte zur Huldigung ihrer Berührung mit einem Augenlid. »Entfache uns ein Feuer, Drache«, befahl sie hochherrschaftlich.

Hal schnaubte. »Wird sie es denn nie lernen? Niemand, der etwas auf sich hält, möchte, daß man so mit ihm spricht.«

»Warum denn nicht?« erwiderte Brid. »Trund macht es nichts aus.«

Fast stutzte Caspar, als Hal lachte. Es klang beinah, als gäbe er ihr recht.

Das rabenschwarze Haar des Jungen fiel ihm ins Gesicht, als er sich über seinen Neffen beugte. »Ist sie nicht wunderschön?« vertraute er ihm an, während es Caspar schnell besserging. Der jüngere Torra Altaner blickte zu Brid auf. Ihr Haar war verfilzt, ihre Hosen waren zerrissen und fleckig, und ihr Gesicht war bunt geprellt. Nie zuvor hatte Hal sie schön gefunden, wenn sie so aussah.

Der Drache senkte seinen Kopf und flog davon, um etwas trockenes Holz vom unteren Hang zu holen. Er trug die Ladung zwischen seinen Kiefern, wie ein Vogel, der ein Nest baut, und legte das Holzbündel vorsichtig bei den Menschen ab. Sanft blies er darüber, und Feuer loderte auf.

Als Caspar eben gesünder auszusehen schien, weckte der dunkelrote Feuerdrache, der sie schließlich gefunden hatte, Brids Aufmerksamkeit. Er kämpfte sich über den Sims und kam vor, mit aufgestellter Halskrause, zischte und fauchte den Mondstein an. Brid stieß ein ersticktes Stöhnen aus. Abrupt setzte sich Caspar auf. »Was ist los?«

»Das Druidenauge! Sieh nur!« Brid hielt ihm die Kugel entgegen. Diese schien von Rauch geschwängert. Eine dünne, offene Wunde war zu sehen, wo das Schwert sie durchschlagen und sich tief ins kristallene Herz gebohrt hatte. Rauch vom Drachen mußte in den Spalt gesickert sein. Die weichen, cremefarbenen Muster, die eben noch auf der leuchtenden Kugel getanzt hatten, waren Wolken aus dickem schwarzem Rauch und feuerroten Blitzen gewichen, die tief in seinem Inneren leuchteten. Brid preßte ihre Handflächen auf die Kugel.

»Morrigwen!« Dringend versuchte sie, die Greisin zu rufen, doch blieb das Druidenauge geschlossen, und ein Dunst aus braunem Qualm erstickte die einst strahlende Kugel. »Ich kann sie nicht rufen«, seufzte Brid. »Zum ersten Mal kann ich das Druidenauge gefahrlos benutzen, weil ich nicht mehr fürchten muß, daß uns die Tiere der Macht verfolgen. und nun verschließt es sich mir. Der Atem des Drachen hat es zerstört. Ich habe sie gesehen, als du bewußtlos warst. Ich bin mir sicher, daß irgend etwas mit ihr nicht stimmt.«

»Hat sie gesagt, wie es ihnen ergangen ist? Hat sie Torra Alta oder die Vaalaker erwähnt?« fragte ein besorgter Caspar.

Brid schüttelte den Kopf und zog an ihrem Zopf. »Nein, aber sie wirkte wirr und seltsam abgelenkt. Vielleicht hatte sie geschlafen, als wir sie gerufen haben, oder vielleicht hat sich die Vergeßlichkeit des Alters ihrer nun endlich bemächtigt.« Die Jungfrau zuckte mit den Achseln und warf ihren dicken Zopf entschlossen über ihre Schulter. »Es macht keinen Sinn, sich zu sorgen. Die Runen des Krieges werden bis zum Ende des Brachmondes wirken, und somit haben wir noch Zeit ... zumindest noch einige Tage. Sobald wir Keridwen sicher bei uns haben, werden wir sie alle wiedersehen.«

»Aber Gwion hat gesagt, er hätte die Runen zerstört«, rief Caspar verzweifelt.

»Gwion war dem Wahn anheimgefallen. Wir sollten auf sein Wort nichts geben«, erklärte Brid ganz ruhig. »Uns bleibt noch Zeit.«

Sie hob den Salamander auf und ließ ihn in die Falten ihres Hemdes. »Ich denke, daß wenigstens die Hitze des Drachenatems Keridwen warm hält.« Resigniert verknotete sie die Lederbänder, die ein Netz um die Kugel bildeten, und schlang sie gleich neben dem Feuerdrachen um ihren Hals.

Ceowulf saß auf einem kleinen Felsen, Bein und Kopf verbunden. Er hielt sein Schwert gezückt und sah sich wachsam nach Gefahren um, während Cybillia an seiner Seite saß. Caspar konnte sich kaum vorstellen, wie es die Jungfrau von Jotunn bis hier herauf geschafft hatte.

Grinwal knurrte noch immer vor sich hin. »Ich gebe mir alle Mühe zu glauben, daß diese Kreatur da ist, aber es will mir nicht gelingen. Ich meine, bei meiner Lanze und meinem Schild, ich sehe einen lebendigen Drachen vor mir, und er hat mich noch nicht gefressen. Sind es die Augen der jungen Dame, die ihn lenken?«

»Nein, Vater, es ist das Druiden-Ei«, erklärte Kay. »Hast du noch nicht bemerkt, daß alles und jeder es beobachtet? Selbst der Berg scheint es anzustarren.«

»Alle bis auf Hal«, erklärte Grinwal.

Hals Aufmerksamkeit war auf Brid gerichtet, während er unablässig seufzte. »Ist sie nicht wunderschön?«

Sanft beruhigte Brid den Hund, der liebevoll seinen Kopf auf ihren Schoß gelegt hatte. Die Kleider des Mädchens waren in Fetzen. Die Hälfte ihres Haars hatte sich aus ihrem Zopf gelöst, und ihr elfisches Gesicht war mit Ruß und Blut beschmiert. Sie sah aus, als wäre sie in Gedanken woanders.

»Ich dachte, dir gefallen nur willige Mädchen in hübschen Kleidern.« Caspar stolperte über die Worte, gab sich alle Mühe, sich von der Faszination des Druidenauges zu lösen. »Ständig sagt sie allen, was sie tun sollen, ihr Haar ist zerzaust und sie ist schmutzig wie die Schürze eines Schmieds. Das hat dir bisher noch nie gefallen.«

»Wer bist du, daß du mir sagen willst, was mir gefällt oder nicht?« Offenbar hatte Hal seine Sorge um Caspars Schicksal vergessen und kehrte nun zu seinem normalen Ich zurück. »Als ich im Tal gekämpft habe und dachte, ich müßte sterben, ist mir klargeworden, daß ich nur Brid wollte. Plötzlich war alles andere egal.«

Caspar seufzte und fühlte sich auf einmal schrecklich allein. Er hatte verloren. Er hatte Brid von Anfang an gewollt und doch gewußt, daß seine einzige Hoffnung, sie für sich zu gewinnen, in Hals wankelmütiger Haltung und Ablehnung der

Jungfrau bestand. Doch nun wollte Hal sie, und zwar nicht wegen ihres schlanken, fraulichen Körpers oder ihrer bezaubernden Augen. Er wollte Brid um ihrer selbst und nur ihrer selbst willen.

Der Junge mit dem kastanienbraunen Haar konnte sehen, daß Ceowulf Cybillia fest an sich drückte und in seinen Umhang hüllte. Der Kopf des Mädchens ruhte an seiner Schulter. Hal sah zu ihnen hinüber, dann zu Brid. Er stand auf, als hätte er plötzlich einen Entschluß gefaßt.

»Du kommst doch einen Moment allein zurecht, oder?« flüsterte er seinem Neffen zu. »Ich muß ihr etwas sagen.«

Als er aufstand und ihn zurückließ, wußte Caspar, daß er auch Hal verloren hatte. Hal war sein ständiger Begleiter gewesen, und der ließ ihn nun wegen Brid zurück. Es war natürlich und verständlich, doch er fühlte sich schrecklich allein, allein mit seinen Ängsten um Torra Alta und seiner schrecklichen Trauer, wenn er an die Schmerzen seiner Mutter dachte.

Der Junge mit dem rabenschwarzen Haar setzte sich neben Brid, nahm zärtlich ihre Hand und hob ihr Kinn, so daß sie ihn ansah. Er strich ihr eine Strähne aus dem Gesicht. Caspar glaubte, ihm müßte das sein Herz brechen. Er hatte erwartet, daß sein Onkel etwas Beredtes und für weibliche Ohren Unwiderstehliches sagen würde, aber er sagte nichts. Er beugte sich vor und küßte sie auf die Stirn, dann auf beide Wangen und schließlich auf die Lippen, lang und anhaltend.

Caspar schloß die Augen vor Schmerz. Schließlich liebte er sie beide.

KAPITEL 12

»Schafft die Frauen hinunter. Bringt sie in die Keller«, donnerte der Baron über seine Schulter hinweg. Rückwärts taumelte er die Treppe hinab und hackte dabei verzweifelt auf eine reißzahnbewehrte Kreatur mit langen Klauenarmen und haarlos lederiger Haut ein. Der Troll stellte sich auf die Hinterbeine, ragte über dem Baron auf und brüllte wie ein Bär, während er wütend mit den Klauen auf ihn einschlug.

»Die Trolle haben die Mauern des Bergfrieds erklommen«, warnte Branwolf. »Dutzende! Schafft die Frauen in die Keller!«

Rosalind war dem unteren Ende der Treppe am nächsten und stand wie erstarrt, glotzte die kämpfenden Männer an, während die restlichen Frauen an die gegenüberliegenden Mauern zurückwichen. Kreischende Vaalaker folgten den Trollen, hünenhafte Männer mit langem, fast weißem Haar. Sogleich sah May die Zöpfe, das Haar, das geflochten und am Ende mit Knochen verknotet war. Manche trugen Bänder mit Ohren um den Hals, andere zeigten schmückende Narben der Selbstverstümmelung auf ihrer nackten Brust. Allesamt waren sie muskulös und schmutzig.

Einen beobachtete sie eingehender als die anderen. Seine weiche Brust war nackt. Rentierhäute waren um seine Beine und den Unterleib geschnürt. Das Symbol einer Axt war ihm in die Brust geritzt, und diese dehnte und spannte sich, wenn er seine Riesenwaffe schwang. Sie sah, wie er sie durch die Luft führte und einen Bogen zu Rosalinds Hals beschrieb. Ihr Kopf knallte gegen die Mauer, bevor ihr Leib noch den Boden berührte.

Einen Moment lang schien die ganze Welt zu schweigen, und May stolperte rückwärts an die Steinmauer. Vaalaker strömten die Haupttreppe hinab, wobei die verbliebenen Torra Altaner einen Keil bildeten, um sie zurückzuwerfen, und wütend in dem engen Raum kämpften. Ein Schwertkämpfer stürmte durch die Vaalaker, die es bereits in die Halle geschafft hatten, und hielt die Treppe mehrere Minuten ganz allein. Als er fiel, wurde seine verstümmelte Leiche niedergetrampelt, während Vaalaker in den unteren Bergfried drängten. Die Belbidianer kämpften weiter, entschlossen bis zum letzten Mann. Obwohl sie für jeden, der aus ihren Reihen fiel, zehn Barbaren töteten, kamen die Vaalaker näher.

Branwolf hielt Morrigwen beim Arm und stieß sie zur Falltür, die in die Keller führte. »Wir können durch die Keller fliehen. Es gibt dort einen Tunnel zur Außenmauer«, rief er seinen Männern zu. »Bringt die Frauen hinunter.«

Er stand über der Tür, hieb und hackte wütend, während immer mehr Vaalaker kamen. Nur zwanzig Mann standen nun noch um die wenigen verbliebenen Frauen. Elaine stürzte im Durcheinander, als eine vaalakische Axt in ihre Mitte flog, doch sie kam wieder auf die Beine, hielt ihren Arm und kämpfte sich zu May durch.

»Ma!« May versuchte sich einen Weg zu ihrer flammenhaarigen Mutter zu bahnen, doch sie wurde vom Druck der Torra Altanischen Frauen mitgerissen. Sie spürte, daß die Köchin ihre Hand ergriff und sie mit sich in den Tunnel zog.

»Ma! Ma! Wo bist du?« rief das Mädchen in die Finsternis, fürchtete, sie würde ihre Mutter in dem Chaos verlieren. »Ma!«

Pip! Zumindest Pip war da. Er fand ihre Hand und hielt sich daran fest.

»Geht mit ihnen«, rief der Baron dem Hauptmann zu. »Nehmt ein Seil und geht. Ich bilde die Nachhut und zünde die Pulverfässer an. Ihr müßt bei den Frauen bleiben.«

Noch immer fiel ein schmaler Lichtbalken in die Falltür, als sie sich in den Tunnel gleiten ließen und in Panik rannten. Ma war ein Stück weit vor ihr. May konnte sie jetzt sehen, wie sie Morrigwen stützte, während sie durch das Labyrinth stolperten. Elaines linker Arm hing schlaff herab. Dann fanden sie sich im Dunkel wieder, als die Falltür zugeworfen wurde und das Gebrüll von oben dämpfte. May hörte Schritte, die hinter ihnen liefen, und das Herz schlug ihr im Hals, da sie fürchtete, es seien Vaalaker. Ihre Gedanken wurden fortgewaschen, als ein Blitz von grellem gelbem Licht und eine donnernde Explosion ihr die Luft nahmen. Die Explosion warf sie zu Boden.

Eilig standen sie wieder auf den Beinen, folgten dem Hauptmann, bis er sie halten ließ. May hörte Schritte hinter ihnen in der Dunkelheit und hielt die Luft an.

»Die Explosion wird sie aufhalten.« Es war die Stimme des Barons. »Sie hat den Eingang zum Tunnel verschüttet.« Seine Stimme klang ruhig. »Jetzt hört mir zu: Der Tunnel verläuft ostwärts und endet an der Außenmauer. Wenn wir es bis dorthin schaffen, klettern wir alle zum Fluß hinunter. Mit etwas Glück sehen sie uns im Dunkel erst, wenn wir schon weit weg sind. Vielleicht glauben sie, daß wir allesamt bei der Explosion ums Leben gekommen sind.«

»Sind wir die letzten?« fragte Pip mit leiser Stimme.

»Schscht, Kind«, tröstete Elaine. »Wir schaffen es, Pip. Wir schaffen es bestimmt.«

Branwolf bahnte sich einen Weg, bis er neben dem Hauptmann stand. »Habt Ihr das Seil bereit?«

Der große dünne Mann knurrte grimmig.

Ruhig atmete der Edelmann und zog eine hölzerne Klappe zurück. Mondlicht erhellte den schmalen Gang, und der Baron warf einen Blick auf den traurigen Trupp um ihn, als zählte er durch. Dann hob er eine Eisenstange von der Wand und zog den großen Stein nach innen.

Schweigend winkte er ihnen, daß sie durch die niedrige,

schmale Öffnung und ins Dunkel der Schatten unterhalb der Außenmauer kriechen sollten, die das Mondlicht warf. May fühlte sich wie ein Kaninchen, das aus seinem Loch schleicht, als sie aus dem Tunnel kroch. Sie kletterte auf das Kopfsteinpflaster und sah, daß der Ostteil des Burghofes menschenleer war. Schwarze Umrisse waren im Feuerschein der Fackeln auszumachen, da sich einige Vaalaker nach wie vor um den Eingang zum Bergfried sammelten. Von überall her hörte man den Lärm der Plünderungen, da die Barbaren Türen einrammten und alles zerstörten, was mit ihren Äxten zersplittert, zerhackt oder zerrissen werden konnte. Bisher hatte noch niemand ihren kleinen Trupp bemerkt.

Der Hauptmann warf ein dickes Seil über die Mauer und befestigte es mit Enterhaken an den Zinnen.

Branwolf schickte einen der Männer hinunter, um das Seil am Boden zu sichern. »Hinüber mit dir, schnell. Schnell!« drängte der Baron, der auf die unausweichliche Attacke wartete, mit dem Schwert in einer Hand und einem kurzen Stück Zündschnur, an dessen Ende eine Flamme loderte, in der anderen. Zwei Pulverfässer waren an seinen Gürtel gebunden.

Fünf der Frauen kletterten aus dem Tunnel und zögerten dann. Die beiden Jungen aus der Küche hatten den Angriff überlebt und schoben sich über die Mauer, gefolgt von Frieda, die zu Beginn der Belagerung vom Mutterkorn vergiftet war.

Der Baron wandte sich dem Hauptmann zu. »Ihr müßt Morrigwen nehmen. Ihr müßt sie tragen. Sie ist zu schwach, sich selbst hinunterzulassen.«

»Aber ich kann nicht, Mylord. Ich kann Euch nicht allein zurücklassen.«

»Ich bilde die Nachhut. Ihr nehmt sie. Das ist ein Befehl. Über die Mauer mit Euch.«

»Mylord«, willigte er ein, als er Morrigwens zerbrechliche Gestalt auf seinen Rücken schwang und sie sich an seinen Hals klammerte. Die langen Finger des Hauptmanns legten sich ums Seil, und er schwang sie über die Mauer.

»Wir sehen uns unten«, erwiderte Branwolf. »Und nun beeilt Euch.«

Plötzlich wurde ein Aufschrei laut, als zwei Vaalaker ihre Flucht entdeckten. Dem Geschrei folgte bald das üble Brüllen eines Trolls, der aus dem Dunkel heranstürmte. Unbeholfen trabte ihnen das Vieh entgegen. Ohne nachzudenken, stürzte sich einer der letzten Soldaten Torra Altas auf den Troll, so daß der Baron und zwei weitere Soldaten gegen die Vaalaker antreten konnten.

»Alle Mann über die Mauer«, schrie Branwolf Elaine an.

Sie waren nun die letzten Frauen und Kinder, die noch auf den Zinnen standen. Elaine stieß ihren Sohn dem Seil entgegen, und er glitt über die Mauer, biß die Zähne gegen die Höhenangst zusammen.

May erstarrte. Die Wände der Burg schienen unter ihr unendlich in schwindelerregende Finsternis zu führen.

»Geh zum Seil!« schrie ihre Mutter.

May blickte über die Zinnen, und als sie es tat, sah sie, wie Frieda abrutschte. Sie schien eine Ewigkeit zu fallen, kreiselte und taumelte, und ihr heulendes Geschrei erfüllte die Schlucht, bis sie auf die zerklüfteten Felsen stürzte, die über den schäumenden Fluten des Silberflusses aufragten.

»Steig über die Mauer, May«, flehte Elaine. »Du kannst es schaffen.«

Hilflos sah das junge Mädchen seine Mutter an.

Elaine hielt ihren verletzten Arm und sah hilfesuchend zu Branwolf hinüber, als dieser den Stiernacken eines vaalakischen Kriegers durchschnitt. Einer der Torra Altanischen Soldaten fiel unter dem berstenden Hieb eines Trolls, dessen Klauen durch sein Gesicht harkten und ihm die Augen herausrissen. Branwolf stach dem Troll sein Schwert zwischen die

Schulterblätter, doch es war zu spät, seinen Landsmann und auch den letzten verbliebenen Soldaten der Garnison zu retten, der niedergemacht wurde, als er eben herumfuhr, um ihm zu helfen. Eine feindliche Streitaxt schnitt erst durch sein Bein und dann durch seinen Bauch, doch er stieß sein Schwert im letzten Atemzug dem Nordmann noch in seinen nackten Oberkörper. Nun blieb nur noch der Baron, als ein weiterer Vaalaker vom Schlachtenlärm aufgeschreckt wurde. Langsam, aber zielstrebig kam der Barbar herüber.

»Branwolf«, rief Elaine. »Nehmt meine Tochter. Nach diesem kommt noch einer und noch einer«, rief Elaine. »Bitte, Mylord, nehmt meine Tochter. Gebt mir die Pulverfässer. Wenn ich sie habe, kann ich sie so lange zurückhalten, bis ihr über die Mauer seid. Ihr müßt meine Tochter retten. Euch bleibt genügend Zeit, wenn ich diesen Männern mit dem Sprengstoff drohe. Ich bin nicht stark genug, May zu tragen. Ihr müßt sie nehmen. Tut es für mich, wie Ihr es für Keridwen, Eure Frau, tun würdet.«

»Tritt beiseite, Frau!« bellte Branwolf, als er sich dem Vaalaker stellte. Sein Schwert spaltete dem Mann den Schädel, doch ein weiterer Vaalaker wandte sich mit aufragendem Geweihhelm von der Tür des Bergfrieds ab und kam entschlossenen Schrittes herüber.

»Ich bin getroffen«, erklärte Elaine. »Mein Arm ist nutzlos. Ich kann mich an dem Seil nicht festhalten. Mein Leben ist am Ende. Lieber sterbe ich hier, wo ich meine Tochter schützen kann, als daß ich nutzlos auf die Felsen dort unten stürze. Bitte, nehmt meine Tochter. Ich kann sie nicht retten, und Ihr müßt es an meiner Stelle tun. Wenigstens kann ich die Pulverfässer entzünden und den Feind noch etwas länger aufhalten. Ich muß es für mein Kind tun. Ich bitte Euch im Namen der Mutter, helft mir, mein Kind zu retten!«

Der Baron warf der Frau die Zündschnur und die Pulverfässer in die Hände. Ehrfürchtig küßte er sie. »Ich tue es, weil

Ihr mich darum bittet«, murmelte er. »Ich verspreche, daß ich auf Eure Kinder achten will, solange ich noch lebe.«

May schrie auf, als der Baron sie in seine Arme nahm. »Ma, Ma! Nicht!« Wütend schlug sie auf die Brust des Barons ein, als dieser an die Zinnen trat. »Ma! Nein!« Ihr Schreien war verzweifelt, doch sie konnte sich der Kraft des Barons nicht widersetzen, als er sich über die Mauer gleiten ließ. Als ihr die Tiefe drohte, blieb ihr nur, sich an seinem Hals festzuhalten, während er sich an der Mauer herunterließ.

»Ich liebe dich, May«, rief Elaine. »Such nach mir in einem anderen Leben.«

Der große Vaalaker kam heran, sein hoch aufragender Helm schwankte über dem blonden Kopf, und die Schädel von Steinböcken hingen klappernd um seinen Hals, als er der rothaarigen Frau entgegentrat. Mit langsamen, zielstrebigen Bewegungen hob er seine Axt, ließ sie mit höhnischer, kunstvoller Darstellung seiner Künste kreisen, während er sich an die Frau heranpirschte. Es war das letzte, was May noch sah, als sie am Seil herab den kalten Fluten des Silberflusses entgegenglitt. Ein gelber Blitz erhellte den Himmel über ihren Köpfen, als sie die letzten Meter dem festen Boden entgegenfielen.

In der Finsternis hielt sie sich an ihrem Bruder fest, der nun wie sie eine Waise war.

KAPITEL 13

»Es hat schon begonnen!« rief Brid in die rauschende Luft. Ihr Haar wehte wie Wimpel hinter ihr, schlug Caspar ins Gesicht, während er sich an den Stacheln am Rücken des Drachen festhielt. Das Schlagen der Flügel mischte sich mit dem Tosen des Windes, als sie über den Himmel stürmten. Das Hochgefühl war atemberaubend. Er griff fester nach dem Hundehalsband und schob sich nach vorn, um an Brids Schultern vorbeizusehen.

Ohne ihre Hände aus ihrer engen Umarmung um Hals Taille zu lösen, wandte sich die Jungfrau seitwärts zu Caspar um. »Die Luft hat sich verändert. Schon jetzt ändern sich die Wogen der Zeit.«

Sein Kopf stand angesichts der Macht des Druiden-Eis innerlich zu sehr in Flammen, als daß er klar verstehen konnte, was sie meinte. Es pulsierte vor Lebenskräften, welche die Schale durchbrechen wollten, wütende, gefangene Seelen, die vor Haß auf seinesgleichen glühten und doch auch auf seine Kontrolle bauten, solange er seinen Willen durch das Druiden-Ei lenkte. Anfangs stahl es ihm seine Energien, und er schreckte vor der Wildheit der Untiere, die er gerufen hatte, zurück, doch er lernte allmählich, sich zu entspannen, als er das Maß seiner Macht über sie begriff. Das allein schon war außergewöhnlich genug, doch das …

Er sah zu den Mustern weit unter sich hinab, die seltsam geometrischen Formen kultivierter Felder, die ziellos sich schlängelnden Flüsse, die Endlosigkeit der Steppen und dann das Meer. Ein paar glitzernde Segel neigten sich in steifer Brise, und weiße Wellenpferde schimmerten in den dunkelblauen Tiefen.

Auf Brids Anweisung hin hatten sie ihre Abreise um mehrere Tage verschoben. Während sie einen schützenden Beutel für das Druiden-Ei anfertigte, den sie Caspar um den Hals hängte, hatte sie darauf bestanden, daß sie warten sollten, bis er soweit genesen war, daß er die Macht des Eies richtig nutzen konnte. Sie hatte ihnen versichert, daß ihnen noch Zeit bliebe. Nach Gwions Geständnis war Caspar jedoch nicht mehr so sicher.

Vorsichtig griff er in seine Jacke und streichelte das Druiden-Ei. Welch Macht! Glatt und kühl wie Marmor, und es hätte sich leblos wie ein Stein angefühlt, wäre da nicht das unablässige Prickeln gewesen, das durch seine Fingerspitzen ging, wenn er über die Oberfläche strich. Es war, als legte er seine Hand an eine stählerne Kerkertür und wäre sich plötzlich des Drucks der Lebenden bewußt, die dahinter eingesperrt waren. Und er war der Kerkermeister. In seinen Händen lag die Macht, die Gefangenen zu befreien oder nicht. Dieses Gefühl der Verantwortung betäubte ihn. Er wollte es nicht. Er hatte die Kugel an Hal weiterreichen wollen, doch hatte Brid ihm das Ei wieder in die Hand gelegt. »Die Göttin wünscht, daß du es hast, nicht Hal«, erklärte sie mit fester Stimme.

Es war nicht, als berührte man das Runenschwert. Das Schwert gab seinem Träger Mut und das Gefühl unbezwingbarer Macht, doch brachte es auch eine despotische Feindseligkeit mit sich, welche vom Verstand seines Trägers Besitz ergriff. Als Caspar das Druiden-Ei zum ersten Mal berührte, fühlte er sich allmächtig, göttergleich, doch das Gefühl war nur vorübergehend. Urplötzlich verflog dieses Machtgefühl, und seine Seele verneigte sich vor der erstaunlichen Kraft des Eies. Was er spürte, war nicht Macht, sondern die Energie der Schöpfung. Diese Kraft des Lebens war um so vieles furchteinflößender als die Macht des Todes. Er hatte die Fähigkeit, die Kreaturen aus der Anderwelt zu rufen, ihnen Leben zu geben und sie wieder auf der Erdoberfläche atmen zu lassen, seinem Befehl untertan, doch nur wenn er das Druiden-Ei in Händen hielt. Er fühlte sich um so vieles besser, wenn das Ei nicht zu sehen und vor Berührungen sicher war.

Als sie über die Wogen des Caballischen Meeres fegten, wandten sich seine Gedanken dem caldeanischen Ritter, seiner goldhaarigen Dame und der langen Heimreise zu, welche die beiden vor sich hatten. Inmitten freundlicher Abschiedsgrüße und Glückwünsche hatten Ceowulf und Cybillia sämtliche ihrer Pferde genommen und die Eisigen Gipfel hinter sich gelassen, um an Bord eines Schiffes nach Belbidia zu gehen. Grinwal vertraute ihnen an, daß er die Camaalische Garde verlassen wollte, und Kay und er hatten Ceowulf ihre Dienste angeboten.

»Seit fünf Jahren versuche ich nun, dieses Turnier zu gewinnen, und langsam werde ich dafür zu alt«, hatte er ihnen erklärt. »Ein Mann sollte wissen, wann es Zeit wird, unerreichbaren Träumen nicht mehr nachzujagen. Es verdirbt einem den Rest des Lebens. Ich möchte wieder einfach nur genießen, wer ich bin.« Er hatte Brid angelächelt. »Außerdem gibt es bessere Zwecke als nur den eigenen. In den letzten Tagen habt Ihr mir die Augen für die Schönheit der Welt um mich herum geöffnet.«

Als sie sich zum Gehen wandten, hatte Cybillia Brids Hand genommen. »Nachdem die Vaalaker meine Wange vernarbt hatten, sagtest du, du würdest mich heilen, sofern ich der Großen Mutter jeden Tag dafür danke. Du hast mich geheilt, und ich will Ihr danken, aber nicht weil ich es versprochen habe.« Sie blickte in die drachengrünen Augen der Priesterin. »Jeden Morgen, wenn die Sonne aufgeht, will ich der Großen Mutter danken, nicht für mein glattes Gesicht, sondern für das Leben selbst. Ich habe Glück und eine Freiheit des Geistes gefunden, die mir der Neue Glaube verboten hatte.«

Brids Augen funkelten vor Freude, als sie das Mädchen zum Abschied in die Arme schloß.

Nur die drei Torra Altaner waren allein auf den Eisigen Gipfeln geblieben, gewärmt vom Odem des Drachen. Regelmäßig reckte der Salamander seinen Kopf aus Brids Hemd hervor und starrte den großen Drachen an. Er zwinkerte und schien beinahe zu schnurren; seine Haut verdunkelte sich vor Zuneigung.

Brid hatte gelacht. »Armer kleiner Feuerdrache. Er muß glauben, daß er seinen Herrgott vor sich sieht.«

Sie hatte einen Blick auf das qualmende Monstrum geworfen, das über ihnen kauerte, und das Rauschen seines Atems erstickte den Lärm der Bergwinde. Wenn Caspar das Druiden-Ei bei sich trug, verfolgten die riesigen, grünen Augen jeden seiner Schritte.

»Er weiß es. Er denkt«, hatte er zu Brid gesagt, als er spürte, wie die Blicke ihn bedrängten. »Er denkt wie du und ich … nicht wie Trund.«

Trund hatte bei der Erwähnung seines Namens aufgeblickt und mit neugieriger, wenn auch hilfloser Miene ein Ohr aufgestellt. Dann jaulte der Hund und warf seine Beine in die Luft, drehte sich im Kreis herum, wie er es für den Kampf geübt hatte. Der Drache schien das kleine Tier angewidert zu belächeln und nahm seinen Kopf ein Stück zurück, um einzuatmen. Einen Augenblick lang fürchtete Caspar, das Monstrum könne einen ätzenden Feuerstoß nach dem Hund speien, doch bevor jemand zu Schaden kam, sprang Brid auf und schlug dem Drachen mit den Knöcheln auf die riesenhafte Schnauze.

»Nein«, schalt sie ihn, als spräche sie mit einem kleinen Kind. Der Drache hatte betreten mit den Augen gezwinkert, als sich Brid wieder Caspar zuwandte. »Spar, du mußt lernen, mit dem Druiden-Ei zu lenken. Es nützt nichts, wenn du es nur in den Händen hältst. Du mußt befehlen.«

Nun hielt Caspar das Druiden-Ei in Händen, und der Drache beugte sich seinem Willen, trug sie mit kraftvollem, mühelosem Flügelschlag seiner ledernen Schwingen nach Norden. Unwillkürlich fragte sich der Junge, wie schrecklich es wohl für jemanden sein mußte, der unter Höhenangst litt. Nichts, absolut nichts war unter ihnen, nur Luft, tausend Meter leere Luft.

»Tiefer. Laß ihn tiefer gehen«, rief Brid Caspar zu. »Hör auf, ihn weiter steigen zu lassen, sonst können wir bald nicht mehr atmen.«

Caspar spürte die Enttäuschung des Drachen, als er ihn lenkte. Die Haut spannte sich derart fein über die fledermausartigen Flügel, daß sie fast durchscheinend war. Auch er war enttäuscht. Er liebte die Höhe.

Er sah, wie ihr Schatten über die Weite des Wassers unter ihnen strich. Auf sein Kommando hin schwebten sie abwärts, und ganz leise hörte er die entsetzten Schreie von Seeleuten auf einem Dreimastschoner. Ungläubig blickten sie zu den Wesen auf, die dort oben flogen. Zwei weitere Drachen schwebten hinter ihnen abwärts, und einer davon flog nur wenige Meter vom Schiff entfernt. Als er am Mast vorüberkam, wühlte der Flügelschlag das Wasser auf, so daß das Schiff schaukelte und schwankte, als die Wogen um den Holzrumpf schlugen.

Wütend fuhr Brid zu Caspar herum. »Du mußt lernen, dich richtig zu konzentrieren. Das haben sie nur getan, weil du es gedacht hast.«

Caspar fühlte sich schuldig. Was sie sagte, entsprach der Wahrheit. Er gab an, wollte der ganzen Welt zeigen, daß er Kontrolle über diese ungeheure Macht besaß. Er spürte es nun, wie sie sich über die Welt ausbreitete. Die uralten Untiere beugten sich seinem Willen, wandten sich Torra Alta zu, antworteten auf seinen Schlachtruf. Aber er durfte nicht zulassen, daß seine Instinkte so wild wie die der Kreaturen wurden.

Die mächtigen Flügelschläge des Drachen trugen sie mühelos über die Weite des Caballischen Meeres und nordwestlich nach Torra Alta. Caspar konnte wegen des Windes und des Hochgefühls beim Fliegen kaum atmen, und endlich sah er Land und in der Ferne die schimmernden Gipfel der Gelben Berge. Daheim! Bald schon wäre er daheim. Auf dem Weg zur Rettung seiner Mutter würden sie an Torra Alta vorüberfliegen. Das Herz schlug ihm im Hals.

Schon konnte er es sehen! Die Türme von Torra Alta ragten über den Wänden der Schlucht auf, leuchteten im Rosa der Morgensonne, ein unbezwingbarer Schild, der Belbidia vor einem Angriff aus dem Norden schützte, und doch ... Die Röte des Morgens war zu dunkel. Säulen von schwarzem Rauch stiegen von flackernden gelben Feuern am Grunde der Schlucht zum Himmel auf. Caspars Gedanken taumelten herum. Er klammerte sich an die hornbesetzten Wirbel am Drachenrücken, hangelte seitwärts und sah sich die Verwüstung unten an. Weißhaarige Männer umgaben den Felsenturm von allen Seiten, wateten selbst durch den Silberfluß. Überall lagen Kadaver. Leichen wurden zu großen Haufen gestapelt und angezündet, und die knisternden Flammen erfüllten die Luft mit schrecklichem Gestank.

Sie flogen tiefer, um besser sehen zu können. Dunkelhaarige Belbidianer, die noch immer in ihre Langbögen verstrickt waren, wurden von barbrüstigen Kriegern zu Haufen gestapelt. Diese Haufen aus menschlichem Fleisch wurden nicht feierlich verbrannt, sondern der Verwesung preisgegeben, während die Geier über ihnen kreisten. Krank vor Trauer und Verzweiflung zwang Caspar den Drachen, über der Burg zu kreisen.

Wie ein äußeres Skelett standen die vaalakischen Kriegsmaschinen an die Reste der Außenmauern gelehnt. Noch immer lagen die Leichen auf den Zinnen, wie sie gefallen waren. Über dem Bergfried ragte der kahle Flaggenmast auf. Die Drachenstandarte war fort und der Westturm eine ausgebrannte Ruine, das einst durchgehend glatte Gestein der Außenmauer nun an drei Stellen geborsten. Der Bergfried jedoch schien noch intakt.

»Vater«, rief Caspar zur öden Ruine hinab. »Vater!« Sein durchdringender Schrei ging wie der Ruf eines Adlers durch die Luft, aber er bekam keine Antwort. »Vater«, rief er erneut, doch zur Antwort kam nur ein Armbrustbolzen, der aus dem Rauch schoß und an seinem Ohr vorüberflog. Der Drache schwenkte nach rechts aus, und die Torra Altaner hielten sich gut fest.

»Landen«, rief Hal seinem Neffen zu. »Sofort landen.« Der Junge bebte vor Zorn. »Ich töte sie. Ich töte jeden einzelnen. Wir müssen Branwolf suchen. Branwolf!« schrie er verzweifelt in die Schlucht hinab und spuckte seine Worte vor Zorn heraus.

»Nein!« Brid zupfte an dem geschockten Jungen. »Nein, wir müssen die Mutter suchen. Erst müssen wir Keridwen zurückbringen. Die Göttin hat versprochen, daß sie Torra Alta nur rettet, wenn die Trinität wiederhergestellt ist und vereint auf der Burg steht. Wir können Torra Alta ohne sie nicht retten. Erst müssen wir sie holen. Noch ist der Brachmond nicht zu Ende. Noch steht der Bergfried. Wir müssen Keridwen befreien.«

Durch einen Nebel erstickter Tränen starrte Caspar die qualmenden Türme an, die einst so schön gewesen waren. Der matt schimmernde Basalt war nun schwarz wie Schlacke. Er konnte kaum noch denken. Wo war sein Vater? Er konnte den Gedanken nicht ertragen, daß Morrigwen, oder schlimmer noch sein Vater, zwischen dem blutigen Gemetzel dort am

Boden liegen mochten. Nein, Branwolf hielt noch immer durch. Sie konnten nun nichts weiter tun, als Keridwen zu suchen. Große Mutter, schütze uns, betete er, schütze Torra Alta und seine Garnison. Schütze Vater.

Er riß seine Gedanken von dem Chaos los und zwang sich, nordwärts zur öden Tundra zu blicken, als er den Drachen von seiner Heimat fort lenkte. Kahl und ausgedörrt war das Land im Norden, von vertrockneten Flußbetten durchzogen, die einst ganz Vaalaka mit dem Schmelzwasser von der nördlichen Eiskappe versorgt hatten. Seit Jahren blieb die Eiskappe während der Sommermonate nun schon durchgehend gefroren, und in der Drachenwüste gab es keinerlei Oberflächenwasser mehr ... doch irgend etwas veränderte sich. Er hatte so ein Gefühl, als wachte man im Monat Ostara oder im frühen Silbermond auf und merkt, daß die Vögel bereits singen und ein anderer Duft in der Luft liegt. Endlich kam der Sommer. Jetzt wußte er, was Brid meinte, als sie gesagt hatte, daß sich die Jahreszeiten wandelten. Vaal-Peors winterkalter Griff ließ nach.

Sie zogen unterhalb der Gipfel der Drei Schwarzen Teufel entlang und flogen über den schmalen Streifen Gras, der bis zu seinen grauen Wurzeln im langen Winter verdorrt war. Eine Reihe runder Zelte, die mit Rentierfellen bezogen waren, zeigten, wo die vaalakischen Frauen vor der bitteren Kälte Unterschlupf gesucht hatten. Caspar schützte seine Augen vor dem glitzernden Weiß am Horizont.

»Die Tundra. « Hal löste seine Hand von dem spitzen Wirbel, der am Rücken des Drachen aufragte, und deutete voraus. Ein splitterndes Krachen wie ein plötzlicher Donnerschlag wurde laut, dann ein Knarren und Ächzen, als stünden sie in der Hütte kämpfender Riesen.

»Es ist die schmelzende Eiskappe. Ich sagte doch, es hat bereits begonnen«, rief Brid erfreut. »Die Große Mutter sei gesegnet, die Jahreszeiten sind wiederhergestellt. Ohne es zu merken, sind wir bei unseren Reisen an vier Knotenpunkten der Kraftlinien im Mantel der Mutter gewesen. Die Kraftlinien, die von diesen vier Punkten ausstrahlen, bilden die Rune der Mutter, und indem wir dieses Muster über die Erde zogen, haben wir unsere Liebe zu Ihr bewiesen. Nun ändern sich die Zeiten. Der Kreislauf ist wiederhergestellt.«

»Fast wiederhergestellt«, korrigierte Caspar. »Noch müssen wir Keridwen retten.«

Brid nickte. »Aber es hat schon begonnen. In gewisser Weise glaube ich nicht, daß die Große Mutter das Druiden-Ei wirklich wollte. Sie wollte nur, daß wir Ihr unsere Liebe beweisen.« Die Priesterin hielt sich an Hal fest und streckte sich über den Drachenhals hinaus, um den fernen Boden abzusuchen. »Da, da unten. Seht doch, dort ist das Steingrab, das den Knotenpunkt anzeigt«, rief sie begeistert.

Als Caspar dem dringenden Wunsch des Mädchens nachgab, schwebte der Drache plötzlich in die Tiefe, und der Junge fühlte, wie ihm das Blut ins Gesicht schoß. Trunds Ohren waren an den Kopf gepreßt, und die Kraft des Windes ließ ihn die Zähne blecken. Caspar hielt den Hund noch fester. Hal wird von Brid gehalten, dachte er widerwillig, und ich halte Trund. All diese Macht, diese immense Macht, aber Hal bekommt den Preis.

Caspar staunte über den machtvollen Flügelschlag des Drachen, als sie sich dem vertrockneten Boden näherten und eine Staubwolke in die Luft aufwarfen. Sie landeten direkt neben dem Hünengrab, so sanft und anmutig wie eine Lerche auf einem Zweig.

Hal glitt am Drachenbein hinab, hielt sich an den dreieckigen Schuppen fest, um die letzten zwei Meter abzusteigen. Er wartete darauf, Brid aufzufangen. Die Jungfrau freute sich über seine Aufmerksamkeit und stieß ihn nicht mehr zurück, weil er sich um sie kümmerte, solange der Junge mit dem rabenschwarzen Haar ihr nicht mehr erklärte, was sie durfte und was nicht.

Caspar sprang auf den harten Boden und wandte sich Trund zu, um ihm zu helfen. Er deutete auf die Stelle, von der er wußte, daß Keridwen dort im grauen Gletscher begraben lag. Der wellige Eisfluß, der sich im Tal zwischen zerklüfteten Bergen suhlte, war ganz anders als bei ihrem letzten Besuch. Nun ragten keine langen schwarzen Schatten mehr auf die Schneeschicht hinaus, von welcher der Gletscher vorher bedeckt gewesen war. Die umliegenden Berge waren nackt und kahl, das Gras im eisigen Wind vertrocknet und starr wie der Backenbart eines alten Mannes. Jetzt stießen winzige Krokusse durch die Krume, und Stiefmütterchen wuchsen auf den flacheren Hängen. Der Gletscher selbst war heller, und eine klare Schicht von Schmelzwasser schwamm an seiner Oberfläche. Caspar konnte die Veränderungen nicht nur sehen, er konnte sie auch hören.

Die Temperatur stieg an. Während sich die Erde in der Sonne aalte und die Strahlen in sich aufsog, wärmte sie sich um den Gletscher auf und schmolz den gefrorenen Fluß, was sich durch die festen, blauweißen, kristallenen Schichten flußaufwärts ausbreitete. Die Oberfläche knarrte und stöhnte, weil das Eis von unten her schmolz. Die gesamte Fläche schien sich zu bewegen. Spalten öffneten sich und klappten wie die Mäuler von Krokodilen wieder zu. Caspar setzte einen Fuß aufs Eis und fühlte, wie es vor Energie erzitterte. Es bildete sich eine Flut. Er zuckte zurück, als er einen mächtigen Riß hörte, als splitterte der Oberschenkelknochen eines Riesen. Der gesamte Gletscher bebte.

»Schnell! Zurück auf den Drachen«, schrie er, als ihnen ein Rumpeln von den Hängen über ihnen drohte. Die Gipfel am Gletscheranfang zitterten und schüttelten ihre Schneeumhänge von sich. Eine weiße Wolke wehte auf, wirbelte und stürmte, als sie ihnen wie ein Wasserfall entgegendonnerte.

Hal warf Brid hinauf, damit sie sich an den Stacheln im Nacken des Drachen festhielt, und kletterte ihr nach. Da Trund einen ausgeprägten Selbsterhaltungstrieb besaß, war er bereits den Drachenschwanz hinaufgelaufen und hockte auf dem Rücken der Kreatur, hielt seine Krallen weit gespreizt, um das Gleichgewicht zu wahren. Caspar hielt sich fest, als das große Tier abhob, und kletterte dann hinauf, um sich an den anderen festzuhalten.

»Flieg über den Gletscher«, befahl Caspar, deutete auf die Stelle, von der er wußte, daß seine Mutter dort wäre. Der Donner der Lawine verklang zu rollendem Tosen und schließlich zu brummelndem Gemurmel. Die Luft erstickte fast in staubigen Schneepartikeln. Der Drache schwebte durch den glitzernden Dunst hin und her, während Brid und Caspar die Köpfe zu den Seiten reckten, um den Gletscher unter sich zu überblicken. Eisblöcke bebten und erschauerten, große Teile sackten ab und gaben nach, wurden vom Schmelzwasser verschlungen, das unter dem weißen Bauch des Gletschers schäumte.

»Dort«, rief Brid. »Dort! Ich kann sie sehen.«

Caspar versuchte, seine Gedanken zu ordnen, als die dunkle Gestalt seiner Mutter für nur einen Augenblick unter der Oberfläche sichtbar wurde. Er hielt seinen Blick auf diese Stelle gerichtet, als der Drache kreiste. Sie mußten nur nah genug herankommen. Das Eis schmolz, und bald wären sie dazu in der Lage, sie herauszuheben.

»Brid, halt fest.« Er drückte der Jungfrau das Druiden-Ei in die Hand und rutschte an der Vorderklaue des Drachen herab. Dann klammerte er sich an den großen, gebogenen Nagel, streckte seine Hand aus, strich über das eiskalte Wasser und griff nach seiner Mutter, doch als seine Finger ihre Hand berührten, verschwand sie.

Erschrocken schrie er auf, als der Gletscher sich bewegte und Wasser zu beiden Seiten der Risse hervorbrach. Die Stelle, an der sie gelegen hatte, war in das tosende Schmelzwasser darunter gestürzt. Caspar nahm sich nicht die Zeit nachzudenken, sondern ließ die Drachenklaue los und stürzte seiner Mutter nach.

Die Kälte der Fluten traf ihn wie die flache Seite einer Axt. Die Luft wurde ihm aus den Lungen gepreßt, und als er tiefer sank, schleuderte ihn die Strömung gegen die Felsen des Flußbettes, dann stieg er in einem Wust aus Blasen auf. Die strudelnden Fluten schleuderten ihn immer wieder herum. Für den Bruchteil einer Sekunde warfen sie ihn spielerisch an die Oberfläche, wo er kurz atmen konnte, bevor er wieder in die Todeskälte stürzte.

Spar, rette dich. Er spürte ihre Gedanken in den Fluten. Das Wasser war die Substanz des Lebens, das Element, welches sie alle miteinander verband, und er wußte, daß ihre Gedanken nach ihm suchten.

Wütend trat Caspar um sich. Unter dem blauweißen Bauch des Gletschers war es dunkel, doch durch den Sturm des Wassers sah er vor sich einen Lichtpunkt. Zügig wurden sie dem offenen Maul des Gletschers entgegengespült. Bei diesen Temperaturen würden sie kaum eine Minute überleben. Der wirbelnde Donner der Schmelzfluten, die gegen herabgestürzte Felsen schlugen, brauste in seinem Kopf. Sie schienen dort zu verharren, zu warten, als hätte Vaal-Peor persönlich sie in Seinem Zorn dorthin verschlagen, um ihre Leiber zu zertrümmern, wenn sie dagegengeschleudert wurden.

»Mutter!« kreischte er. »Mutter!« Gleich vor sich sah er etwas Rotes aufblitzen, und dann links von ihm, wo ihr langes Haar wie ein Mahlstrom um ihren starren Körper spülte. Caspar tauchte wie ein Kormoran, drehte sich und zappelte wütend in den aufgewühlten Fluten. Er fühlte etwas Weiches in seinen Fingern und merkte, daß er ihr weißes Kleid hielt. Endlich hatte er sie in seinem Griff. Er zog sie an sich und schwamm dem schmalen Spalt aus Luft zwischen den strudelnden Schmelzfluten und dem Unterbauch des Gletschers entgegen. Ihre Augen waren blind, und ihr Gesicht war knochenweiß und hart wie Marmor. Sie sah aus, als sei sie schon jahrelang tot.

Er drückte sie fest an sich und stieß sich mit seinen zunehmend taub werdenden Beinen von den Felsen ab. Sie wurden vom weißen Wasser mitgerissen, das unter dem Bauch des Gletschers floß, und taumelten dem Licht am Gletschermaul entgegen. Die schwächende, nagende Kälte hatte sich in seinem ganzen Körper ausgebreitet, und er wußte nicht, wie lange er seine Mutter noch über dem Wasser halten konnte. Er fühlte sich taub und war nicht mehr sicher, ob seine Beine noch zappelten oder gar nicht mehr da waren. Sein Kopf sackte in der eisigen Strömung zurück, und endlich sah er blauen Himmel über sich, als Keridwen ihm eben aus den Fingern glitt.

»Da! Da unten!« Es war Hals Stimme, dringend und zwingend. Trübe nahm Caspar wahr, wie ihm ein großer schwarzer Schatten entgegenkam. Dann wurde er ganz schwer, als ihn eine mächtige Klaue, die seinen gesamten Körper umfaßte, aus dem Wasser hob. In diesen letzten Augenblicken geistiger Klarheit war er sich dankbar der Tatsache bewußt, daß Keridwen leblos an seiner Seite baumelte.

Seine Haut juckte. Die Haut an seinem Rücken war fraglos zu heiß und brannte nun, aber ihm fehlte die Kraft, sich mit seiner Hand dort zu kratzen. Jemand versuchte, ihn zu ersticken. Er wollte husten und sie von sich schieben, doch er war zu schwach, und man flößte ihm noch immer eklig süße Flüssigkeit in den Rachen. Spuckend schlug er die Augen auf und blickte in Brids sorgenvolle Miene. Er hob eine Hand, um sie aufzuhalten. Seine Haut war von Runen überzogen.

»Die Runen der Heilung und die Runen des Feuers«, sagte das Mädchen nur.

Einen Moment lang betrachtete er seine roten, geschwollenen Finger mit teilnahmsloser Neugier. Das Wasser ... Plötzlich fiel ihm alles wieder ein. Unruhig setzte er sich auf und suchte nach seiner Mutter. »Ist sie ...?« Mehr konnte er nicht sagen.

Traurig wandte Brid sich ab.

Hal kniete neben ihm nieder. »Niemand könnte so etwas überleben. Niemand könnte im Eis gefroren leben. Sicher war ihr Abbild im Mondstein von vornherein nur eine Illusion«, sagte er fast böse.

»O bitte, halt den Mund«, flehte Brid, als hätte sie nicht mehr die Kraft zu streiten.

Ärgerlich sah Hal sie an, doch dann wurde seine Miene sanfter. »Es tut mir leid. Ich weiß, wie du dich fühlen mußt. Ich wollte nur realistisch sein.« Er zog sie an sich und hielt sie fest, während sie weinte.

Doch Caspar hatte niemanden, an dem er sich hätte festhalten können. Er kroch zu seiner Mutter hinüber und blickte in ihr aschgraues Gesicht. Ihr Haar war ein feuchter Wust, der sich um ihren Hals schlang und an ihrer Haut klebte; die Augäpfel waren noch immer gefroren. Ganz sanft blies der Drache flackernde Flammen in die Luft, umgab sie alle mit einer Hülle von rotgoldenem Feuer, aber es konnte die Kälte in Caspars Herz nicht lindern. Er fragte sich, ob Keridwens Abbild noch immer im Mondstein gefangen war, ob er sie noch immer sehen konnte, wie sie einst gewesen war. Vielleicht konnte er sie durch das Druidenauge erreichen, selbst wenn er nur ihren Geist erreichte, der durch die Schatten der Anderwelt wandelte.

»Brid, bitte, der Mondstein«, flehte er. »Ich muß versuchen, sie zu erreichen.«

»Der Atem des Drachen hat ihn geschwärzt«, rief sie ihm in Erinnerung, während sie in ihr Hemd griff, den Salamander von der Kugel nahm und dem Jungen den trüben Stein reichte.

»Er ist nicht mehr so matt, wie er war«, sagte er hoffnungsfroh, als er in die Kugel blickte.

Dennoch enthielt der Stein stürmische Gewitterwolken, die strudelten und brodelten, während entlang des Schnittes, der ihn durchzog, Blitze zuckten. Zögerlich versuchte er, an nichts zu denken, und legte eine Hand um die Kugel. Anfangs fühlte er nichts und rang seine Enttäuschung nieder, entschlossen, es weiter zu versuchen. Er schöpfte Schneematsch vom Rande des Gletschers auf und wusch den Stein damit, hoffte, dieser würde den Rauch fortwaschen, doch als er abkühlte, wurde der Mondstein nur noch um so trüber. Schließlich fiel ihm das Druiden-Ei ein. Mit aller Macht, die darin wohnte, konnte er dem Mondstein sicher neues Leben geben.

»Brid, gib mir das Druiden-Ei«, bat er höflich, ohne sich vom Mondstein abzuwenden.

Mit der trüben Kugel in der einen Hand und dem blaugeäderten Ei in der anderen forderte er den Mondstein auf, sich zu reinigen. Das Ei prickelte in seiner Hand und fühlte sich allmählich immer schwerer an, als lastete das Gewicht des ganzen Universums auf ihm. Er wußte, daß die Kraft der Geist der mächtigen Untiere war, die jenseits des unsichtbaren Übergangs warteten, und daß er allein den Schlüssel zu ihrer Freiheit in Händen hielt. Doch wie konnten sie ihm helfen? Sie mochten große Kraft und Schnelligkeit ihr eigen nennen, doch sie konnten die Wolken nicht aus dem Mondstein vertreiben. Er schob das Druiden-Ei wieder in den gepolsterten Beutel an seiner Brust und sah den Mondstein mutlos an.

»Hauch ihn an«, schlug Hal vor.

»Was soll das nützen?«

»Man kann nie wissen. Manchmal nützen die einfachsten Dinge«, sagte Hal achselzuckend. »Es könnte so sein, als wollte man ein Ei mit dem Hammer aufschlagen, wobei man eigentlich nur mit einem Löffel daran klopfen müßte.«

Caspar holte Luft und blies sanft in den Spalt im Mondstein. Die Wolken rührten sich, wirbelten auf, und nach und nach wehten sie aus dem Spalt hervor und verteilten sich in der Luft. Nun leuchtete der Mondstein wieder schimmernd vor weißer Energie, aber immer noch zuckten Funken blauweißer Blitze um den Spalt. Dankbar lächelte er Hal an und drückte seine Handflächen fest auf die durchscheinende Oberfläche.

Er hieß den Schmerz der blendenden Blitze willkommen, die seinen Geist durchtosten und seine Muskeln sich verkrampfen ließen. Als der Schock vorüber war, ließ er seine Wahrnehmung in die unterbewußte Welt des Mondsteins sinken, suchte verzweifelt die Seele seiner Mutter in den Kanälen der Magie. Er merkte, wie er sich durch gespenstische Schatten in eine Höhle voller Eiszapfen schob, deren Eingang von Reif überfroren war. Irgendein übernatürlicher Instinkt sagte ihm, daß seine Mutter in der Nähe war. Wiederholt warf er sich an die eisige Mauer, bis diese schließlich brach und er sich einen Weg durch die Eiszapfen bahnte.

Vor ihm ragte ein atemberaubender Thron auf, von dessen Seiten gefrorene Kaskaden stürzten und wunderschöne Spiralen aus verdrehtem Eis bildeten. Der Thron selbst war wie blauer Diamant, hart und makellos, aus einem Block von Tundraeis gehauen.

Es war jemand da, oder etwas, das so groß und gräßlich war, daß er es sich nicht vorstellen, es nicht ansehen konnte. Es war, als sollte er die gebleckten Zähne des Nordwinds betrachten. Von der schrecklich unermeßlichen Größe dieses Wesens abgesehen, sah er nur Hörner, Zähne, Klauen und eine riesenhafte Axt.

»Sie gehört nun mir, mein kleiner Junge. Ich will sie hier in der Anderwelt behalten, wo ich ihre Kräfte nutzen kann, wann immer ich es will. Ich werde ihre Kraft aufsaugen, bis ihre Seele mit der meinen eins wird und ihr Leib nicht mehr als eine leere Hülle ist. Ich will die Lebenskraft aus ihrem Leib trinken wie Wein aus einem Kelch.«

»Gib sie zurück! Gib sie mir wieder her!« Obwohl er sie nicht sehen konnte, roch Caspar den fauligen Gestank von Trollen, die um den Thron schnüffelten. Er wußte, wer das Wesen war, doch er spürte, wenn er Vaal-Peors Namen aussprechen würde, würde der Gott auf ihn herniederkommen und ihn mit Seinem Daumennagel zerquetschen.

»Du hast keinen Anspruch auf sie zu erheben, du kleines Ding«, heulte der Wind in Caspars Ohren.

»Nein, sie gehört mir nicht. Aber sie gehört der ganzen Welt und nicht bloß dir. Sie ist Teil der Großen Mutter«, schrie Caspar in der Hoffnung, seine Stimme würde noch oben auf dem Thron zu hören sein.

»Du hast keine Macht über Mich, du Wurm.« Vaal-Peors Stimme ließ die Höhle erbeben. »Jene, die Mich verehren, habe ich belohnt. Sie besitzen jetzt euer kostbares Land, und ich will dich leben lassen, damit du den Schmerz deines Verlustes voll und ganz erleiden kannst. Torra Alta ist gefallen«, donnerte er. »Nun laß Mich allein.«

Mutlosigkeit schlang sich um Caspars Herz, doch als er in seiner Trauer taumelte, legte er eine Hand an die Brust und spürte die Macht des Druiden-Eis. Er griff in sein Hemd, um es herauszunehmen. Es schien ihm so klein, so unbedeutend in seinen Händen, als mächtiger Talisman kaum vorstellbar. Er konzentrierte sich auf das Ei, dachte an die Kreaturen, die es beherrschte, und sagte leise: »Bringt sie zu mir.«

Er wußte nicht genau, wo diese Kreaturen waren, nur daß sie gleich jenseits der Schwelle seines Bewußtseins warteten und auf seinen Befehl hin feste Form annehmen würden, solange er das Druiden-Ei in Händen hielt. Allmählich erschienen schimmernde Umrisse. Die Klaue eines Drachen, der Schwanz eines Greifen, der Reißzahn eines Wolfs, das Spiralhorn eines Einhorns. Als sich die Körper der Untiere verdichteten und sie ihre Muskeln spannten, konzentrierte sich Caspar auf einen weißen Hengst.

Er war bis ins Detail wie Feuerschweif, abgesehen von dem Horn, das bis zur Spitze vier Fuß über seiner Stirn aufragte, und die beiden Schwanenflügel, die aus seinem Widerrist sprossen. Es war das großartigste Tier, das Caspar je gesehen hatte. Das Horn war wie ein Eiszapfen geformt, perlweiß und von Silber und Gold durchzogen, das die Windung noch hervorhob. Die Flügel breiteten sich zu einer Spanne von mehr als zwanzig Fuß aus.

»Holt mir Keridwen«, befahl der Junge wieder, sprach mit tiefer Stimme, um die Autorität seines Vaters zu imitieren.

Das Einhorn stampfte in den stürmischen Nebel, der den Leib des Gottes verhüllte, und hob mit anmutigem Sprung ab, schwebte zum Himmel auf. Mähnenwölfe, die weit größer als jene aus den Gelben Bergen waren, mit langen, katzengleichen Zähnen, die aus ihren Mäulern ragten, sammelten sich an den Wänden der Höhle. Sie sprangen von einem eisigen Felsen zum nächsten. Dann kamen ganze Schwärme von Drachen, und als Caspar sie rief, neigte jeder einzelne den Kopf zum Gruße, bevor er sich in die wirbelnden Nebel erhob, die den Bergthron umgaben. Sie flogen so hoch, daß selbst die Drachen verschwommene Punkte in weiter Ferne wurden, bevor sie dann nicht mehr zu sehen waren.

Als winzige Gestalt in der endlosen Höhe der Eishöhle fühlte sich Caspar schrecklich allein. Er konnte seine Mutter nicht mehr spüren, als die schneidende Kälte in sein Hirn kroch. Er versuchte sich zu bewegen, doch wurden seine Gelenke bereits steif, und die Finger nahmen ein ungesundes Blau an. Wenn er noch viel länger blieb, dem Willen des Eisgottes so nah, würde er sterben müssen.

Endlich blitzte hoch oben in der Ferne des eisigen Nebels Drachenfeuer über den Himmel. Plötzlich prasselte Hagel von oben herab. Er schlug die Hände an die Ohren, als ein monströser Wutschrei die Luft erbeben ließ. Die Eiszapfen brachen und splitterten um ihn, und er warf sich in die Ecke der Höhle, kauerte hinter einem Felsenüberhang, während tödliche Eisdolche vom blauweißen Thron stürzten. Dann endlich kehrten Tiere zurück.

Erst kam ein halbes Dutzend Wölfe, hinkend und blutend, dann kamen drei Drachen, denen Schuppen vom Leib gerissen waren, so daß das weiche, pulsierende Fleisch darunter sichtbar wurde. Ihre Flügel waren gerissen, und sie flogen mit plumpen Schlägen. Caspar wartete, und sein Atem umgab ihn mit einer dichten Wolke von Dampf. Er konnte kaum noch zwinkern, nachdem die durchdringende Kälte nun von ihm Besitz ergriffen hatte. Dann sah er endlich den anmutigen Schwung der gefiederten Einhornflügel. Sein Herz schlug ihm im Hals, als er etwas Goldrotes an den Flügeln sah. Leblos lag der Körper seiner Mutter auf dem Rücken des Tieres.

Das geflügelte Einhorn zitterte, als Caspar herantrat, fürchtete sich vor nichts so sehr wie der Berührung einer Menschenhand. Zögerlich hob Caspar seine Hand und nahm die Mutter in den Arm. Das wilde Tier scheute zurück, und der Boden unter Caspars Füßen bebte und schüttelte, als Donner durch die Lüfte schlug. Wieder barsten Eiszapfen um ihn am Boden. Er warf sich auf seine Mutter und fühlte sich im selben Augenblick von der mystischen Welt des Mondsteins befreit. Eine Sekunde lang, als seine Wahrnehmung vor der kristallenen Höhle zurückwich und wieder in die Wirklichkeit der Tundra geschleudert wurde, blickte er in die Augen des Einhorns.

Das Tier war frei, aus der Gefangenschaft in der Anderwelt entlassen, so daß es nun diese durchstreifen konnte. Caspar nahm die Wildheit dieser Kreatur wohl wahr, und er fragte sich, ob es falsch gewesen war, es freizulassen. Hätte er es wieder in die Parallelwelt der Schatten verbannen sollen?

Er selbst jedoch machte sich viel zu viele Gedanken um seine Mutter, als daß er auch nur noch einen Gedanken daran verschwenden konnte. Ihn kümmerte einzig, daß er Keridwen in seinen Armen hielt und sie wiegte. Nach einer Weile schaffte er es, sich zurückzulehnen und sie anzusehen, und als er es tat, merkte er, daß er den Mondstein nicht mehr in den Händen hielt. Überall um ihn lagen Scherben von glitzerndem Kristall wie zerbrochene Eiszapfen am Boden. Die Kugel muß unter dem Ansturm des göttlichen Zorns geborsten sein, dachte er wehmütig und wandte sich eilig von den schimmernden Kristallen ab, um seine Mutter traurig zu betrachten.

Ihr Leib war steif und reglos, doch ihre Augen waren jetzt geschlossen, und der Ausdruck schrecklichen Schmerzes war von ihrem Gesicht verschwunden. Das letzte Eis schmolz von ihren Augenlidern, und Caspar schob ihr das Haar aus dem Gesicht, kämmte es mit seinen Fingern durch. Sie sah so jung aus. War sie wirklich seine Mutter? Branwolf war an den Schläfen grau und zeigte eine sorgenvolle Miene, die sich in Jahrzehnten drückender Verantwortung gebildet hatte. Dieses Gesicht nun, mit seinen hohen Wangenknochen und der makellosen Haut gehörte einer Frau von Anfang Zwanzig … nur war die Haut so blaß und kalt wie überfrorenes Porzellan. Ihr Haar trocknete in der Wärme des Drachenodems zu dunklem, vollem Kastanienbraun, roter als sein eigenes Haar und auch hübscher. Der weiße Seidenstoff, der an ihrem kleinen, zart geformten Körper klebte, sah eher wie ein Totenhemd aus, nicht wie ein Kleid.

»Mutter«, flüsterte er. »Mein Leben lang hast du mir gefehlt. Du hast mir eine schreckliche Leere hinterlassen. Während meiner ganzen Kindheit dachte ich, du hättest mich verlassen. Nun darfst du mich nie mehr verlassen, nachdem ich dich gefunden habe. Bitte, bitte, laß mich nicht allein.«

Er drückte sie fest an sich, hauchte seinen heißen Atem an ihre kalten Wangen, wiegte sie hin und her, bis der Schmerz der Trauer ihn übermannte. Er legte sie auf seinen Umhang und wickelte sie fest hinein, war so verzweifelt, daß er über den Augenblick gar nicht hinaussehen konnte. Brids scharfes Einatmen drang in seine Trauer ein.

»Sieh doch«, stammelte sie und deutete auf Keridwen. Ihre Stimme war nur ein Flüstern, als fürchtete sie einen Bann zu brechen. Es war früher Abend, und da sie ihren Rücken dem rapide dunkelnden Osten zuwandte, war sie vom dunstigen Mond umgeben, der wie eine gespenstische Sichel am Himmel hing.

»Ich habe nichts gesehen.«

»Sieh doch. Ich habe es gesehen, als der Mond aufging«, beharrte Brid.

»Es ist nur das Abendlicht«, meinte Hal.

»Nein, sieh doch«, flehte Brid. Sie kam näher.

Konzentriert starrte Caspar die langen, geschwungenen Lider seiner Mutter an, bis seine Augen schmerzten. Dann endlich wurde er belohnt. »Sie haben gezuckt«, hauchte er staunend. »Sie haben ganz bestimmt gezuckt.«

»Der Wind«, fuhr Hal fort, bevor noch jemand etwas sagen konnte.

Trund schob seine Schnauze zwischen sie, wedelte wild mit seinem Schwanz und war ganz offenbar fasziniert von dem, was ihre Aufmerksamkeit erregte. Fragend neigte er seinen

Kopf in Keridwens Richtung und schoß dann voran, leckte ihr Gesicht mit seiner langen, klebrigen Zunge ab.

Grob riß Hal ihn zurück, doch Caspar nahm kaum noch wahr, was der Hund tat. Er konzentrierte sich allein auf seine Mutter, als ihre Augenlider flatterten. Ihre Brust hob sich, sog die warme Luft des Drachen in sich, und zwinkernd schlug sie die Augen auf. Nichts hatte Caspar je auf ihre wahre Schönheit vorbereitet. Sie waren tief wie der dunkelblaueste Himmel, wenn man ihn vom höchsten Gipfel aus betrachtete, ein Blau, das voller Leben war. Sie zuckten und blinzelten und betrachteten alle Gesichter, dann blickten sie fragend und seltsam verblüfft.

Ihr Mund bewegte sich, wollte sprechen, doch es kam kein Laut heraus. Sie schloß die Augen und schluckte, dann schlug sie sie wieder auf. »Ein Drache«, flüsterte sie. Ihre Stimme war ein harsches Krächzen, als wäre sie ausgetrocknet und vom mangelnden Gebrauch ausgeleiert. »Ein Drache beugt sich über mich. Lebe ich oder ...?« Ihre Worte verklangen, als wäre das alles mehr, als sie begreifen konnte.

Brid nahm ihre Hand.

»Keridwen«, flüsterte sie. »Du lebst.«

»Es fühlt sich wirklich nicht so an«, sagte die Frau mit heiserem Flüstern.

»Schscht, sag eine Weile nichts. Ich gebe dir etwas, was den Schmerz lindern und deinen Leib heilen soll. Teebeere gegen die Kälte, Sirup für den Hals. Du brauchst vor allem Schlaf und Ruhe. Wir reden später«, erklärte ihr Brid.

Folgsam sank Keridwen zurück, und während sie schlief, wachte Caspar über sie.

Der Himmel im Westen war in die feurigen Farben des Abends gewandet. Rauchbraune Wolken wehten in der sanften Brise, verdichteten sich zu dunklen und verborgenen Nebeln, um den fernen Horizont einzuhüllen. Als die Dunkelheit kam, schwoll das Rauschen des Wassers an, da die endlosen Weiten des Eises aufzubrechen begannen und ihre Schmelzfluten über die öden Weiten der Drachenwüste ergossen. Das Leben kehrte nach Vaalaka zurück, und alles war zu spät. Das Leben kam in die Steppen des Nordens, als der Tod durch Torra Alta und nach Belbidia hineinstürmte. Er dachte an die zornigen Worte des Eisgottes, der behauptet hatte, Torra Alta sei verloren.

Die Nacht hielt das Tal in festem Griff. Zu hören war nur das gespenstische Knarren des instabilen Gletschers. Sie stapelten das Feuerholz, um die beißende Kälte des Nordens abzuwehren, und im flackernden Licht wachten Caspar und seine beiden Gefährten über Keridwen.

Hal starrte sie mit offenem Mund an. »Sie ist sehr schön«, murmelte er nachdenklich, fast als sähe er sie als Traumbild.

Ihre Augen zwinkerten, als seine Stimme sie im Schlaf störte. Sie neigte ihren Kopf und sah ihn wißbegierig an. Ein Lächeln erhellte ihr Gesicht, und ein Lachen kam ihr über die Lippen. Es klang erhebend wie eine Lerche im Flug, doch dann als sie den Jungen im Zwielicht betrachtete, erstarb ihr Lachen Unsicher sah sie ihn an.

»Branwolf? Bist du es?« Durch die Kräuter klang ihre Stimme nun weich und melodiös.

Hal schüttelte den Kopf, und Caspar war den Tränen nah als er an die Trauer dachte, die Keridwen nach ihrem langen Schlaf nun erwartete. Torra Alta war gefallen. Und Branwolf … Noch immer konnte er es nicht recht glauben.

Nach wie vor starrte Keridwen Hal an. »Branwolf, du mußt es sein. So düster, so hübsch mit genau demselben kühnen Blick.«

»Ich bin Hal«, erwiderte der Junge so sanft er konnte.

»Hal, aber das kann nicht sein. Nein, Hal ist höchstens sechs, und wenn du …?« Die Frage erstarb auf ihren Lippen.

Plötzlich wandte sie sich dem rothaarigen Jungen zu, der

neben ihr saß, die Augen erwartungsvoll und unschuldig groß. »Ich dachte, es sei alles nur ein Alptraum, doch es ist wahr. Ich war dort im Eis seit … Spar!« Sie sagte nichts mehr, sondern drückte ihn an sich. Tränen liefen über ihre Wangen. Es dauerte einige Minuten, bis sie wieder sprechen kannte, doch danach wollte sie nicht ruhen, bis sie ihre ganze Geschichte in tränenreichen Gefühlsausbrüchen erzählt hatte.

»Und Gwion«, nickte Caspar. »Die ganze Zeit über war es Gwion.«

»Gwion«, wiederholte sie gewichtig. »Und Vaal-Peor hat behauptet, Torra Alta sei verloren, und ihr selbst habt gesehen, daß bis auf den Bergfried alles gefallen ist.« Der Funke in ihren Augen erstarb. »Torra Alta, Morrigwen, Branwolf …« Ihre Stimme bebte, doch dann schürzte sie die Lippen, als rüstete sie sich gegen ihre Trauer. Sie fuhr mit einer Hand durch ihr langes rotes Haar, drehte es zu einem Knoten, als rollte sie ihre Trauer ein. Sie warf Hal einen langen Seitenblick zu und lächelte traurig. »Er war dir so sehr, sehr ähnlich.«

KAPITEL 14

Ein mächtiges Gefühl von Stolz wallte in dem Jungen auf, als er sah, wie sich seine Mutter auf den Drachenrücken setzte. Sie hielt sich an den Hörnern des Untiers fest, und der Wind riß an ihrer wehenden weißen Robe, als sie den fernen Gipfeln der Gelben Berge entgegenflogen. Noch immer konnte er nicht recht glauben, daß sie real war. Sie hatte wieder Farbe auf den Wangen, und nun, da ihr der Wind ins Gesicht wehte, war sie rosig und auf so geheimnisvolle Weise schön wie ein Sonnenuntergang im Herbst.

»Schneller, Spar, bitte ihn, schneller zu fliegen.« Ihre Worte wurden vom Luftstrom mitgerissen. Caspar wußte, daß sie Ende Dreißig war, doch sah sie in Wahrheit eher wie ein Mädchen aus. Und wenn sie sprach, tat sie es mit der Autorität einer Erwachsenen, die einen warnte, sich ihr nicht zu widersetzen.

Caspar tastete nach dem Druiden-Ei um seinen Hals und trieb das Tier zu größerer Anstrengung, bis sie vor Wind im Gesicht kaum noch atmen konnten. Seiner Mutter zu begegnen und ihr wahres Wesen zu erkennen hatte ihm ein neues Gefühl für seine eigene Identität verliehen. Bisher hatte er sie sich als flatterhaft und schwach vorgestellt, von der Persönlichkeit Branwolfs unterdrückt. Nun sah er sie als wild und tapfer, zielstrebig und von einer Liebe zur Großen Mutter getrieben, die sich auf alle Lebewesen ausweitete. Er war stolz, daß ihr Blut in seinen Adern floß. Die Gegenwart dieser Frau stützte und einte sie alle. Nicht einmal Hal wagte, sie in Frage zu stellen. Caspar lächelte seine Mutter an, und neuerliches Selbstvertrauen wuchs in dem Baronensohn.

Im selben Augenblick, als Caspar ihr erzählt hatte, daß die

Vaalaker die Wehranlagen der Burg stürmten, hatte sie befohlen, nach Torra Alta umzukehren. Mit noch mehr Kraft als Brid hatte sie augenblicklich die Kontrolle über die Kinder an sich gerissen.

Unter sich sahen sie nun die beiden vaalakischen Kolonnen. Eine war auf dem Weg südwestwärts zum Wolfsrachen und eine südostwärts zum Eingang des Passes bei Torra Alta. »Spar, ruf die Wölfe«, befahl sie, als sie sich dem grünen Streifen des Keilerwaldes näherten.

»Ich … wie?« stotterte er.

Ihr Befehlston verschreckte ihn, und er erwartete, daß sie verärgert oder herablassend wäre, wenn er ihren Befehl nicht verstand, doch statt dessen lächelte sie nur lieblicher.

»Es ist alles in Ordnung. Leg deine Hände an das Druiden-Ei und sieh dich um.«

Augenblicklich merkte er, was sie meinte. Matte Umrisse wütender Wölfe waren in den Wäldern zu erkennen, seit langem ausgestorben, die Ahnen der Bergwölfe. Hochgewachsene, langmähnige Wesen mit katzengleichen Zähnen waren sie, groß wie ausgewachsene Ponys.

»Gib ihnen Gestalt«, flüsterte Keridwen, und ihre Hände legten sich auf die Handfläche ihres Sohnes. Caspar spürte, wie das Zutrauen seiner Mutter ihm gelassene Kontrolle über seine Empfindungen verlieh. Unter dem weißen Seidenkleid, das die Rundungen ihres jungen Körpers umfing, war sie kleiner und zarter noch als Brid. Doch trotz ihrer Statur war sie von einer machtvollen Präsenz, die aus Entschlossenheit und Selbstvertrauen wuchs. »Zuerst die Wölfe, dann die Einhörner und schließlich die Trolle aus den Bergen«, flüsterte sie. »Du kannst es schaffen, Spar. Hol sie aus den Schatten und gib ihnen Gestalt.«

»Aber ist das nicht gefährlich? So viele auf einmal?« stammelte Caspar. Überall spürte er die wilden Tiere der Macht, allesamt mit eigenem Willen und eigenen Vorstellungen, und alle heulten um ihre Freiheit. Einen Moment lang zögerte er. Was war, wenn er sie rief, doch dann nicht in der Lage wäre, so viele mit einem Mal zu lenken? Er dachte an die wilden Kreaturen, die er auf die Welt loslassen würde. Er war nicht sicher, ob er in der Lage wäre, sie im Griff zu halten.

»Du kannst es schaffen, Spar«, erklärte Keridwen mit fester Stimme. »Sieh mich an, Kind.« Sie hob sein Kinn und starrte ihm lange in die Augen. »Sie werden sich fügen, doch erst mußt du es ihnen befehlen.«

»Gib mir das Druiden-Ei, und ich werde es tun«, bot Hal sich eifrig an.

Widerwillig schnaubte Keridwen. »Spar kann es schaffen. Er braucht nur das Selbstvertrauen, aber zumindest ist er sich der Verantwortung für die Macht bewußt, mit der er umgeht. In seinen Händen ist die Gefahr geringer. Wir müssen dem Urteil der Großen Mutter vertrauen, und sie hat entschieden, daß er das Druiden-Ei handhaben soll.«

Hal zog seine ausgestreckte Hand zurück und gab sich Keridwens Autorität geschlagen.

»Befiehl, Spar!« wies Keridwen ihren Sohn erneut an. »Du trägst es in dir. Glaub an dich selbst.«

Autorität war für den Jungen nicht selbstverständlich. Sogar was Feuerschweif anging, sprach er nie Befehle aus, sondern äußerte nur Vorschläge. Doch nun mußte er befehlen. Allmählich liefen die Schatten der Wölfe unter ihnen über die Waldwege in die Berge hinauf.

An die knorrigen Wirbel des Drachen geklammert flogen sie über die Gelben Berge. Die Gipfel waren im Licht des Frühlings von goldenem Ocker, und nur die höchsten Felsen um Spiegelsee und Wolfsrachen waren schneebedeckt. Eine vaalakische Kolonne – wie eine schwarze Narbe in der fahlen

Landschaft – marschierte ungehindert dem hohen Bergpaß im Westen entgegen. Während die Feinde durch den Wolfsrachen sickerten, war sich Caspar darüber im klaren, daß Torra Alta sowohl von Süden als auch von Norden her angreifbar war. Seine Gedanken richteten sich auf den tückischen Paß. Augenblicklich schwenkte der Drache nach rechts aus, folgte seinem Wunsch.

»Nein«, rief Hal. »Spar, nicht. Wir müssen erst nach Torra Alta.«

Caspars Entschlossenheit wankte, und die Flügel verlangsamten ihren Schlag zu zögerlichem Gleiten.

»Befiehl, Spar«, sagte Keridwen zu ihm. »Wenn du einen Entschluß gefaßt hast, halte daran fest, sonst erreichen wir nichts. Wir sind in deiner Hand, und du mußt die Kommandos geben.«

»Erst zum Wolfsrachen. Mit dieser Armee sind wir in der Lage, die Flut der Vaalaker aufzuhalten. Dann ist die Burg zumindest nicht mehr von allen Seiten anzugreifen.«

»Du hast recht ... und Keridwen hat recht«, räumte Hal untypischerweise ein. »Wir haben keine Zeit mit Diskussionen zu vergeuden. Los!«

Caspars Magen hing mitten in der Luft, als der Drache nach rechts ausschwenkte und die Bergluft durchschnitt. Nun war die marschierende vaalakische Kolonne gut zu erkennen. Sie erklomm die steilen Hänge, die zur engen Schlucht hinaufführten, welche die Bergkette durchschnitt. Caspar war krank vor Zorn. Im ganzen Tal wimmelte es vor barbrüstigen Nordmännern, und das Land war grau und aufgerissen, wo sie riesige Waldgebiete vernichtet hatten.

Er wollte sie am liebsten alle töten, und sein Wunsch wurde durch das Druiden-Ei gelenkt. Sie schwebten tiefer, und er konnte sehen, wie die dunklen Umrisse der großen Wölfe aus den Schatten traten. Der Drache spie Feuer, versengte zehn

Vaalaker und flog dann weiter, überließ die schreienden Barbaren den Wölfen.

»Morbaks Horden sind endlos«, sagte Hal trübsinnig. »Es sind zu viele.« Er saß ganz nah bei Brid. Eine Hand hielt ihre, die andere das Runenschwert. »Nicht mal tausend Wölfe könnten sie töten.«

»Wer hat gesagt, daß wir sie töten wollen?« Hochmütig sah Keridwen ihn an. »Wir müssen sie in ihr eigenes Land zurücktreiben, damit sie dort Bewässerungskanäle bauen und ihre Heimat wiederherstellen. Die Drachenwüste ist wieder von Schmelzwasser geflutet, und wenn sie heimkehren, werden auch die nördlichen Ebenen wieder bebaubar sein. Die Große Mutter hat das Gleichgewicht wiederhergestellt.«

»Falls Vaal-Peors Worte der Wahrheit entsprachen und Torra Alta gefallen ist, könnte sie das Gleichgewicht für die Vaalaker wiederhergestellt haben, nur nicht für uns«, erwiderte er bitter.

Keridwen sah aus, als wollte sie ihn für seine Blasphemie tadeln, doch dann wurde ihr Blick traurig, und sie schüttelte den Kopf. »Nein, wahrlich, möglicherweise nicht für uns. Vielleicht haben wir es nicht verdient.«

»Sie hat uns irregeführt und verraten«, erklärte der Junge finster.

Keridwen schüttelte den Kopf, blieb vom Ausbruch des Jungen ungerührt. »Nein, Hal. Es war Gwion, der uns verraten hat, und davor haben wir die Große Mutter selbst verraten, indem wir zugelassen haben, daß ihr Glaube verfolgt wird.«

Die Luft kühlte ab, als sie über dem Wolfsrachen segelten. Zu beiden Seiten ragten die Berge wie Sägezähne mit gemeißelten Wänden auf, in deren Schluchten sich der Schnee hielt. Obwohl inzwischen später Frühling war, lagen nach wie vor Schneekappen auf den höheren Gipfeln und glitzerten in der Sonne. Dunkle Schatten verfinsterten den Paß unter ihnen, und wo die Sonne die höher gelegenen Felsen wärmte, lösten sich Felsbrocken durch das tauende Eis und rollten die Hänge hinab, prasselten und rasselten ins Tal hinab. Doch nichts konnte das Stampfen marschierender Füße aufhalten.

»Es müssen Zehntausende sein«, meinte Brid verzweifelt. »Wenn die erst hier durch sind, kann keine Armee sie mehr aufhalten.«

»Wenn sie erst durch sind«, stimmte Hal zu und strahlte plötzlich. »Es wäre nicht viel nötig, sie aufzuhalten, nicht in diesem schmalen Paß.« Ein freches Grinsen breitete sich auf seiner Miene aus. »Was meinst du, Spar?« Er deutete auf die Schluchten und schneebedeckten Gipfel. »Bei dieser Witterung, wenn die schwarzen Felsen schnell aufwärmen …?«

Caspar nickte. »Nein, ich würde nicht gern bei Frühlingsanfang dort hindurchmarschieren, und im späten Brachmond schon gar nicht. Die Schneeschichten dürften sich von den warmen Felsen lösen. Unter den richtigen Umständen …«

Alle vier Torra Altaner sahen einander an. Die ersten Anzeichen des Triumphs ließen ihre Mienen leuchten. Mit seiner Hand am Druiden-Ei spürte Caspar die Geister von sechs Drachen, die einst, vor mehr als tausend Jahren, in Schwärmen über die Gelben Berge gezogen waren. Er vergeudete weder Zeit noch furchtsame Gedanken daran, sie heranzurufen. Anfangs waren nur ihre dunklen Umrisse zu erkennen, welche die höchsten Gipfel umkreisten, doch allmählich verdichteten sich ihre Gestalten. Zwei waren von schlichtem Grün, die jüngeren, wie Caspar glaubte, während die stacheligen Schuppenpanzer der anderen silbrig und golden umrandet waren. Sechs insgesamt, von denen viele die Narben ihres Todes von Händen der ersten Menschen auf Torra Alta trugen.

Sie kreischten und schrien, die mächtigen Blasen unter ihren Kehlen füllten sich mit Gallonen von Luft, und wenn sie brüllten, fegten die Flammen über die Gipfel der Berge. Der

Feuerstoß aus ihren kreischenden Kehlen ließ die Luft erzittern, aber der Donner der Lawinen war lauter. Es begann mit einem Rumpeln, das die Erde wie eine wildgewordene Büffelherde beben ließ und seinen Höhepunkt in einem ohrenbetäubenden Krachen fand, als sich eine Seite des schneebedeckten Passes löste und den schmalen Durchgang blockierte. Der Drache, auf dem sie ritten, erhob sich in den Himmel, als die Druckwelle aus dem erstickten Paß die Luft erzittern ließ. Einen Moment lang konnte Caspar nicht atmen, als die Atmosphäre voll feiner, glitzernder Schneeflocken war, welche die Lawine aufgeworfen hatte. Träge kreiste der Drache, bis sich die Schneewolken gelegt hatten.

Unter ihnen wurde das Tal von Tonnen schmutzigen Schnees erdrückt, die alles niederwalzten und jeden, der ihnen im Wege war, zu Tode brachten, ihn unter dem weißen Mantel des Berges erdrückten und erstickten. Im Norden hatte sich die mächtige Kolonne der Feinde ängstlich aus den trügerischen Bergen zurückgezogen.

»Bis zum Herbst kommt niemand mehr dort hindurch«, seufzte Keridwen mit einiger Zufriedenheit. »Es wird Monate dauern, bis der dicke, feste Schnee geschmolzen ist.«

Caspar lenkte den Drachen ostwärts, seiner Heimat entgegen. »Was ist mit denen, die schon durch sind?« fragte er.

»Um die wird sich König Rewik kümmern, und wenn nicht, ziehen sie nach Torra Alta, wo wir uns um sie kümmern«, erklärte ihm Keridwen selbstsicher, bevor Hal noch etwas sagen konnte.

»Unsere Aufgabe besteht nun darin, den Paß zu verteidigen«, sagte dieser gewichtig, als sie fertig war.

Caspar dachte über seine Worte nach. Vaal-Peor hatte behauptet, es gäbe nichts mehr zu verteidigen, Torra Alta sei gefallen, alles sei verloren. Jetzt konnten sie nur noch versuchen, seinen Vater und Morrigwen zu finden. Vater, dachte er verzweifelt und spürte die gleiche Trauer in seiner Mutter, obwohl ihre Miene vor entschlossener Konzentration gefaßt blieb. Er konnte den Gedanken nicht ertragen, daß sein Vater zu Schaden gekommen sein sollte, doch wußte er tief in seinem Herzen, daß die Burg verloren war, und sein Vater und seine Freunde ebenso. Aber Vaal-Peor irrte. Es gab noch manches zu beschützen. Torra Alta mochte gefallen sein, doch es war nicht mehr als eine Burg, und es war Caspars Aufgabe, den Paß vor Angriffen aus dem Norden zu verteidigen, mit oder ohne Burg. Das Schicksal hatte ihn zum Erben der Baronie bestimmt, und als solcher mußte er handeln.

Nur Augenblicke später ragten die oberen Türme der Grenzfestung über den blaßgoldenen Gipfeln auf. Zahlreiche Säulen von dichtem, schwarzem Rauch stiegen zum Himmel auf und warfen ihren dunklen Schatten über die Ebene. Es wimmelte vor Vaalakern, die wie Millionen Ameisen die Erde bedeckten, wenn sie den Felsenturm erklommen, um die Burg einzunehmen. Die Türen des Bergfrieds waren aufgebrochen, und Flammen stoben aus den schmalen Fensterschlitzen des stämmigen Turms.

»Nein!« schrie Brid der Szenerie dort unten trotzig zu. »Nein! Nein! Morrigwen! Sie muß leben. Die Drei Dienerinnen müssen vereint sein!«

Hal riß sie an sich, fürchtete offenbar, sie könne in ihrer Trauer vom Drachenrücken taumeln. Caspar sah hinab, zu schockiert, um zu sprechen. Dort unten konnte niemand mehr leben, niemand, nicht Morrigwen und auch nicht Branwolf.

Mehrmals kreisten sie mit den anderen sechs Drachen in ihrem Gefolge, auf der Suche nach einem geeigneten Landeplatz. Die Türme der Burg waren eingestürzt, die hölzernen Innenbauten verbrannt und die Dächer eingestürzt. Die bröckelnden Türme hatten große Stücke Mauerwerks seitlich am Felsenturm in die Schlucht abstürzen lassen. Rauchwolken stiegen um den Fuß des Felsenturms auf, der vom Grund der Schlucht aufragte.

»Die Burg ist wie eine alte Hexe, die auf dem Scheiterhaufen verbrannt wurde«, sagte Brid.

Caspar rief die Wölfe aus den Bergen. Dann stürmte eine Herde perlweißer Tiere von der Südseite des Passes herab. Sie liefen hin und her, bohrten, spießten, wüteten mit ihren langen Spiralhörnern unter den Barbaren. Caspar überließ sie ihrer Aufgabe.

»Hinunter«, befahl er. »Bring uns auf den großen Burghof.«

Weißhaarige Krieger kletterten wie Insekten über die Reste der Wehranlagen, drehten die letzten Torra Altanischen Leichen um und verstümmelten deren Leiber, bevor man sie über die Mauer warf. Sie stürzten als kreiselnde Gliedmaßen und Rümpfe auf die gezackten Felsen, wo sich ganze Rabenschwärme über sie hermachten. Caspar hatte seinen Bogen bereit, und Hal zückte sein Schwert.

»Bleib bei Keridwen auf dem Drachen. Es geht mir besser, wenn ich weiß, wo du bist«, befahl der dunkelhaarige Junge Brid. »Hier kann dir niemand etwas tun.«

Sie nickte ungewohnt fügsam.

Vor blindem Entsetzen sanken die Barbaren an den Zinnen auf die Knie, duckten sich, als sie die Drachen vom Himmel schweben sahen. In ihrer Angst stoben sie in alle Richtungen auseinander, und manche stürzten sich von den Zinnen, um den Feuerzungen zu entgehen, die aus den Mäulern der Ungeheuer herabstießen. Drei Nordmänner jedoch blieben stehen, als der Drache seine Schnauze drehte, um dem ersten der heranstürmenden Barbaren das Lebenslicht zu löschen, doch Caspar hob instinktiv die Hand und befahl dem Drachen, innezuhalten. Mit Hal an seiner Seite sprang er zu Boden. Er brauchte die Befriedigung persönlicher Rache.

Der ruhige Blick in den fahlen Augen der Barbaren verkündete, daß sie den Tod nicht fürchteten. Wie die meisten anderen Vaalaker hatten sie Lederhäute um ihre wulstigen Schenkel gebunden, ein starrer, grober Gürtel hielt ihre Hosen, und nur ein zerfetztes, schwarzes Bärenfell schlang sich um eine Schulter, bedeckte den nackten Oberkörper. Zahlreiche Federn und Perlen, die in ihre langen, weißen Zöpfe geflochten waren, zeigten, daß sie von edler Geburt waren.

Caspar vergeudete keine Zeit. Er spannte seinen Bogen und ließ den Pfeil fliegen. Instinktiv wollte der Barbar vor ihm den Pfeil mit seinem Arm abwehren, doch seine Bewegung war zu langsam. Während seine Hand noch auf halbem Weg zu seiner Brust war, hatte sich der Pfeil bereits in sein pumpendes Herz gebohrt. Der andere Nordmann hatte zwei Schritte in Hals Richtung getan, als Caspar den nächsten Pfeil abschießen konnte. Die breite Spitze spaltete die straffe Haut an der Wange des Vaalakers, und die Wucht riß seinen Kopf zurück, wenn er auch weiter vorwärts taumelte. Hal stieß ihn beiseite.

Nur ein Vaalaker blieb. Er war breit und muskulös, aber ein ausgezehrter, hungriger Blick lag in seinem Gesicht, der dem Jungen auch bei Gwion aufgefallen war. Der Mann nahm seine Axt und schwenkte sie mit dem Geschick eines camaalischen Ritters. Die lederige Haut eines Trolls lag um seine Schultern, und eine Kette aus Trollzähnen klapperte um seinen Kopf. Er trug einen hohen, spitzen Helm mit hoch aufragenden Steinbockhörnern. Ganz oben auf der Spitze seines Helms steckte ein Kopf. Ein abgehackter, blutiger Kopf.

Caspar wurde übel. Es war der Kopf einer Frau mit langem, rotem Haar wie dem seiner Mutter. Elaine, dachte er, wenn sie dir das angetan haben, was wurde dann aus den anderen? Er konnte den Gedanken nicht ertragen, was mit seinem Vater, mit Morrigwen oder der kleinen May geschehen sein mochte, die ihn mit solcher Abscheu angesehen hatte. Der Gedanke an das kleine Mädchen mit den großen, verletzlichen Augen und der nachdenklichen Miene erfüllte ihn mit seltsamen Empfindungen. Er hatte sie mit den Augen des Mondsteins gesehen und ihren Geist gespürt, stark und mitfühlend. Wenn Morbak ihr das gleiche wie ihrer Mutter angetan hatte … sein Zorn trieb ihn schier in den Wahnsinn.

Hal trat vor. Fort war die Wut, die früher noch von ihm Besitz ergriffen hätte. Mit kühl berechnender Kontrolle schwenkte er sein Schwert mit demselben Geschick, wie Ceowulf eine Lanze hielt. Er täuschte links an, weckte die Deckung des Vaalakers und wandte sich dann ab, schwang das Schwert in einem großen Bogen. Die Klinge sang ihr magisches Lied. Das Sonnenlicht fing sich an den geschliffenen Seiten und wurde als weiße Energie wieder in die Luft gespiegelt. Es war schnell vorüber. Der starre Blick des Mannes sah die Schneide der Klinge nur kurz. Ihm blieb keine Zeit, seine Axt zu heben, und diese Erkenntnis war an seiner entsetzten Miene deutlich abzulesen. Er wollte ausweichen, doch das Runenschwert war zu schnell. Die Klinge traf ihn auf Augenhöhe, durchschlug den Seitenschutz des Helms und spaltete ihm den Schädel. Der gräßliche Kopfschmuck glitt von seinen Schultern, fiel klappernd auf das Pflaster, und Elaines abgeschlagener Kopf rollte davon. Noch schwankte der Barbar für einen Augenblick auf festen Beinen, dann torkelte er und sank in seinem schwarzen Bärenfellumhang in sich zusammen.

Eine lange, harte Minute starrte Caspar ihn an, dann schaute er sich um. Schreie vor Schmerz und Entsetzen hallten zwischen den nackten Wänden der Schlucht wider. Die furchteinflößenden Tiere aus den Legenden wüteten fürchterlich, mit Fängen und Feuer, Hufen und Horn, als sie die Vaalaker nach Norden trieben. Mancher Krieger zog es vor, sich in die eisigen Fluten des Silberflusses zu stürzen, um nicht von den wütenden Kiefern der Wölfe zermalmt oder von den Einhörnern aufgespießt zu werden. Die reißenden Fluten des Flusses warfen sie an die Felsen und zogen sie in ihre schäumenden Tiefen. Der Paß leerte sich. Es würde noch Tage dauern, doch die Arbeit hatte begonnen.

Mit seinem Fuß schob Caspar den Schutt vom Herzstein Torra Altas und setzte sich, starrte die cremefarbene, marmorne Oberfläche des Druiden-Eis an, hielt die Tiere unter Kontrolle, während die anderen ihre Suche aufnahmen.

Sie fanden im ganzen Bergfried keine einzige lebende Frau. Isabels und Rosalinds zerhackte Leichen waren noch zu erkennen, viele andere jedoch nicht. Brid und Keridwen untersuchten jede einzelne sehr sorgfältig, hofften entgegen aller Wahrscheinlichkeit, daß sie doch noch eine Überlebende finden würden.

»Geht nicht in die Türme«, rief Caspar. »Es ist zu gefährlich, und sie könnten jeden Augenblick einstürzen.«

Doch am Ende sahen sie sich allesamt genötigt, dennoch hineinzusehen. Am Fuße jedes Turms lagen Haufen von verkohlten Balken und geborstenen Mauerblöcken. Sie alle begriffen sofort, daß unter solchem Schutt niemand überleben konnte.

Keridwens Miene war lang und ausgezehrt. »Dreizehn Jahre habe ich gelitten, dreizehn schrecklich lange Jahre, doch der Schmerz war nichts gegen das hier. Wo ist er? Werde ich denn niemals Frieden finden?«

Caspar versuchte seine Mutter zu trösten. »Es gibt noch eine Menge anderer Stellen, an denen wir suchen können. Vater war jahrelang auf der Suche nach dir, immer auf der Suche, obwohl er nie wußte, ob du tot oder lebendig warst, und am Ende haben wir dich gefunden. Es gibt immer Hoffnung.«

Keridwen blickte zu den schwelenden Scheiterhaufen der Vaalaker und die Hügel verwesender Torra Altaner hinab. »Wir müssen sie durchsuchen, bis wir ihn gefunden haben.«

Schließlich hatten die riesigen Säbelzahnwölfe, die Einhörner und Drachen alle Spuren lebender Vaalaker aus dem Tal getilgt, und es stand ihnen frei, die Straße hinunterzuschreiten. Caspar gab das Druiden-Ei in die gepolsterte Tasche und stieg den gewundenen Sims hinab, der zum Fuß des Felsenturms führte. Seine Mutter ging an seiner Seite.

»Nun schick sie nach Hause«, erklärte ihm Keridwen mit sanfter Stimme. »Schick die Kreaturen wieder in die Anderwelt. Wenn sie hier frei herumlaufen dürfen, werden sie uns allen zur Gefahr. Schick sie zurück. Sie haben ihren Zweck erfüllt: Die Vaalaker werden nicht wiederkommen.«

Als hätte er ihre Worte gehört, flog der Drache abwärts und landete auf dem Weg. Caspar sah in seine leuchtend grünen Augen. Das Untier hatte sie über das Caballische Meer getragen und war seither bei ihnen geblieben. »Ich kann ihn nicht wieder in die Welt der Schatten schicken. Er hat uns über alle Maßen geholfen.« Herablassend sah der Drache ihn an, als wollte er seine Dankbarkeit nicht, aber Caspar brachte es dennoch nicht übers Herz, ihn zurückzuschicken. »Nein«, sagte er. »Ich will ihm seine Freiheit geben, sofern er über das Meer nach Westen zieht, in jenes Land, das es dort geben mag.«

Der Drache zwinkerte, schien zu verstehen. Caspar war sicher, daß das große Monstrum verstand, selbst wenn es ihrer Sprache nicht mächtig war.

»Es wäre schlimmer, allein und ohne Gefährten zu sein, für alle Zeit verloren über die Welt zu wandeln«, meinte Hal nachdenklich.

»Nun denn: Ich schicke ihn mit einem der jungen Weibchen fort.«

Wieder zwinkerte der Drache, diesmal schneller und beharrlich. Caspar war sicher, daß er das Richtige tat. »Geh«, sagte er. »Nimm dir ein junges Weibchen und flieg übers Meer.«

Keridwen schüttelte den Kopf: »Spar, nein. Es ist nicht recht.«

Caspar schmollte. »Ich kann es ihnen nicht mit einem halben Dasein vergelten.« Er schloß die Augen, und seinem Willen wurde entsprochen. Als er sie wieder aufschlug, waren der Drache und alle anderen Untiere verschwunden.

Keridwens Augen waren feucht, und traurig schüttelte sie den Kopf.

Sie begannen ihre gräßliche Aufgabe und setzten sie fort, bis es fast dunkel war. Das Tal stank, und als der späte Abend seinen finsteren Umhang über den Paß warf, spürte Caspar, wie ihm ein Schauer über den Rücken lief. Fast konnte er sehen, wie die Seelen der unbestatteten Toten über dem Tal hingen. Viele davon waren seine Freunde, Männer, die er gut kannte. Seine Suche war an diesem Tag ergebnislos geblieben, und er konnte die Trauer nicht mehr ertragen. Als sie die Leichen stapelten, um ein Bestattungsfeuer zu entzünden, das den Tod zumindest würdigte, rollten die Tränen. Er weinte wie ein kleines Kind.

Keridwen schloß ihn in ihre Arme und drückte ihn an sich, wiegte ihn hin und her, doch er fing sich schon bald. »Ich darf nicht schwach sein. Ohne Vater muß ich die Baronie nun lenken – oder das, was davon übrig ist – und meinen Verpflichtungen gerecht werden.«

»Hier, schnell! Helft mir!« rief Brid.

Ein Mann stöhnte. Ein Troll hatte ihm die halbe Brust aufgerissen, doch schlug sein Herz noch.

Hal lief mit einer Wasserflasche in der Hand zum Silberfluß, während Keridwen und Brid taten, was sie konnten, um den Schmerz des Mannes zu lindern und seinen gemarterten Leib zu bandagieren. Neuerliche Hoffnung brandete im Herzen des Jungen auf. Wenn einer lebte, konnte es noch andere geben. Anfangs hatte er den Mann gar nicht erkannt. Sein Gesicht war allzusehr mit Blut verschmiert. Doch als sie ihn gewaschen und sein Blut mit Wasser und Kräutern von Giften gereinigt hatten, erkannte Caspar in ihm den Bogenschützen Brock. Doch der Mann konnte wegen seiner Wunden nicht sprechen, und schließlich gab Brid ihm eine Arznei, damit er ruhig schlief.

Innerhalb von zwei Stunden hatten sie drei weitere Torra Altaner gefunden, die wundersamerweise zwischen den Hunderten von Toten lebten, doch keinerlei Spur von Branwolf.

»Er hätte seine Männer niemals allein sterben lassen«, wiederholte Hal immer wieder. »Die Vaalaker müssen seine Leiche mitgenommen haben und …«

Keridwen rang ihre Tränen nieder, während sie am Rande der Erschöpfung kämpfte. Ohne zu rasten, zerrte sie zermalmte Leichen von dem Haufen und schleppte sie zu jenem neuen Haufen, der angezündet werden sollte.

»Laß sie aufhören«, flehte Brid. »O Spar, laß sie aufhören, bevor sie sich noch umbringt! Sie muß ausruhen.«

Es war eine verzweifelte Energie in Keridwen, die Caspar nicht lenken konnte. Sie alle arbeiteten, bis sie zu den allerletzten Schichten der Haufen belbidianischer Toter kamen. Es lebte keiner mehr, und von den dreien, die verschont geblieben waren, war einer inzwischen gestorben. Und dort, inmitten der qualmenden Scheiterhaufen und dem Verwesungsgestank des Todes, schliefen sie dann schließlich, von Arbeit und Trauer erschöpft.

Keridwen wachte zuerst auf, sah wie ein Gespenst aus, das durch den Nebel schwebte, der träge über dem Silberfluß hing. Ihre Füße waren von Schwaden dichter Wolken umgeben und schienen zu gleiten, als sie weiter abseits nach Toten und Sterbenden suchte und hoffte, daß sie Branwolf finden würden. Caspar stand auf, um ihr zu helfen, lauschte dem wogenden Tosen des Silberflusses, dessen Fluten vom vaalakischen Schmelzwasser gespeist wurden.

»Bald wird der Fluß die Schlucht überfluten und sie alle mit sich reißen«, seufzte sie. »Er wird das Land von dem Gemetzel und den vaalakischen Leichen, die sich in unseren Landen stapeln, reinwaschen, und wozu? Er ist fort. Branwolf, mein Lord Branwolf ist fort. Morrigwen ist fort.« Traurig lächelte sie ihren Sohn an. »Aber ich habe noch immer dich.«

Sie streckte eine Hand aus, und trotz der Trauer im Herzen dieser Frau spürte Caspar ihre Kraft, als sie traurig fortfuhr: »Morrigwen ist sicher tot und die Trinität verloren. Trotz aller Mächte des Druiden-Eis sind wir dennoch gescheitert«, seufzte sie. »Aber die Fluten werden das Land erfrischen.« Sie deutete auf die Trümmer, die am Grund der Schlucht lagen. »Wir müssen bald in den Hügeln Schutz suchen, da die Flut der schmelzenden Eiskappe die gesamte Schlucht unter Wasser setzen wird. Wir würden elend ertrinken.« Ihre schlanke Hand deutete zornig auf einen mächtigen Felsenaltar, der an den Fundamenten der Kathedrale für den neuen Gott stand. »Das hat uns besiegt. Deshalb sind Torra Alta und mein Herr und Meister gefallen.« Wütend trat sie darauf zu und schlug mit ihren Fäusten darauf ein. »Mutter, habe ich so lange gelitten, daß ich inmitten dieses Gemetzels wieder zu mir kommen muß?«

Zornig trommelte sie auf den Altarstein ein, während Caspar schweigend hinter ihr stand und wünschte, er könnte ihr etwas von ihrer Trauer nehmen, doch er konnte es nicht. Er fühlte sich zu benommen, von der eigenen Trauer erstickt. Er brach zusammen, sank auf die Knie und weinte. Er hatte keine Kraft mehr, und doch wußte er, daß alle Überlebenden nun auf ihn angewiesen waren. Sollte Branwolf verloren sein, war er nun der Baron, aber er fühlte sich dafür nicht stark genug. Er hatte keinen Mut mehr.

Eine leichte Berührung an der Schulter konnte ihn aus seiner Verzweiflung nicht befreien, doch er zog Kraft aus seiner Mutter, als diese ihn mit ihren schlanken Armen umfing. »Du bist noch immer nur ein kleiner Junge, Spar. Noch mußt du nicht stark sein. Ich hätte mich nicht gehenlassen dürfen. Es tut mir leid.« Sie küßte seine Stirn und lächelte. »Komm, wir suchen weiter.«

Caspar trocknete seine Tränen und schöpfte aus den Worten seiner Mutter Zuversicht. Die Morgensonne stieg über die östlichen Gipfel, und Keridwen stellte sich auf den Altar des Neuen Glaubens und hob die Hände, um die erwachende Gottheit zu begrüßen.

»Es ist die Sonne, und ein neuer Anfang ist geboren.«

Sie sah auf den Boden des Altars und erstarrte. Wild grub Trund an dessen Fuß, schnüffelnd und jaulend. Caspar nahm eine der vielen vaalakischen Streitäxte, die herrenlos am Grund der Schlucht verstreut lagen. Er stieß den Hund beiseite und schlug hart auf den Boden ein. Er hörte ein Schluchzen. Er wußte, daß er von dort unten Stimmen hörte.

Brid und Hal kamen herübergelaufen, als sie die hektischen Aktivitäten bemerkten.

Hal warf einen Blick auf die Situation. »Spar dir deine Energie«, sagte er, lehnte sein Gewicht gegen die oberste Platte des Altarsteins und ächzte.

Der Stein gab nach und scharrte über seinen Sockel. Als das Sonnenlicht durch die Öffnung fiel, hielt Caspar beim Anblick der erbärmlichen Menschen, die dort zusammengekauert lagen, die Luft an. Große Augen in geschwärzten Mienen starrten ihn aus dem engen Loch heraus an. Sie sahen halb verhungert aus und waren von Blut und Staub verschmiert. Mit blinzelnden Augen hoben sie ihre Arme gegen das Licht, um sich vor einem Angriff zu schützen. Hal sprang zurück, als eine Gestalt aus dem Inneren des Altars sprang und mit letzter, entschlossener Mühe jene retten wollte, über die er wachte.

»Nein! Warte, halt! Freund, wir sind es«, rief Hal erschrocken.

Die hochgewachsene, hagere Gestalt hielt inne. Eine zerrissene Halsberge hing von den knochigen Schultern des Mannes, und seine Augen waren unter wulstigen Brauen, die über einer spitzen Nase zusammenwuchsen, tief eingesunken. Erschöpft ließ er seine erhobenen Arme sinken. Sprachlos stand er da, blinzelte sie an, ohne sich zu rühren, und dann stand hinter ihm eine dünne Frau auf, die vor Dreck nicht zu erkennen war.

»Gnade, Mutter, es sind Master Hal, Master Spar und Elaine.« Erschrocken riß sie die Augen auf. »Gnade, Mutter, es ist nicht Elaine, sondern Lady Keridwen, und sie sieht keinen Tag älter aus als damals, als ich sie zuletzt gesehen habe«, stotterte sie, dann rührte sie sich von der Stelle. »Nun, steht nicht nur so da, Hauptmann. Holen wir die anderen hier raus.«

»Köchin!« rief Caspar, als er sie plötzlich erkannte. »Köchin, Ihr seid es! Und der Hauptmann. Ich hätte nie …«

»Du hättest nie gedacht«, sagte er zögerlich, »daß ich mich hier verstecke. Aber alles andere war verloren.« Ehrfürchtig sah er zu Caspars Mutter hinüber. »Mylady«, sagte er mit einer Verbeugung, »ich wünschte, ich könnte Euch ein besseres Willkommen bieten.«

Fünf von ihnen krochen unter dem Altarstein hervor. Der Hauptmann, die Köchin, eine Frau und die beiden Jungen aus der Küche, allesamt schwach vor Hunger. Benommen sahen sie sich nach den verwesenden vaalakischen Leichen um und dann traurig nach dem schwarzen Rauch, der noch immer von den schwelenden belbidianischen Bestattungsfeuern aufstieg. Caspar führte sie zu einem Lagerfeuer, wo Hal einen halb gerupften Fasan und ein kleines, ausgeweidetes Rehkitz kochte. Nachdem sie einen Schluck aus einer Wasserblase genommen hatte, beharrte die Köchin darauf, sich ans Werk zu machen.

»Ich hatte mehr Reserven als die meisten«, sagte sie und schlug sich an die schlanken Seiten.

Ihre weiten Kleider sahen an der ausgezehrten Frau, die nun

darunter war, etwas absurd aus. Eilig wischte sie ihre Augen. Auch der Hauptmann wollte nicht ruhen, obwohl er den anderen befohlen hatte, sich hinzulegen. Mit roten Augen suchte er die Schlucht ab.

Keridwen hielt ihn beim Arm. »Habt Ihr … seid Ihr …?« Ihre Augen folgten seinem Blick.

»Wir standen um die Drachenstandarte auf den oberen Zinnen des Bergfrieds. Um uns waren alle tot oder starben, doch wir haben bis zum Schluß durchgehalten. Dann haben die Trolle die Mauern durchbrochen, und wir waren gezwungen, uns nach unten zurückzuziehen. Schließlich standen nur noch er und ich mit zwanzig der letzten Männer um den Rest des Weibsvolks, einige aus der Küche und die beiden Holzfällerkinder. Sie kamen immer näher, und wir haben hart und lange gekämpft, aber sie hatten Trolle, und es waren zu viele. Wir schafften es, uns in die Keller zurückzuziehen, konnten die Vaalaker mit den letzten Schwefelfässern aufhalten und schafften es dann zur Außenmauer, wo wir ein Kletterseil hinunterwarfen. Wir kämpften uns hinunter, bis wir zu den zerklüfteten Felsen kamen, wo wir zwischen den Toten herumgekrochen sind. Wir haben versucht, den Silberfluß zu durchqueren, aber ein Trupp von Trollen fing uns ab, und wir mußten nach Westen ziehen.«

Er legte eine Pause ein, um einen langen Zug aus dem Wasserschlauch zu nehmen. »Wenn uns ein Vaalaker nahe kam, lagen wir wie Leichen da, und deshalb wurden wir getrennt. Branwolf blieb bei den Kindern, wie er es deren Mutter versprochen hatte. Sie waren schwach und verängstigt. Elaine …«. Er zögerte. »Sie starb, als sie uns zur Flucht aus der Burg verholfen hat.«

Caspar schluckte, spürte, wie sich ihm der Magen umdrehen wollte, als er an Elaines abgeschlagenen Kopf auf dem Helm des vaalakischen Barbaren dachte.

Der Hauptmann setzte seine traurige Geschichte fort. »Morrigwen war zu hinfällig, um zu rennen, und so blieb sie bei Lord Branwolf und den Kindern. Er sagte uns anderen, wir sollten weiterziehen. Im Schutz der Dunkelheit schafften wir es hier zum Grund der Schlucht, aber wir waren zu schwach, weiter zu fliehen, und in der Schlucht wimmelte es nur so vor feindlichen Kriegern. Wir haben uns hier versteckt, bis Ihr uns gefunden habt.«

Brids Gesicht wurde bei der Erwähnung der Greisin weiß. Ihre geballte Faust knetete Hals Hand.

»Aber was ist mit meinem Vater geschehen?« fragte Caspar flehentlich.

Traurig zuckte der Hauptmann mit den Achseln. Seine Nase ragte mächtig groß aus seinem hageren Gesicht, wenn auch etwas Tröstendes in der Art und Weise lag, wie sich seine Falkenaugenbrauen über die dunklen Augen wölbten.

»Er ist dort draußen«, rief Caspar plötzlich überzeugt und blickte zur steilen, bewaldeten Anhöhe an der Westwand der Schlucht hinüber. »Er würde in die Berge gehen.«

Die Köchin verzog zweifelnd ihr Gesicht. »Es mag so aussehen, als wären hier ein paar Riesen durchmarschiert und hätten den Feind für uns niedergetrampelt, aber als wir über die Mauern geklettert sind – etwas, von dem ich nie gedacht hätte, daß ich es jemals tun würde –, wimmelte es in der Schlucht vor Ungeziefer. Niemand konnte es zu den Bergen hinüber schaffen.«

»Er ist dort draußen«, wiederholte Keridwen die Worte ihres Sohnes mit ebensolcher Überzeugung. Verzweifelt sahen sie die steile Wand an, dann die armen, unglücklichen Menschen, die so hart und lange gekämpft hatten. »Wir müssen euch aus der Schlucht führen. Bei all dem verwesenden Fleisch ist die Gefahr einer Infektion zu groß, und bald schon wird die Flut kommen, wenn die Eiskappe schmilzt. Das Hochwasser wird uns einschließen, wenn wir nicht höher klettern.«

Es war ein schmerzlicher und langsamer Aufstieg für jene, die den langen Kampf um Torra Alta durchlitten hatten, doch schafften sie es – von den anderen vieren halb gezogen und getragen – schließlich bis nach oben.

Ermutigt dadurch, daß seine Mutter dabei war, wandte sich Caspar dem Hauptmann zu, um ihm Anweisung zu geben. »Ihr bleibt bei den anderen und ruht Euch aus. Schlagt hier ein Lager auf, damit wir Euch wiederfinden können.« Der Hauptmann nickte, und dann wandten sich Hal, Brid, Caspar und Keridwen westwärts den Tälern zu.

Sie kletterten den ganzen Tag, bis sie in der Ferne einen See sahen, der von den Bergen eng umschlungen war. Die letzten abendlichen Sonnenstrahlen glitzerten auf dem Wasser. Zu ihrer Linken überblickte ein Gipfel mit einem kleinen Dickicht aus Vogelbeerbüschen um seinen Sockel das Tal. Auf seiner Spitze ragte eine flache Felsplatte ins Leere.

Keridwen sah hinauf. »Einst sind wir hier heraus geritten, und dort saß ein riesiger, schwarzer Wolf auf diesem Felsen. Es war taghell, und furchtlos starrte er uns an, geschmeidig und schwarz wie ein Rabe. Ich sagte Branwolf, daß das Tier sein Geist sei, der Geist des alten Schwarzwolfs. Wir sind hinaufgeklettert und …«, bedeutungsschwer sah sie die anderen an, »… haben eine tiefe Höhle gefunden.«

Sie liefen durch das Dickicht der Vogelbeeren und kletterten atemlos die steileren Hänge hinauf, doch je näher sie kamen, desto langsamer wurden sie. Die Sonne war hinter den Bergen verschwunden, und das Mondlicht tanzte auf den höchsten, schneebedeckten Gipfeln. Flackernder Feuerschein und der Duft von Speisen drang schwach zu ihnen durch die Bäume. Hal nahm Brid bei der Hand, als sie sich anschlichen und auf Zehenspitzen dem Licht näherten. Vier

Gestalten kauerten unter ihren dicken Bärenfellen um ein Feuer. Ein kleines Tier brutzelte in den röstenden Flammen am Spieß.

»Die Jugend heute hat einfach keinen Respekt mehr. Seht ihr nicht, daß ich müde bin? Ich kann die Geschichte nicht noch einmal erzählen.« Eine alte, zittrige Frauenstimme knurrte und krächzte.

»Ach, bitte«, flehte die Stimme eines Mädchens.

Die alte Frau schnaubte angewidert und seufzte dann schließlich wie zur Kapitulation, als sie ihre Mär begann. »Am Anfang lächelte die Sonne allein im großen, schwarzen Universum, und nach einer Ewigkeit des Nachsinnens nahmen ihre Gedanken Gestalt an, manifestierten sich im Großen Unterbewußten, und so entstand der Annwyn.«

Brid holte tief Luft. Caspar fühlte Keridwens Griff fest um sein Handgelenk und spürte, wie ihr Pulsschlag schneller wurde, als sie in den Singsang der Jungfrau einstimmte. »Und aus den Annwyn wurden alle Dinge erschaffen, von den kleinsten Lebewesen in den Meeren bis hin zu uns selbst. Wir sind alle das Eine und kommen aus dem Einen und kehren in das Eine zurück.«

Das Mondlicht schien in Morrigwens Gesicht, als sie sich mit offenem Mund umwandte. Brid und Keridwen traten vor, als eben das einsame Heulen eines Wolfes die Nacht erfüllte. Einen Moment lang standen die drei Frauen da und starrten einander schweigend an.

»Habt ihr das Druiden-Ei?« fragte Morrigwen nüchtern, als ließe sie nicht zu, daß Gefühle aus ihrer Stimme sprachen, weil diese dann gänzlich in sich zusammenbrechen würde.

Keridwen nickte.

»Die Trinität ist wiederhergestellt«, rief die Greisin zum Dank aus.

Branwolf stand im segensreichen Licht des Mondes und

streckte seine Hände seiner Frau entgegen. Wortlos fielen sie sich in die Arme.

May blickte zu Morrigwen auf und schniefte. »Sie ist wie Ma.«

»Ich weiß«, antwortete Morrigwen. »Und das ist sie auch, weißt du. Sie ist aller Menschen Mutter.«

EPILOG

Im trüben Fackelschein, der dunkle Schatten in die tiefsten Verliese unterhalb des Bergfrieds warf, legte Caspar das Druiden-Ei ehrfürchtig in die mit Moos ausgeschlagene Schatulle. In den vergangenen Wochen der Genesung und des Wiederaufbaus von Torra Alta hatte niemand auch nur ein Wort über die schreckliche Macht des Talismans verloren, und nur heimlich schlich Caspar hinunter, um ihn zu liebkosen. Seit ihrer Heimkehr war er jeden Tag dorthin gegangen, um in seiner Nähe zu sein, denn trotz des eifrigen Wiederaufbaus der Burg fühlte er sich allein. Keridwen wich seinem Vater kaum je von der Seite, und Hal war insgesamt zu sehr mit Brid beschäftigt, um ihm viel Aufmerksamkeit zu widmen. Allein das Druiden-Ei schien nun noch zu ihm zu sprechen, und er spürte, wie die flehenden Seelen der Tiere der Macht um ihre Freiheit bettelten.

Er schob die Schatulle wieder unter einen Altarstein, in den das heidnische Symbol des Pentagramms gemeißelt war. Dort war der Talisman zu seiner Sicherheit versteckt. Er kam von seinen Knien hoch, nahm die Fackel aus der Halterung in der Wand, warf einen letzten Blick in die dunkle Kammer, dann schloß und verriegelte er die dicke Eisentür. Widerwillig ließ er die Verliese hinter sich und stieg die kalten Steinstufen hinauf, um sich mit seinem Vater zu treffen.

Über den schwarzen Türmen flatterte eine neue, eilig gestickte Drachenstandarte in der Brise. Ameisengleich krochen Karren die sich windende Straße zur Burg mit Proviant und Baumaterialien hinauf. Das Mauerwerk der halbfertigen Kathedrale wurde bereits zerlegt, um die Festung wiederaufzubauen.

»Es wird Generationen dauern, Generationen deiner Nachkommen«, erklärte Branwolf seinem Sohn, als sie am Vorwerk standen, um die ersten Kutscher des Tages in Empfang zu nehmen, verschwitzt und atemlos vom steilen Anstieg.

Trund knurrte die Eindringlinge an und hob eilig sein Bein an einem riesenhaften Wagenrad, damit auch alle wußten, daß er da war. Dann trottete er ans Vorwerk und markierte sein Territorium zwischen den Falltoren. Als er Brid sah, japste er freudig und hetzte ihr zum Gruß entgegen, warf sie in seinem Überschwang um.

Schützend hielt Hal den Hund von der Jungfrau fern, doch er wurde nur selbst umgerissen. Er lachte gutmütig. Caspar betrachtete die drei und rieb unwillkürlich an seiner krummen Nase herum. Er mißgönnte Hal sein Glück, Brid für sich gewonnen zu haben, nicht, aber er hatte sie schlicht und einfach für sich haben wollen. Er schreckte auf, als eine federleichte Berührung über seine Hand strich.

»Sie ist nichts für dich. Sie mag schön sein wie der junge Tag und geheimnisvoll auch wie die Nacht, doch sie ist eigensinnig wie die Gezeiten und stur wie ein Stein. Sie braucht jemanden wie Hal, der ihr gewachsen ist.«

Beschämt sah Caspar seine Mutter an. »Aber ... aber er versteht sie nicht.«

»Das muß er auch nicht. Er muß sie nur lieben. Wenn du älter bist, wirst du eine Frau brauchen, die dir nicht ständig sagt, was du zu tun hast. Spar, du mußt ehrlicher mit dir selbst sein.« Beruhigend klopfte sie ihm auf die Schulter, dann ging sie zu Branwolf hinüber. Der Baron nahm seine Gattin beim Arm, und gemeinsam kehrten sie in den Bergfried zurück.

Er zuckte mit den Achseln. Vielleicht hatte sie recht, doch wie konnte er jemals eine andere ansehen, wenn ihm für alle Zeiten Brid den Kopf verdrehte?

Unten lachte ein kleines Mädchen mit kastanienbraunem

Haar beim Kutscher – nur schien sie Caspar gar nicht mehr so klein. Sie muß wohl dreizehn sein, dachte er, als er sah, wie sie die großen Zugpferde streichelte. Sie schien gespürt zu haben, daß man sie beobachtete, denn plötzlich blickten ihre großen Haselnußaugen auf und begegneten seinem Blick. Leuchtend rot lief er an, grinste verlegen und wandte sich eilig ab, um in die Schlucht hinaus zu spähen.

Eifrig vermied er es, sich umzudrehen und nachzusehen, ob sie noch da war, doch schließlich nahm der atemberaubende Ausblick über die Berge seine ganze Aufmerksamkeit in Anspruch. Gedankenverloren hing Caspar über den Zinnen, blickte über seine Baronie hinaus. Wieder schreckte er zusammen, diesmal heftig, als ihn jemand von hinten stieß und er dem steilen Abgrund entgegenruckte.

Hal lachte laut, als er Caspar wieder ins Gleichgewicht riß. »Es schlägt niemals fehl. Immer zuckst du zusammen.«

»Ach, halt den Mund«, flehte Caspar, da er fürchtete, May könnte bemerkt haben, daß sein Onkel ihn zum Narren machte.

Hal bemerkte Caspars schnellen Blick zu dem Mädchen hinüber. Seine olivgrünen Augen blitzten vor Freude, als er seine Augenbrauen in die Höhe schob und seinem Neffen einen wissenden Blick zuwarf. »Sie beobachtet dich.«

»Ich weiß, aber …«

Hal hörte nicht mehr zu. Er deutete in die Schlucht hinab, wo ein Trupp von Rittern auf bunt gekleideten Pferden der Burg entgegengaloppierte, daß die Banner in der Morgenbrise flatterten. Augenblicklich erkannte Caspar das Rot von Joturn und die rotweiß karierte Schabracke von Caldea. Er stand auf den Zinnen, wo der Wind sein Haar hob, und kümmerte sich nicht darum, daß die Welt direkt unter ihm Hunderte von Metern abstürzte.

Sie konnten sehen, daß der führende Reiter darum rang, ein rot schimmerndes Tier zu bändigen, das bockte und vorausstürmen wollte. »Es ist Feuerschweif«, rief Caspar. »Ceowulf und Cybillia bringen Feuerschweif nach Hause.«

Er zerrte an seinem Onkel, so daß der ihm folgte, und sprang aufgeregt von den Wehranlagen auf den Burghof. Als er eben über Torra Altas Herzstein lief, fiel ihm wiederum das Mädchen mit dem kastanienbraunen Haar auf, das freundlich mit dem Kutscher plauderte.

Caspar wandte sich seinem Onkel zu. »Ich werde sie reiten lehren. Ich werde sie lehren, Feuerschweif zu reiten.«

»May auf Feuerschweif? Du bist verrückt.«

»Nun, Brid kann Feuerschweif reiten, wieso also nicht May?«

»Ach, aber Brid ist Brid«, sagte Hal voller Stolz, als sie Seite an Seite unter den Falltoren hindurch schritten, um ihre Gäste zu begrüßen.

DAS RUNENALPHABET

A
B
C
D
E
F
G
H
I
J
K
L
M
N
O
P
Q
R
S
T
U
V
W
X
Y
Z
Th
Ea
Ng
St